이만하면 충분한 삶

이만하면
충분한
삶

헤더 하브릴레스키 지음 — 신혜연 옮김

일상을
불충분하게 만드는
요구와 욕구를 넘어

샘터

지금 존재하고 있는 것,
지금의 나 자신,
그리고 지금 내가 가진 것

우리는 태어나는 날부터 자신이 누구인지, 어떻게 살아야 하는지, 그리고 성공과 행복으로 가는 상상 속의 결승선을 통과하기 위해 무엇을 희생해야 하는지에 대해 세상이 하는 거짓말을 들으며 자란다. 하지만 이런 노골적인 거짓말보다 더 치명적인 것은 우리 문화가 뿜어내는 은근하고도 광범위한 독이다. 우리는 자신의 일부처럼 느껴질 때까지 그 독을 삼키고 소화하지만 그 고통스러움의 이유는 알지 못한다.

이런 독 가운데 일부는 전혀 예상치 못한 곳에 숨어 있다. 이를 테면 우리의 원칙과 가치관, 개인적인 희망과 꿈, 살아갈 일과 실패할 일에 대한 두려움과 걱정, 해야 할 일과 누릴 자격이 없는 일, 받아들여도 되는 것과 받아들이면 안 되는 것에 관한 오래된 관념 속이다. 또한 독 가운데 일부는 우리 문화가 공유하고 있는 '이상ideals'에 깊숙이 내재한 채 꾸준히 지속적으로 퍼져나가고 있다.

이런 문제는 디지털 문화가 부상하면서 부쩍 안 좋은 방향으로 치달았고, 지금 우리는 눈에 띄지 않게 사회 전반을 지배하며 개인의 가치를 위협하는 메시지의 집중포화를 그 어느 때보다 심하게 받고 있다. 현재에 대한 불확실성과 우려가 점점 커져가는 이런 상황에서, 우리는 불편한 감정은 옆으로 치워버리고 용감하게 미래를 정복해야 한다. 조금이라도 머뭇거렸다가는 곧바로 패배자 대열에 서기 때문이다. 당연한 일이지만 미묘함과 절묘함을 이해할 수 있는 능력은 상실되었고, 우리의 의견이나 이상은 점점 근본주의적인 신앙의 형태를 띠기 시작했다.

시와 예술, 방대한 지적 대화, 걸러지지 않은 날것 그대로의 기이한 순간 같은 것들은 도덕성을 가늠하는 도구로 잘못 이해되거나, 대담한 주장과 과격한 미사여구에 자리를 내주었다. 토크쇼 진행자나 전문가, 소셜 미디어의 선동꾼, 정치가들의 심한 허풍과 과장과 거짓말은, 개선하고 자제하고 품위를 지키려는 모든 시도를 눈가림

하고 일상의 대화 속으로 서서히 파고든다. 사려 깊음은 우유부단함으로, 우울은 다른 이들과 잘 지내기를 거부하는 고집으로 오해받는다. 백 년 전만 하더라도 생존이 가장 중요했고 갈망은 존재의 필연적인 감정으로 받아들여졌으나, 오늘날에는 단순히 행복을 성취하지 못하거나 무리와 잘 어울리지 못하면 도덕적 실패로 간주한다.

이 책은 우리 문화에 자리 잡은 가장 심각한 망상과 거짓된 이분법을 살펴보고, 일반적인 행동에 대한 우리의 부정확한 가치 판단을 검토하며 고통과 거짓, 로맨틱한 환상과 성적인 유혹, 탐욕과 완벽주의, 절제와 소박함, 자기희생에 의문을 던지고자 한다. 이 책에 실린 각각의 에세이는 우리가 부지불식간에 서서히 내면화해 버린 모순되는 메시지들을 살펴보려는 노력이다.

우리가 지침처럼 믿고 따르는 가설이 불합리하다는 사실을 인지하지 않고서는 삶 속에서 유기적이고 열정적이며 복잡한 관계를 구축해 나갈 수 없다. 왜냐하면 우리가 경험하고 있는 문화적 혼란 상태는 절대 사소하지 않기 때문이다. 연일 쏟아져 나오는 멋진 상품이나 진심을 가장한 광고 문구, 괜스레 어려운 말을 지껄이는 전문가들의 화법과 페이스북의 자극적인 전개, 그리고 노래 가사와 텔레비전 코미디 프로그램 속 대화를 통해 우리는 승리의 언어를 배운다.

하지만 일상에서는 자신이 부족하다고 생각하고 자신의 삶에 실망한다. 우리는 무의식적으로 받아들이는 이런 메시지가 독이라는 사실을 인지하지 못한 채 우리의 인간성 자체를 독이라고 여기며, 지극히 인간적인 욕망조차 외부의 도움을 받아 치료해야 할 일종의 병이라고 생각한다. 우리의 자존심과 자부심과 분노는 개인적인 실패로 간주되고, 이는 우리가 자율권과 깨달음의 길에서 얼마나 멀리 벗어났는지를 보여주는 표지가 된다.

우리가 전례 없이 안락하고 여유로우며 부유한 시대를 살고 있다는 점을 고려하면 이는 기이한 상황이라고 할 수 있다. 물론 이 시대의 호사를 충분히 누릴 수 있는 사람은 전 세계 인구의 일부에 불과하지만 말이다. 하지만 이 사실을 고려하더라도 현시점의 기이한 압박과 불안을 말하는 사람이 너무 없다. 호주머니 속에 들어 있는 전자기기들이 우리에게 무한한 자유와 기회, 흥미를 채울 무한한 방법을 알려주건만, 어찌 된 일인지 우리의 삶에 대해서 그 어느 때보다 방향을 잡기가 어렵게 느껴진다.

우리 앞에 놓이는 장애물은 대부분 구체적이지 않고, 따라서 직접적으로 언급하기가 쉽지 않다. 우리의 상호작용은 이윤을 추구하는 힘이 좌우하는 세상에서 이루어지고 있고, 우리는 좀처럼 집중할 수 없는 낯설고 부자연스러우며 혼잡한 영역에 들어서 있다. "지금 바로 이 순간 내가 하고 있어야 하는 일이 뭐지?"라는 질문은 그 어느 때보다 다급하게 느껴지고, 디지털 커뮤니케이션의 안전한 거리감에 비해 타인과의 실시간 대면은 긴장되고 어색하다. 가상의 공간에서는 타인과 친밀하게 접촉하지만, 가까운 친구나 가족들로부터는 점점 더 고립되어 가는 것 같다.

우리는 자기 자신과의 관계는 물론 다른 이들과의 관계도 단절시키는 문화적 압박을 끊임없이 받고 있다. 이 책은 이런 단절을 불러일으키는 원인을 개별적으로 살펴보고, 이런 변화가 초래하는 문제를 바탕 삼아 보다 포괄적인 시각을 탐구한다. 또한 문제의 안쪽에 자리한다는 것이 어떤 느낌인지, 그리고 해독법을 알 수 없는 상황에서 — 심지어 어떤 부작용이 외부의 힘에 기인하는지, 그리고 무엇이 우리의 기벽과 한쪽으로 치우친 성격, 균열된 정서 발달의 징후인지를 알고 있는 상황에서 — 문화의 독이 피부 안쪽으로 깊숙이 파고든다는 것이 어떤 느낌인지 이야기하고자 한다.

이 책은 그 악영향을 은근슬쩍 평가하지도, 거기서 한 발짝 물러나지도 않는다. 왜냐하면 내가 언급하는 병폐가 우리 각자의 개인적인 문제로 간주되는 현실 때문이다. 많은 이가 똑같은 증상을 호소하는데도 그 증상은 개인적인 일로 받아들여지고, 이에 개인들은 당혹스러워한다. 즉, 이런 병폐들이 우리에게 보기보다 위험한 영향력을 행사하고 있는 것이다. 현재 우리가 있는 곳이 어디인지를 파악하고 앞으로 가야 할 방향을 설정하기 위해서는 복합적이고 동시다발적인 접근 방법이 필요하다.

세상은 수많은 병폐를 조장하면서도 책임은 지지 않는다. 우리는 자기 운명은 자기 손에 달렸다는 말을 끊임없이 들으며 '자기결정' 이라는 착각을 매일같이 주입받는다. 앞을 가로막는 가공할 힘을 극복하지 못하면 모자란 인간 취급을 받는다.

우리는 아직 자기 자신과 타인을 향한 연민의 감정을 충분히 키우지 못했다. 우리는 개인의 환상과 돈을 주고 산 동화 속에 은둔할 뿐이다. '최고'의 인생이란 존재하지 않으며 시스템 전체가 우리에게 불리하게 조작되었다는 사실을 마침내 깨달아도 위안이 되지 않는다. 곤경에 처하거나 쉽게 풀리지 않는 문제와 씨름하는 이를 보더라도 사람들은 뒤로 물러서서 어깨를 으쓱하며 '더 잘해'보라고 조언할 뿐이다. 이렇게 다른 사람에게서 도움이나 이해를 받지 못하면, 우리는 통제력을 되찾기 위해 환상 속으로 물러나는 수밖에 없다고 느끼게 된다.

또한 환상과 통제에 대한 중독 때문에 모든 부정적인 결과에서 교훈을 찾기에 이른다. 그가 암에 걸린 이유는 분노를 떨쳐버리지 못해서이고, 그녀가 부자가 된 이유는 인내심을 갖고 역경을 이겨내서이다. 그가 노숙자가 된 것은 자신의 꿈에 대한 믿음을 상실했기 때문이고, 그녀가 유명해진 것은 모든 역경에도 불구하고 자신의 열정을 믿었기 때문이다. 뒤늦은 깨달음이 이야기의 공백에 살을 붙이고 빈틈을 메우며 적절한 교훈을 찾아낸다. 하지만 이 모든 것을 대체하는 교훈이 하나 있다. '뭔가 잘못되면 다 자기 탓'이라는 것이다.

당연한 일이겠지만, 조언을 구하기 위해 내 칼럼의 상담란에 글을 쓰는 사람들은 바람직한 방향으로 나아가는 길을 선택하고 그 길에 전념하기를 두려워한다. 그들은 잘 알고 있다. 우유부단하고 변덕스러우며 불안정한 사람들, 또는 성공과 행복에 대해 널리 받아들여지는 기표를 단호하게 거절하는 사람들을 돕거나 이해해 줄 사람이 그리 많지 않음을 말이다. 하지만 현재 자신이 처한 당혹스러운 순간에서 한 발짝 물러나, 지금까지 그토록 열정적으로 받아들인 것들 대다수가 자신에게 해롭다는 사실을 아는 사람은 거의 없다.

커져가는 빈부 격차와 파시즘의 확산, 기후 변화가 발생시키는 참혹한 피해로 인해 자유가 점점 위협받는 이때, 우리가 마땅히 해야 할 일은 우리 문화가 얼마나 망가졌고 우리를 얼마나 형편없이 대하는지를 분석하는 것이다. 어쩌면 뭔가를 하기에 좋은 때일 수도 있다. 우리 사이에 공유된 환각과 거짓말들이 우리에게서 어떻게 상상력과 인간성을 앗아가고, 우리의 공동체 의식과 관계 맺음을 짓밟으며, 약하고 억압받는 이들에 대한 우리의 연민을 어떻게 억압하고, 부끄러운 줄도 모르고 다른 이들을 탄압하고 다치게 하는 자들에 대한 우리의 애정을 어떻게 고조하는지를 면밀하게 고찰해 보는 것이다.

지금 우리가 처한 혼란은 적어도 어느 정도는 연구 조사와 선전 활동, 사실과 허구, 환상과 실재를 의도적으로 모호하게 구분한 데서 초래된 것이다. 모든 질문에 대해 듣기 편한 단순한 답을 들으며 살아온 우리는 세상을 주름잡고 있는 복잡한 힘에 대해 이의를 제기하려고만 해도 벌써 불안해진다.

하지만 우리는 할 일이 많다. 세상을 위해 싸워야 하고, 세상을 더욱 완전하게 경험할 능력을 얻기 위해 싸워야 한다. 하루하루를 살아가는 방법을 다시 찾아야 한다. 지금의 불완전함을 인정하고, 행복과 불행, 성공과 실패, 진실한 사랑과 증오, 인기인과 무명인 그 사이에서 벌어지는 폭넓은 경험을 받아들이는 방법을 배워야 한다. 그리고 이를 위해서는 태어날 때부터 주입받아 온 환원주의적 해법과 주술적 사고를 검토해 해체해야 한다.

무엇보다 우리는 지금까지와는 다른 삶과 생활방식을 상상해야 한다. 빛나 보이지만 절대 오지 않을 피상적인 미래를 거부하고 현재의 불완전한 순간에 집중해야 한다. 배워온 것과 달리 우리는 영원히 축복받은 삶을 살지도, 영원히 저주받은 삶을 살지도 않는다. 축복을 받을 때도 있고 저주를 받을 때도 있으며 그 중간 어딘가에서 평범하게 살아갈 수도 있다.

승리와 패배 사이에서 왔다 갔다 하는 대신에 그 중간의 회색 지대, 즉 진짜 삶이 자신의 고유한 시간에 맞춰 펼쳐지는 곳에서 살아가는 법을 배워야 한다. 24시간 내내 정신없이 가상을 좇는 대신 현실에서 숨 쉬어야 한다. 서로에게 눈과 마음을 열어야 한다. 지금 존재하고 있는 것, 지금의 나 자신, 그리고 지금 내가 가진 것과 친해져야 한다.

우리는 너무 많이 원한다. 하지만 행복해지는 데는 그렇게 많은 것이 필요치 않다. 단순한 진실을 계속 상기하면 된다. '우리는 자신은 물론 세상도 변화시킬 수 있다.' 마침내 충만함을 느끼는 자신을 상상해 보라. 결국 그렇게 될 것이다.

차례

우리의 오해
•

우리의 오해

What   If   This   Were   Enough

물건과 소유

▼

"그냥 잡동사니인 걸 뭐."

돌아가시기 한 해 전 자신의 아파트가 불에 타는 것을 지켜보면서 아버지가 어느 기자에게 한 말이다. 아버지가 출근해 집을 비운 사이 환풍기에 불이 붙어 일어난 일이었다. 집에 도착했을 즈음엔 아버지의 세속적인 재산 절반이 재가 되어 사라진 후였다. 그 기자는 아버지가 그 상황을 "의연하게" 받아들였다고 표현했다. 나는 아버지가 왜 그렇게 반응했는지 이해할 수 있었다. 그런 순간에 물건이 자신에게 어떤 의미인지 어떻게 제대로 가늠할 수 있겠는가.

아버지가 돌아가신 후 생각해 보니, 그 화재 사건은 일종의 조짐이었던 것 같다. 엄마 집에 쌓아둔 아버지의 유품 상자들을 정리해야 했지만 도저히 마음이 내키지 않았다. 만난 적도 없는 아버지의 여자 친구들 사진을 뒤적거리기도 하고 자기애를 꽃피우는 방법에 관한 두툼한 뉴에이지 서적들 틈에 뒤섞인 제2차 세계대전 관련 책들을 이리저리 옮기면서 잠시 시간을 보내기도 했지만 이내 주제넘은 행동처럼 느껴졌다. 마치 탑처럼 쌓여 있는 상자들 속에서 이러지도 저러지도 못하고 있는 아버지의 영혼을 억지로 끄집어 내는 기분이었다. 나는 아버지가 자신의 흔적을 이렇게나 많이 남겨두기를 원하지는 않았을 것이라는 확신이 들었다.

아버지가 돌아가신 지 두 해가 지났을 무렵, 나무 한 그루가 쓰러지면서 엄마 집을 덮치는 바람에 아버지의 유품 상자들이 쌓여 있던 방 한쪽 천장이 무너지고 말았다. 그리고 나서 또 몇 년 후에는 집에 강도가 들면서 유품 중 절반이 도난당하는 일이 벌어졌다. 마치 어딘가 멀리 떨어진 곳에서 아빠가 우리를 도와주고 있는 것 같았다. 우리가 차마 못 하고 있던 유품 정리를 말이다.

불행하게도 그런 일은 또다시 일어나지 않았다. 지금 엄마 집에는 아버지 물건이 담긴 상자 몇 개가 여전히 자리를 차지하고 있다. 누구도 어떤 것을 버리고 어떤 것을 남겨둘지 결정하려 하지 않는다.

아버지가 말했듯이, 그것들은 그저 잡동사니에 지나지 않는다. 게다가 그중 일부는 수십 년이나 묵은 것이다. 하지만 그것들이 차지하는 자리가 그 어느 때보다 크게 느껴지는 것은 왜일까.

※ ※ ※

제1세계인 선진국에 사는 인간들은 항상 소유물과 갈등 관계를 맺어왔다. 수십 년 전에는 대부분 지금보다 소유물의 양이 훨씬 적었다. 하지만 1970~1980년대에 쇼핑몰이 급부상하면서 쇼핑은 본격적으로 중산층의 여가 활동이 되었고, 따라서 사람들은 별로 필요하지도 않은 쓸모없는 물건들을 집에 쌓아두기 시작했다. 1990년대에는 제조원가가 저렴해지면서 산처럼 쌓인 싸구려 물건에 깔려 죽지 않으려 안간힘을 쓰는 현실이 펼쳐졌다.

창의적인 수납법들이 일시적으로 크게 유행했으며, 컨테이너 스토어The Container Store나 홀드 에브리씽Hold Everything 같은 수납·정리 용품 전문 프랜차이즈 매장들이 큰 인기를 끌었고, 수납·정리 전문가들이 급부상했다. 그러다 2000년대에 들어서면서 정리 운동이 시작되었다. 이때 잡동사니들은 눈에 띄는 곳에 있어서는 안 되었다. 수납장은 지금의 주방처럼 중요한 비중을 차지하게 되었다. 부자들은 수납장 전문 디자이너를 고용했고, 집을 선택할 때 수납장이 얼마나 잘 갖춰져 있는지가 중요한 기준이 되었다. 부자가 아닌 사람들은 산더미같이 쌓인 CD들을 보기 흉한 다른 물건들과 함께 수납장에 쑤셔 넣었다.

2000년대 후반, 물건에 집착해 집안 가득 물건을 쓰레기처럼 쌓아두는 호더hoarder가 리얼리티 쇼에 등장했다. 그들의 상태는 기벽이라기보다는 병증에 가까워 보였다. 2010년대에는 온라인 저장소 클라우드 스토리지cloud storage가 등장하면서 미니멀리즘을 향한 우리의 여정은 종지부를 찍게 되었다. 갑자기 책과 CD, 사진 앨범 등 자기표현의 증거들은 더더욱 낡고 구식인 잡동사니처럼 느껴졌다. 이미지나 사진 등을 공유하는 소셜 네트워크 서비스 핀터레스트Pinterest부터 인스타그램은 물론 《리얼 심플》이나 《드웰Dwell》 같은 잡지에서 내세우는 메시지는 분명했다. 멋진 삶을 살려면 아트 갤러리처럼 아주 깨끗하고 깔끔하게 정돈된 환경이 필수라는 것이었다.

이로써 깔끔한 새 구세주를 맞이하기 위한 반짝이는 무대가 마련되었다. 2014년 10월에 출간된 곤도 마리에의 《인생이 빛나는 정리의 마법The Life-Changing Magic of Tidying Up》(미국판)은 현대인의 마음을 움직였다. '정리'라는 단어에서는 단정함이 느껴졌고, 단순히 발음하는 것만으로도 벌써 깨끗해지는 느낌이 들었다. 이를 좋아하지 않을 사람이 어디에 있으며, 인생을 바꿀 수 있는 마법이 있다는데 그걸 열망하지 않을 사람이 어디에 있을까.

곤도 마리에가 전하는 진짜 메시지는 그보다 훨씬 더 혁명적이었다. 뒤이어 2016년에 출간된 후속작《정리의 기술Spark Joy》서문에서 그녀는 이렇게 포고하기에 이르렀다. "설레는 삶은 정리에서 시작된다." 이 드라마틱한 말 덕분에 곤도 마리에의 첫 책은 전 세계에서 수백만 부가 팔려나갔다. 하지만 여기서 의문이 들지 않을 수 없다. '첫 번째 책 옆에 비슷한 다른 책을 또 꽂아 쓸모없는 물건을 하나 더 늘려야 하나, 말아야 하나?'

곤도가 전하는 숨은 진짜 메시지 — 끊임없이 반복되는 메시지이자 그녀가 엄청난 인기를 얻은 주된 이유 — 는 우리가 소유하고 있는 물건들 대부분이 무의미하고 불필요하며 부담스러운 짐일 뿐만 아니라 완전한 깨달음을 얻은 인간으로서의 성장을 방해한다는 것이었다. 꼭 필요한 것 이상으로 쌓여 있는 물건은 풍요의 표지가 아니라 빈곤의 표지라는 것이다.

물론 이런 부정적인 말을 사용했다면 곤도는 결코 세계적인 스타가 되지 못했을 것이다. 그 대신 그녀는 시적이면서도 열광에 가까운 언어로 과욕을 버리라고 권한다. 한때 한정판으로 출간된 그녀의 책 제목은《설레지 않으면 버려라: 인생이 빛나는 곤마리 정리법 Experience the Pulsing Magic of Cleaning Up Every Day》이었다.

곤도 마리에의 책을 읽고 있으면 마법처럼 마음이 설렌다. 그녀는 낙천적인 듯하면서도 까다로운 문체로 물건들도 감정이 있다는 완고한 주장을 펼치며('대충 뭉쳐놓은 스타킹은 당신의 부주의한 손길에 모욕감을 느낄 것이다.' '당신의 코트는 매일 따뜻하게 해줘 고맙다는 아주 작은 인사에 고마워할 것이다!') 자신의 주변 환경을 완벽하게 통제하려는 평생의 열정을 끌어모아 속이 후련해지도록 한바탕 쓸모없는 물건을 정리함으로써 인생을 바꿀 것을 독특한 방식으로 선동한다.

물건들이 중요하지 않다는 뜻이 아니다. 어떤 물건들은 믿을 수 없을 정도로 중요하며, 그 외의 것들은 문자 그대로 쓰레기에 불과하다. 그리고 이 쓰레기 때문에 당신은 소중한 물건들의 고마움을 모르고 살아간다. 곤도는 우리가 이런 산더미처럼 쌓인 쓰레기들에 파묻혀 사는 이유가 단지 그것들을 버리는 데 죄책감을 느끼도록 속아왔기 때문이라고 말한다.

숙련된 전문가인 곤도 마리에는 자신의 광기에 대해 특별히 자세히 들여다볼 기회를 제안한다. 이를테면, 정리를 "일생에 단 한 번뿐인 특별한 행사"라고 말하고, "브래지어를 왕족 대하듯 하라"라고 추천하고, 현관에 있는 기부용 바구니에 넣어놓은 봉제 인형이 비난 어린 표정으로 당신을 쏘아보지 못하도록 인형의 눈을 가리라고 제안한다.

다시 말해서 곤도의 정리벽을 '정리에 대한 애정'이라고 부르는 것은, 전무후무한 열정으로 바닷가를 완전히 뒤집어엎으려는 해일을 찬양하는 것이나 마찬가지다. 이는 일종의 라이프 스타일이라기보다는 강박성 성격장애에 가깝다. 하지만 얄궂게도, 이런 이유가 그 마법적 효과를 더욱 극대화하는 결과를 낳았다.

그렇지만 약간 불안정한 사람의 경우라면 무의식적인 소비로 점철된 지난 수십 년의 시간을 반전시키는 효과도 있을 수 있다. 곤도가 아니라면 과연 누가 감히 "기본적으로 좋이는 다 버릴 것"을 제안할 수 있겠는가. (일본에서는 세금 명세서를 보관해 두지 않아도 괜찮은 걸까?) 그녀가 아니라면 과연 누가 자신의 책에 "지금 당장 사진을 정리하라"라는 내용을 넣을 수 있겠는가? 곤도는 지구상의 인류와 그다지 보조를 맞추는 것 같지 않다("고려할 점: 쓰레기라고 해도 곧바로 휴지통에 버리기보다는 먼저 종이가방에 넣는 편이 예의다").

하지만 물건의 초자연적인 경이로움에 대한 어느 정도 확고한 믿음 때문에 그녀의 문체가 더 매혹적으로 보이는 것 같기도 하다. 양말이 든 서랍장을 정성껏 꼼꼼히 살피고 추려내는 일을 마치 시를 쓰듯 특별하고 멋지게 묘사한다는 점이 그녀가 가진 매력의 큰 부분을 차지한다. 그녀는 이제 전 세계적으로 유명한 전문가가 되었지만 (몇 년 전 나는 로스앤젤레스에서 열리는 그녀의 강연에 초대받은 적이 있다. 그 강연에서 그녀는 자신의 "지혜와 실용적인 정보"를 나눌 예정이었는데, 아마 '옷 개는 법'이었을 것이다) 그럼에도 우리는 고지식한 낙천주의라는 곤도의 빛나는 허식 바로 아래에 숨은 비공식적 메시지를 기억해야 한다.

그것은 바로 엄청난 양의 잡동사니를 내다 버리고 그 빈자리에 또 다른 엄청난 양의 잡동사니를 가져다 채우기를 바라는, 그것도 천천히도 아니고 다음 주도 아닌 바로 오늘 당장 그러기를 바라는 세상에 우리가 살고 있다는 것이다. 자본주의는 우리에게 행복이란 더 많은 물건을 구매하는 능력에 달려 있으며 그럴 능력이 없다면 불행할 확률이 높음을 언제 어디에서나 상기시키는 정교하게 설계된 경제 체제다.

곤도 마리에를 전 세계적으로 유명한 종교적 인물인 달라이 라마와 동급으로 만들어준 그녀의 시적인 메시지는 우리에게는 더 많은 물건이 필요하지 않다는 것이다. 사실 계속해서 더 많은 것을 원한다면 그것은 병이다. 곤도가 전하는 메시지는, 언제나 그러했고 지금도 그렇듯이, 더 많이 가지려고 하기보다는 지금 가진 것에 만족해야 한다는 것이다.

✳ ✳ ✳

의외로 다른 곳에서는 이런 메시지를 찾아보기가 힘들다. 예를 들어, 새 책을 사기 전에 먼저 집에 갖고 있는 책부터 다 읽으라는 것은 무슨 뜻일까? 세상에 어떤 인간이 자기가 쓰던 물건을 선물로 줄까? 새 옷을 사지 않고 이미 있는 옷만 입는다면 어떻게 될까? 현실에서는 실현 가능할 것 같지 않은 일들이다. 좋게 보면 별난 괴짜 정도일 테고, 최악의 경우 환자 취급을 받을 것이다.

이런 메시지를 적용하기에 아이들만큼 힘든 대상도 없을 것이다. 아이들에게 물건이란 축하를 전하는 최상의 수단이기 때문이다. 아이들의 생일 파티가 끝나면 손님들은 싸구려 플라스틱 잡동사니가 담긴 박스를 건넨다. 그러면서 부모들은 아이들에게 자질구레한 장신구나 필요 없는 장난감을 정리하게 만드는 일이 얼마나 어려운지 불평하고 또 불평한다. 곧이어 다른 생일 파티가 열리고, 그들 또한 다른 이들과 마찬가지로 쓸모없는 쓰레기를 전파한다. 생일 파티라면서 밖에 나가 흙장난이나 하면서 놀라고 한다면 아이들은 몹시 당황할 것이다. 생일은 뭔가 물건을 받는 날이기 때문이다. 축하 행사에는 심지어 더 많은 물건이 동원되고, 명절은 물건을 주고받는 날이 되었다.

우리 대부분은 물건이 없는 상태의 행복을 상상하지 않는다. 그렇다 해도 근처 화면에서는 거의 종일 신제품 광고가 번쩍거리고, 공공장소는 어딜 가든 대부분 상업 공간이다. 결국 행복과 즐거움을 창출할 것이냐, 고독과 침묵을 받아들일 것이냐는 일종의 중요한 생존 전략이 되었다. 물건 없이 하루를 산다면 과연 어떤 기분일까?

✖ ✖ ✖

물질주의의 흥망성쇠 속에서, 매입형 스피커가 설치된 '흰 비둘기' 색의 깨끗한 벽에 스마트홈 기술을 갖추고 최소한의 가구만을 배치한 현대적인 집이 종착지처럼 여겨지는 것은 지극히 당연한 일이다. 하지만 막대한 비용을 들여서 보기 흉한 물건들을 전부 없애거나 감춰버리면 물건에서 완전히 해방될 것 같아도 또 새로운 걱정이 생긴다.

반질반질 윤이 나고 여유로운 상태로 집을 유지하고자 하지만 공간이 부족하면 그로 인해 걷잡을 수 없는 노이로제 증상이 나타난다. 우리는 모두 '게을러서, 청소에 재주가 없어서, 시간이 없어서'라며 실패 원인을 자신에게서 찾는 경향이 있다. 하지만 진짜 원인은 잡동사니 없이 깔끔한 생활을 유지해야 한다는 생각 자체가 숨 막힐 정도로 가하는 지속적인 압박이다.

고급 호텔을 넘어서 야외 쇼핑센터, 소매점과 소규모 식당은 물론 친구네 집까지 인테리어 디자인의 기준이 되면서('마치 고급 호텔과 잡지에 나오는 집을 섞어놓은 듯한데, 어떻게 한 거지?') 일반인들조차 디자인 잡지에서 본 인테리어 디자인을 추구하고 꿈에 그리는 아파트와 집 사진을 핀터레스트 보드에 저장하기 시작했다. 다 낡아빠지고 그다지 아름답지 않은, 다소 어수선한 일반적인 주거 공간에서 간소하게 사는 일은 점점 더 어려워지고 있다. 왠지 우리는 그런 집 대신 새것처럼 깨끗한 박물관 같은 집에서 살아야 할 것만 같다.

최소한의 요소로 최대한의 효과를 누리고자 하는 미니멀리즘은 이제 부자나 한가한 사람들만의 이야기가 아니다. 당신의 집은 그냥 깨끗하기만 해서는 안 된다. 반드시 비어 있어야 한다. 잡동사니가 많다는 것은 당신에게 약점이 있다는 상징이요 세련되지 못한 취향의 표지이자 무엇이 멋진 것인지 모른다는 표시이고, 남보다 뒤처지고 있다는 신호다. 상류층의 정리 정돈 방식이 다른 계층으로 전파되면서, 쓸모없는 것들을 이고 지고 사는 세상의 게으름뱅이들은 시대에 뒤떨어진 존재가 되어버렸다.

이는 주식시장을 계속 상승장으로 만드는 그런 종류의 비현실적인 사회적 압력이다. 경제가 무한대로 팽창하는 것은 우리의 욕망과 기대가 비례해서 팽창할 때만 가능한 일이다. 우리가 두 발을 딛고 서 있는 땅이 불안정한 것처럼 기준은 끊임없이 바뀌고 있다. 수치심은 우리가 행하는 모든 일상적인 일을 좌우한다. 지금은 '용인 가능'하고 '괜찮아' 보여도 문화 시장에서는 결국 '괜찮지 않은' 것이 된다.

하지만 스타일과 유행, 소리와 냄새, 외관을 끊임없이 최신으로 유지하는 삶을 살고자 한다면(머릿속 생각까지 여기에 포함하지는 않겠다. 부담스러운 영역이기도 하거니와 밈meme이나 스크린샷, 트위터 이야기를 하는데 문서보관함이나 회전인출식 파일 보관함을 언급하는 것만큼이나 요점에서 벗어나기 때문이다) 우리는 이런저런 물건들 때문에 어수선한 상태에서 마음껏 쓰고 버리는 삶, 자신이 진심으로 열망하는 것과 사소한 것을 구분하기가 점점 더 어려워지는 삶에 갇히고 말 것이다.

곤도 마리에가 모든 형태의 '기쁨'을 깨달은 일종의 선지자처럼 보일지 몰라도, 잡동사니를 정리하자는 운동은 우리 문화의 신진대사를 거쳐 한 가지 사실만을 분명히 한다. 그것은 바로 언제든 새로운 트렌드와 스타일, 소리, 냄새를 구매해 환경에 흡수시켰다가 차례차례 다시 내다 버릴 수 있도록 우리는 지금 이 순간에 그저 불필요한 것들을 버리고 있을 뿐이라는 사실이다. 즉, 평생 우리는 끝없이 흐르는 잡동사니의 강을 거슬러 헤엄치느라 허우적거릴 것이다.

자신의 소유물을 어떻게 분류할지 정하는 일은 처음에는 사소하게 느껴질 수 있다. 하지만 이는 가장 기본적인 인간적 욕구를 충족하는 데 실패해 무엇이든 과하게 추종하게 만드는 자본주의라는 현대 종교의 중요한 요소다. 현대의 소비 행위는 장기적인 만족을 거의 불러오지 못할 뿐만 아니라 진까지 빼놓는다. 우리를 얼마전의 끔찍한 과거에 데려다 놓을 수 있는 기표들을 인식하는 데는 많은 에너지가 들기 때문이다. 항상 좋은 방향으로 나아가는 것도 아니고, 늘 내다 버리고 더 많은 새로운 물건들을 사들이는 것도 아니며, 늘 앞날에 관심을 집중하는 것도 아닌, 뭣도 모르던 그 과거로 말이다.

※ ※ ※

불필요한 잡동사니와 자신을 동격으로 만든 고도의 자본주의 프로세스에 스스로 걸어 들어가지 않는 이상, 곤도 마리에는 이상하게도 불만족스러운 이 시대의 진정한 선지자가 될 가능성을 갖고 있다. 왜냐하면 당신의 물건들이 당신에게 걱정이나 죄책감, 불안감, 불편함을 줘서는 안 된다는 그녀의 메시지는 광기의 바다에서 보기 드문 진실의 물 한 방울처럼 여겨질 수밖에 없기 때문이다.

어쨌든 우리를 불안하게 만드는 것은 물건만이 아니다. 매일 우리 앞을 맴돌며 팔로우하라, 들어라, 댓글 달아라, 리트윗하라, 전달하라, 가입하라, 구매하라 등 온갖 대응을 요구하는 휴대전화 속 수천 개의 메시지들도 마찬가지다. 우리는 경보처럼 울려대는 알림 소리에 포위되어 있다. 우리의 나날은 끈질기게 울려대는 휴대전화의 메시지 도착 알림 소리와 함께 흘러간다.

휴대전화의 전원이나 소리를 끄는 행위, 온라인에서 오프라인으로 전환하는 행위 등은 반사회적일 뿐만 아니라 무책임한 행동으로 여겨진다. 몇 년 전, 한 지인이 내 휴대전화의 '문자 기능'에 문제가 있는 것 같다는 말을 전해왔다. 메시지를 보내도 온종일 답이 없다는 것이었다. 나는 내가 작가이며 따라서 일을 제대로 하려면 그 어떤 방해도 받지 않고 조용히 보내는 시간이 하루에 몇 시간은 필요하다고 설명했다.

하지만 일하는 장소가 집이다 보니 돌아오는 건 싸늘한 표정이

었다. 그냥 빨리 답장을 보내면 되지 않느냐는 것이 지인의 대답이었
다. 그 자리에 있던 모든 사람이 그 말에 동의했다. 그들은 내게 문제
가 있다고 말했다. 마냥 기다리기에 몇 시간은 너무 길다고, 끊임없
이 울리는 알림 소리를 묵음으로 해놓으면 안 된다고, 언제 누가 전
화할지 모르므로 항상 대기하고 있어야 한다고 말이다.

우리 삶에 자리한 디지털 잡동사니는 그저 우리를 불안하게만
만드는 것이 아니라 사고의 흐름을 방해하고 오랜 침묵을 통해 깊이
사고할 기회도 차단한다. 우리의 디지털 잡동사니는 바로 그 자리에
서 우리를 둘러싸고 있는 세계를 재편한다. 그것들의 끊임없는 방해
로 인해 우리는 매 순간 응답하고 답신을 보내고 반응을 보여야 하는
건망증 환자가 되어버린다. 이것이 바로 우리가 20년 전이나 작년에
있었던 일은 고사하고 지난주에 있었던 일조차 거의 기억하지 못하
는 이유다.

끊임없이 방해에 시달리는 우리는 매 순간을 쉽게 무시하며 더
중요한 메시지를 기다리느라 허비한다. 다시 말해, 우리의 정신은 다
음에 올 잡동사니, 즉 아직 도착하지 않은 메시지와 트윗, 문자 같은
것들로 가득 차 있다. 우리는 과거와 미래의 잡동사니 속에서 살고
있다. 잡동사니에 갇힌 것이다. 지금 당장 우리가 존재할 공간은 어
디에도 없다. 미니멀리즘의 메시지에 우리가 그토록 열광적인 반응
을 보인 것은 너무나 당연하다. 우리의 정신은 소음과 곧 닥칠 방해

에 대한 우려로 인해 엉망진창이다. 지금 바로 이곳에 진정으로 존재할 방도가 없다.

조상과 자연을 섬기는 일본의 종교 신도Shinto의 가르침대로 사물에 감정을 불어넣음으로써 곤도는 물건이 우리 안에 불러일으키는 감정의 중요성을 강조했다. 하지만 우리가 그런 감정에 주의를 기울이면 이상한 일이 일어나기 시작한다. 물건이 불러일으키는 기쁨뿐만 아니라 불안까지 인식하게 되는 것이다.

내 아이폰 때문에 나는 불안하다. 언제든 학교에서 딸이 아프거나 다쳤다는 전화가 걸려올 수도 있기 때문이다. 내가 차고 다니는 스마트 워치 핏빗Fitbit 때문에도 나는 불안하다. 아직 내가 운동을 하지 않았음을 상기시키기 때문이다. 내 노트북 때문에도 불안하다. 지금 당장 대재앙이 세상 어딘가에서 벌어지고 있을지 모르는데 내가 뉴스를 확인하지 않는 이상 그 사실을 알 수 없다는 것을 상기시키기 때문이다.

과연 나는 이 디지털 구렁텅이에서 벗어날 수 있을까? 아무도 들을 수 없다고 해도 내 목소리는 여전히 중요할까? 침묵이 메시지 도착 알림음보다 더 절박하고 중요하게 느껴질 수 있을까? 뒤이어 올 문자와 트윗, 다음에 게시될 인스타그램 사진과 사촌이 봄방학 때 만든 플래시 영상의 다음 편, 또는 이웃의 아침식사 메뉴를 상상하는 대신에 지금 이 순간을 살면서 많은 것을 원하지 않는 나 자신을 상상하면 어떨까? 중요한 것은 우리가 물건을 통해서 기쁨을 느끼느냐 아니냐의 여부가 아니라, 스스로 기쁨을 느낄 수 있느냐 없느냐다. 기쁘다는 것이 어떤 느낌이었는지 혹시 기억나는가?

*** *** ***

아버지의 지갑은 내 책상 맨 윗 서랍에 자리하고 있다. 몇 달에 한 번씩 나는 그 지갑을 꺼내 아버지의 돈을 세어본다. 1990년도에 발행된 20달러짜리 지폐 한 장, 1993년도에 발행된 5달러짜리 지폐 한 장, 그리고 1988년도에 발행된 1달러짜리 지폐 한 장까지 총 26달러다. 이 돈이 아빠 지갑에 들어갔을 때, 아버지 나이는 쉰여섯이었다. 아버지의 유품은 이 26달러 외에도 퇴직금과 여러 투자용 부동산, 콘도미니엄, 새로 뽑은 렉서스 쿠페 한 대, 그리고 검정 볼펜으로 휘갈겨 쓴 후 옷장 거울에 붙여놓은 "천국의 모든 것이 네 안에 있나니"라는 작은 종이 한 장이었다.

책상 서랍에서 아버지 지갑을 꺼내 손에 쥘 때면 일본인들이 하는 "모노 노 아와레物の哀れ"라는 말이 떠오른다. 문자 그대로 해석하면 '사물의 슬픔'이다. 더 넓은 뜻으로 해석해 보면 '존재의 덧없음에 대한 우울한 자각'을 의미한다. 아버지의 지갑은 영원한 것은 아무것도 없음을 상기시킨다. 편안해지려고 하는 찰나 우리는 사라진다.

그리고 그렇게 가고 나면 남은 물건 중 한두 개 정도만 다른 이의 눈에 띌 뿐이다.

　슬픈 일이다. 하지만 지금 당장 이 순간이 얼마나 대단한 것이며 살아 있다는 것이 얼마나 놀라운 선물인지를 깨달아야 하는 이유이기도 하다. 이 깨달음보다 더 많은 것은 필요하지 않다. 천국의 모든 것이 내 안에 있으므로.

수치화된 세계

▼

       최근 들어 계속 1970년대 어린이 교육 프로그램 〈세서미 스트리트Sesame Street〉의 캐릭터 인형 '카운트 백작'이 생각난다. 백작은 꼭 드라큘라 백작처럼 생겼지만 흡혈귀는 아니다. 그가 원하는 것은 그저 사물의 수를 세는 것이 전부다. 그리고 이런 성향 때문에 따돌림당한다. 잡담도 나눌 줄 모른다. 누구에게도 그날 하루가 어땠는지 묻지 않는다. 그가 관심 있어 하는 것은 오로지 숫자뿐이다. 만일 당신이 카운트 백작을 아이들에게 소개한다면, 백작은 아이들의 이름은 무시하고 오로지 "아이 하나, 아이 둘!"이라고 외칠 게 뻔하다.

백작은 매우 쾌활해 보이지만 어디에도 집중하지 못한다. 끊임없이 숫자를 세는 데 정신이 팔려 있다. 머릿속은 온통 숫자들뿐이다. 평생을 그렇게 흘려보내고 있지만 그는 알아채지 못한다. 그에게는 숫자가 전부다. 다른 것은 없다.

나는 그 느낌을 안다. 요즘 우리 대부분은 반려견 사진, 읽은 글의 링크, 의견, 농담, 미래의 일에 대한 소식, 짧고 강렬한 영상, 그리고 두고 읽을 만한 문구 등 자신의 일부를 온라인에서 드러낸다. 그리고 그것들은 숫자로 전환된다. 의미는 사라지고 가치는 수량화된다. '좋아요' 개수, 리트윗 수, 늘어난 혹은 줄어든 팔로워 수 등 우리에게 남는 것은 숫자뿐이다. 우리를 표현해 주는 모든 것이 숫자로 환산된다. 그 숫자들은 우리가 얼마나 인기 있는 사람인지, 그리고 우리의 생각이나 경험, 의견이 얼마나 인기 있는지를 말해준다.

놀라운 것은, 숫자로 이루어진 이 필터가 자신은 물론 주변인들의 세계관에 엄청난 영향을 미친다는 점이다. 나는 내가 아는 거의 모든 창의적인 사람들 하나하나의 기운을 북돋아 주어야 한다. 내 트위터가 가리키고 있는 숫자들이 작은 변화 정도는 만들어낼 수 있을 만큼 커 보이기 때문이다. 이 숫자는 내게 특권을 부여한다. 내가 트위터에 아무리 바보 같은 글을 올려도 반드시 그것을 좋아하는 사람들이 있다. 그 숫자는 나를 보는 사람들이 있다는 것을 의미한다. 나는 무시당하고 있지 않다. 내 트위터에 자신의 명운이 걸린 전문가들은 내 숫자가 계속 커지기를, 그리고 내 노력이 계속해서 성공으로 이어지기를 바란다.

내 숫자는 내 의견을 들으려고 기다리는 사람들이 있다는 위험한 착각을 하게 만든다(홍보 담당자의 말로는 대단한 숫자는 아니지만 "인플루언서들이 두려워할 만한" 정도는 된다고 한다. 이 말을 듣고 뿌듯했지만 이상하게도 그 뒷맛은 낯설고 불쾌했다). 이 모든 경험은 매력적이고 유혹적이며 또한 미련하고 당혹스럽다. 지인 중 일부는 이런 것을 중요하게 생각한다. 그리고 자신들의 숫자가 너무 적은 것을 애석해한다. 그리고 내게 묻는다. 그다지 인상적인 숫자도 아닌데 어떻게 그 숫자를 위해서 계속해서 무언가를 만들어내냐고 말이다. 때때로 나는 그들이 이깟 숫자 때문에 극심한 고통에 시달린다는 사실이 즐겁다. 아무래도 나는 나쁜 사람인가 보다.

그래서 나는 어떻게 하고 있을까? 내 비결이 궁금한가? 간단히 말하면, 나는 때때로 가상의 숫자들을 바라보기 위해 기꺼이 현실의 진짜 사람들과의 대화를 차단한다. 그리고 되뇐다. 그냥 뭔가 재미있는 일을 하면서 시간을 보내고 있을 뿐이라고, 이것이 내가 최신 뉴스에 통달한 이유라고, 그리고 열심히 일하니까 아무 생각 없이 머리를 식힐 시간도 필요하다고 말이다.

나는 지위에 그리 연연하는 사람이 아닌데도 왠지 그 숫자들을 바라보는 것이 좋다. 누군가가 내 글을 기다리고 있다는 착각이 즐겁다. 나 자신이 눈에 띄지 않는 존재, 아무 상관없는 사람이라는 생각을 덜 하게 된다. '눈에 띄지 않는', '아무 상관없는'이라는 말은 내가 지금까지 사용한 단어 중에 가장 슬프고 바보 같은 말인 것 같다.

나는 쾌활해 보일 때가 많다. 하지만 영 집중하지 못한다. 끊임없이 내 숫자들에 정신을 빼앗긴다. 그리고 때로는 소셜 미디어의 이중적인 캐릭터 인형들과 함께 천천히 미쳐가고 있다는 느낌이 든다. 우리 인생은 스쳐 지나듯 흘러가지만 우리는 눈치채지 못한다. 우리는 화면의 의미 없는 숫자들을 얻는 대가로 삶의 모든 것을 내주고 있다. 그냥 사라져 가는 것이다.

✳ ✳ ✳

4년간 《뉴욕》 매거진 더 컷The Cut 섹션의 "폴리에게 물어봐Ask Polly" 담당 칼럼니스트로 있으면서 그리고 수년 동안의 블로그 활동을 통해, 조언을 구하는 젊은이들이 지속해서 반복적으로 고민하는 특정 주제가 있음을 알게 되었다. 그래서 최근에는 밀레니엄 세대에 대한 우리의 선입견 대다수가 틀린 것 같다는 생각이 들기 시작했다. 버릇없고 거만하며 자신의 능력을 과신하고, 사생활 공개나 소셜 미디어에 대해 별 거부감 없이 대부분의 생활을 온라인으로 하는 디지털 원주민일 것이라는 선입견 말이다.

내가 아침마다 메일함에서 발견하는 것은 언제나 죄책감과 무능감에 시달리며 끊임없이 타인과 자신을 비교하는 젊은이들이 보내온 긴급 상담 메일이다. 그들은 소셜 미디어 때문에 매일 속을 끓인다. 내 관점으로 보자면, 지난 수십 년보다 지금이 젊은이로 살아가기가 더 힘든 것 같다. 물론 내가 다루고 있는 사례들은 그리 많지 않은, 인구학적으로 편향된 예다(아무리 그래도 부유한 백인에 대한 '케케묵은' 고정관념보다는 심하진 않을 것이다). 게다가 이 표본들은 내가 직접 고른 것이다.

어쨌든 나는 대부분 힘겹게 분투하는 이들에게서 편지를 받는다. 그들의 증언은 가슴을 저민다. 자의식과 자기회의로 점철된 말과 구절과 표현들이 편지마다 이어진다. "나는 종종 (동료들이 보기에) 지극히 어중간하거나 평범한 사람인 것 같을 때가 있어요." 한 젊은이의 고백이다. "내가 만사를 너무 깊이 생각하고 대체로 자신을 증오하는 불안증 환자라는 걸 언제쯤 그 사람이 알게 될까요?" "내 생각에 내가 주로 느끼는 감정은 죄책감 같아요." 또 다른 젊은이의 글이다. "행복하다는 느낌이 들어도 그 순간 뿐이에요. 곧 행복을 느낀다는 사실에 죄책감이 들죠. 저는 정말로 이런 행복을 느낄 가치가 없는 사람 같거든요. 정말 우연히 주어진 이 행복을 제가 누려도 되는 건지 모르겠어요."

이런 염려는 대부분 같은 유형처럼 보이는데, 다른 사람들이 자신을 끊임없이 주시하고 마음대로 재단하면서 제대로 인정해 주지 않는다는 것이다. 우습지만, 이런 상황에서 다른 사람을 신경 쓰지 않기는 힘들다. 많은 젊은이가 다른 사람에 대해 이야기할 때 "나보다 나은 사람"이라고 말한다. 이것이 바로 현시대의 젊은이로 살아간다는 것, 그리고 새로운 인기 경쟁에 모든 힘과 자원을 쏟아붓는다는 것이 어떤 기분인지 말해준다. 내가 아무리 열심히 노력해도, 저 밖의 누군가는 똑같은 원료로 더 나은 삶을 만들어내는 것처럼 보인다. 정리된 모습으로 온라인에 올려진 자신의 모습조차 실제와 달리 너무 꾸몄다고 느낀다. 그리고 왠지 자신만 가식적인 것처럼 생각된다.

내게 편지를 보낸 젊은이들은 전혀 버릇없지 않다. 그들은 자신이 행복을 누릴 만한 자격이 없다고 느낀다. 자신들이 행하는 모든 것에 남의 시선을 의식하며 죄책감을 느낀다. 앞으로 나아갈 때마다 자신이 누군가의 발을 밟은 건 아닌지 걱정한다. 더 좋은 사람처럼 보이고 싶어 하고, 더 열심히 일하겠다고 다짐한다. 세상을 잘 살아가고 있다고 느끼려면 목소리를 높여 진실을 말해야 하지만, 바로 그 순간 입을 다물기로 한다. 세상에 자신의 진짜 모습을 보여주기를 두려워하고, 수치스러운 일이라고 생각한다. 진짜가 아닌 꾸며낸 모습을 사람들이 봐주기를 기다린다.

내가 말할 수 있는 것은 내가 그렇듯이 20대 풋내기들 또한 소셜 미디어의 자기과신과 자기홍보적 가치를 구현하는 데 있어 X세대보다 나을 것이 없다는 사실이다. 의심이나 걱정, 마음의 동요 같은 것들을 절대 공개적으로 드러내서는 안 된다고 배운 것이다. 수년 동안 무대 뒤 커튼 틈으로 그들을 훔쳐본 결과, 개방적인 자세를 취하는 것이 그들에게 얼마나 극도로 어려운 일인지를 알게 되었다.

그래서 나는 2001년 5월부터 초창기 웹진인 '썩닷컴Suck.com'에서 상담 글을 쓰기 시작했다. 몇 년 동안 만화 형식의 글을 올렸는데, 그때의 상담은 일종의 실험에 불과했다. 썩닷컴은 결국 문을 닫았지만 그로부터 한 달 뒤에 나는 블로그를 통해 상담을 이어갔다. 돌아보면, 그때 내가 해준 조언들은 권위적이고 현학적이었으며 문제 중심적이었다. 당시 나는 구체적인 위험 요소보다는 우리 문화의 일반적인 폐해에 관심이 더 많았다. 그런 것들이 어떻게 소화되고 흡수되어 우리의 일부로 느껴지는지, 그리고 왜 우리는 아직도 자신이 아픈 이유를 파악하지 못하는지 고민 중이었다.

"대립을 피하는 것은 좋지 않아요." 블로그에 글을 쓴 지 얼마 되지 않았을 무렵 나는 이런 글을 남겼다. "사람들과의 관계 중 어느 하나라도 부정직한 태도로 대하면 다른 모든 관계에도 영향을 끼칠 거예요." 이때 나는 서른한 살이었고, 실직 중이었으며, 약간 의기소침해 있었고, 사귀고 있던 연상의 이혼남과의 대립을 피하고 있던 참이었다. 나는 정직하고 싶었다. 하지만 사랑도 받고 싶었다. 이미 모순이 시작되고 있었다.

그때만 해도 고민을 털어놓을 공간이 적어도 온라인에는 있었다. 요즘은 세심한 이미지 관리와 공격적인 자기홍보, 그리고 '자기만의 정체성을 갖는 것'에 대한 불안이 온라인 세상으로까지 침투해 들어왔다. 상업적 영역에서나 이루어질 법한 압박이 사생활 영역에서도 가해지고 있다. 사랑이나 우정, 가족, 심지어 우리의 내면 상태에 대해서까지 상업적 영역과 똑같은 경쟁력을 기대하는 것이다.

10대와 20대 풋내기들은 소셜 미디어와 함께 자랐다. 평생 이렇게 살아왔다는 의미다. 이로 인한 압박은 그야말로 엄청나다. 대다수가 한때 가난에 시달리는 극소수 예술가들의 영역이었던 창의적인 직업으로 돈을 벌 생각을 하고 있을 뿐만 아니라, 스스로 빨리 이름을 알려 만족스러운 직업을 찾고 하룻밤 새에 유명인이 되고 싶어한다. 아니면 적어도 수만 명의 추종자라도 확보하고 싶어 한다.

사회에 만연해 있는 이 잠재의식 속의 열망은 새로운 디지털 영역이 만들어낸 부작용이라고 할 수 있다. 이는 우리 모두에게 영향을 미치며, 젊은 층에 가장 많은 고통을 안긴다. 왜냐하면 어떤 환경에 처해 있든 패션 블로거처럼 옷을 입고 연예인처럼 휴가를 즐기며 음식 비평가처럼 먹고 포르노 스타처럼 섹스를 즐겨야 한다고, 만일 그렇게 하지 못하면 언제까지나 패자일 뿐이고 위대해지기는 틀렸다고 말하기 때문이다.

대부분은 이런 압박을 믿지 않으려고 한다. 물론 10대나 50대도 마찬가지다. 어쩌면 우리는 그저 실수를 저지르거나 곤경에 처하지 않고 그럭저럭 하루를 보내는 것이 자신의 바람이라고 믿는지도 모르겠다. 하지만 실수를 저지르거나 곤경에 처하는 것은 사람들이 일상에서 가장 많이 경험하는 일이다. 우리 안에 내재한 의식적 욕망이라는 모호한 필터 뒤에 터무니없이 큰 기대가 자리 잡고 있기 때문이다. 오늘날 우리 문화를 지배하는 규칙대로라면, 만사에 최선을 다하고 시간을 내어 친구를 만나며 가능한 한 즐겁게 보내려 노력하면서 그날그날을 평범하게 살아가는 것은 실패한 인생이나 마찬가지다. 우리는 최고로 멋진 삶을 살아야 하고 최고 버전의 자신이 되어야 한다. 그러지 않으면 아무도, 아무것도 아닌 것이다.

상황은 더 심각해지고 있다. 우리는 이제 자신이 원하는 삶을 살기 위해서는 세상에 맞는 태도를 길러야 한다고 생각한다. 그래서 마음이 조금이라도 긍정적인 상태에서 멀어질 때마다 스스로 채찍질을 한다. 만일 글로벌 문화라는 대중 종교가 있다고 한다면, 그것은 고도로 자본주의적인 신앙일 것이다. 그 종교에서는 세간의 주목을 받는 이들이 언제나 소리 높여 외친다. 자기 자신에 대해 확고한 믿음을 가지면 지금까지 꿈꿔온 모든 걸 얻을 수 있다고 말이다. 즉, 모든 것은 우리의 믿음과, 인스타그램 피드에 갑자기 화려하고 매력적으로 보이는 승자가 등장했을 때 떠오르는 의혹을 억누르는 우리의 능력에 달려 있다는 것이다.

하지만 이런 의혹은 살아가는 동안 어쩔 수 없이 듣게 되는 생활 소음 같은 것이다. 이런 말을 해주는 사람이 너무나 없다. 빠르게 성공에 이르는 경우는 아주 드물다는 것, 성공하더라도 여전히 걱정과 기복이 따르며 따분한 일도 오랫동안 해야 한다는 것을 설명해 주는 사람도 찾기 힘들다. 좌절감이 얼마나 당신을 괴롭히고 산만하게 만드는지를 가르쳐주는 글도 많지 않다. 꿈꾼다고 다 얻지는 못한다는 것, 그리고 꿈꿨던 모든 것을 얻는다고 행복해지지는 않는다는 것을 알려주는 사진이나 영상도 별로 없다. 스크롤을 끝도 없이 내려야 할 정도로 수많은 피드가 달린 아주 잘 꾸며진 '최고의 삶'은, 그것이 암시하는 바가 무엇이든, 행복과는 전혀 관계가 없다.

분명한 것은 상담 전문 칼럼니스트인 나 역시 그런 문제를 안고 살아갈 위험에 처해 있다는 사실이다. 나는 사람들에게 자신이 진정으로 원하는 삶이 가능하다는 것을 믿으라고, 그리고 꿈을 이루기 위해 기대치를 높게 설정하고 끊임없이 분투하라고 말한다. 하지만 미래에 '더 나은 버전'의 당신이 기다리고 있을 일은 없다는 말도 몇 번이고 해주고 싶다. 최고 버전의 당신은 지금 이곳에 존재하는 당신이다. 혼란스럽고 짜증나며 불완전하고 황당한 '바로 이 순간의 당신'

말이다. 밖에서 누가 뭐라고 하든 듣지 말라. 그냥 바로 지금, 바로
이 자리에서, 자신과 자신이 가진 것을 즐겨라.

음식에 대한 지나친 열정

▼

      우리가 마침내 엄청난 과소비라는 디스토피아에 들어섰음을 나타내 주는 징후가 혹시 있다면, 그것은 바로 식도락가들의 움직임일 것이다. 왜냐하면 그들은 생존의 기본인 음식에 수많은 후기 자본주의적 마법 가루를 잔뜩 뿌려 호화로운 사치품으로 탈바꿈시키기 때문이다. 피지나 알프스에서 퍼 올린 ─ 또는 특정 지방의 수돗물을 담은 ─ 병당 5달러짜리 생수를 광고하는 뻔뻔스러운 마케팅은, 수요가 조작될 수도 있다는 것을 믿지 않고 그 기본 취지조차 알려고 하지 않는 오늘날 대중의 충격적인 실태를 알리는 첫 위험 신호였는지도 모른다.

높은 수준의 가처분소득을 보유한 중상류층의 특징을 하나 꼽자면 바로 자신이 벌어들이는 수입을 참신한 방식으로 소비하려는 지칠 줄 모르는 욕구로 정리할 수 있다. 평범한 상품일수록 왠지 더 큰 느낌과 의미가 숨어 있을 것처럼 보이는 법이다. 불과 몇 세기 후, 황폐해질 대로 황폐해진 지구의 인간들이 지금 이 시대를 이야기할 때는 특별하지도 않으면서 과하게 비싼 상품을 둘러싼 편집증적인 열정이 절정에 달했던 결정적인 시기라고 회상할지도 모를 일이다.

음식을 예찬하는 것은 얼핏 보기에는 충분히 이해가 갈 수도 있는 일이다. 살기 위해서는 누구나 먹어야 하기 때문이다. 그리고 모든 동물적 욕구나 생존 활동(먹고, 교미하고, 새끼를 낳고, 이를 반복하는 것 등)이 그렇듯이, 이런 활동을 가치 체계의 중심으로 옮기는 것은 그리 대단한 일도 아니다.

바르셀로나에서 6개월간의 해외 생활을 마쳤다면 그 어느 중상류층 대학생이 스페인식 하몽이 선사하는 최상의 행복에 충성을 맹세하지 않고 돌아올 수 있겠는가. 확실한 보상이 즉각적으로 주어지는 취미에 에너지를 쏟아붓고 싶지 않은 부자가 어디 있겠는가. 돈만 들이면 하룻밤에 세상의 값비싼 숙성 치즈에 관해 준전문가가 될 수도 있는 세상 아닌가.

히피 흉내 내기를 좋아하는 부유한 주부가 즐기기에 알을 낳는 암탉(오 정말 사랑스러운 생명체다!)을 기르거나 자녀가 값비싼 유치원에서 수확해 온 유기농 채소로 피클을 만드는 것보다 좋은 취미가 또 어디 있겠는가. 소비성 취미들이 대개 그렇듯이, 이런 특별한 식도락 취미는 비교적 적은 비용으로 쉽게 참여할 수 있으며 확실한 미각적·사회적 보상을 가져다준다.

취미조차 영웅적인 광휘를 발하기를 원하는 이들이라면 이른바 '식품 혁명'이라는 친절하게 항목별로 구분된 이념적 토대로 관심을 돌릴 만하다. 끝없이 이어지는 폭로와 선언을 통해 우리의 식품이 얼마나 오랫동안 교묘한 화학 처리와 자원 집약적인 공장식 사육, 과도한 가공 공정, 맛의 하향평준화에 의해 오염되어 왔는지 모든 정황이 상세히 밝혀진 지금, 소비자의 관점에서 볼 때 그 유일한 해결책은 더 나은 정보를 바탕으로 지역에서 생산되는 상품을 구매함으로써 이런 모든 시스템상의 문제를 바로잡는 것이다.

그래서 우리는 패스트푸드(또한 미국에서 그 못지않게 전염병처럼 퍼지고 있는 비만)의 급속한 확산과 싸우기 위해 '로커보어locavore**' 요리법이라고도 하고 유기농 농법, '슬로 푸드' 운동이라고도 하는, 지

• 지역을 뜻하는 로컬(Local)과 먹을거리를 뜻하는 보어(Vore)의 합성어로, 거주 지역에서 재배한 제철 음식을 소비하는 트렌드를 가리키는 신조어.

역에서 생산된 고기와 유제품을 소비하는 미덕의 장점을 배워오지 않았던가. 물론 이런 미덕은 모두 개인적 소비의 범위에서는 충분히 가치가 있다. 농부들이 재배한 식재료로 음식을 만들어 섭취할 때 아마도 우리가 원하는 것은 건강하고 날씬하고 충만한 삶, 풍미를 즐기며 사는 삶이지 않을까? 스스로 윤리적인 변화를 주도하고 있다는 느낌에 훨씬 기분이 좋아지는 것은 말할 필요도 없다.

하지만 장인의 비법에 가까운 요리법을 추구하는 이런 경향에 힘입어 더욱 공정하고 값이 적당하며 튼튼한 식품 경제에 가까운 뭔가가 이루어졌다는 증거를 찾기는 쉽지 않다. 오히려 이미 계층별로 세분된 푸드 시스템에 더욱 심한 양극화를 불러왔을 뿐이다. 한쪽 끝에는 토끼고기의 지방과 일본산 성게알을 얼마든지 먹을 수 있는 특권층이, 반대쪽 끝에는 과도하게 가공된 저렴하고 영양가 없는 음식이라도 살기 위해 먹어야 하는 불모지가 자리 잡은 것이다.

그렇지만 식도락가들은 한 끼에 200달러 이상을 소비하는 방종한 습관을 지적·문화적 명예훈장으로 변신시키는 방법을 터득했다. 무엇이든 자신들이 방금 맛본, 접시에 세심하게 올려진 혼합물에 대해 그 선명한 색과 좋은 냄새, 풍미가 어떻게 해서 만들어질 수 있었는지를 언급함으로써 자신들의 대단한 미각을 대대적으로 떠들어대는 식이다. 돈이 썩어날 정도로 많은 사람은 언제나 어떤 퇴폐적인 도락indulgences 행위도 진보적이고 분별 있으며 고결한 것으로 치장할 독창적인 방법을 찾아낸다. 그리고 그런 도락을 제공하는 이들 역시 이 판타지에 공모할 만큼 영리하다.

물론 이 판타지는 식도락을 추종하는 집단에 그 어느 때보다 많은 부유층 구성원들이 새로 유입되면서 더욱 세련되고 복잡해졌다. 식도락 문화는 그 특유의 자기만족적 조야함에도 불구하고(열정적인 식도락가들은 "나는 그저 음식을 진심으로 사랑할 뿐"이라고 말한다. 그들은 인류 대부분이 그런 열정을 똑같이 갖고 있다는 사실을 전혀 모르는 듯하다) 병에 담긴 생수의 인기가 끝나자마자 지나치다 싶을 정도의 광풍을 불러왔다. 식도락가들은 단언한다. "먹는 것이 가장 중요하다!" 또는 "살기 위해 먹지 말고, 먹기 위해 살라!"라고. 이런 구호는 대중을 뒤흔들어 가상의 단식투쟁에서 빠져나오게 하려는 목적으로 만들어진 것이 분명하다.

그러나 쉐 파니스나 모모푸쿠, 트루아 멕 같은 일류 식당에서 겨우 한 끼 먹는 정도로는 식도락이라고 할 수 없다. 반드시 요식업 전문 매체 사이트 '이터Eater'에 게시된 "꼭 가 봐야 할" 모든 식당에서 만찬을 즐겨야 한다. 미슐랭에서 몇 개의 별을 받았는지 경건한 목소리로 속삭여야 하며, 한 입 베어 물 때마다 요리 경연 프로그램 〈톱 셰프〉 못지않은 권위적인 말투로 신맛과 단맛, 감칠맛이 균형을 이루는 것이 얼마나 중요한지 이야기할 줄 알아야 한다.

이제 미국에서 어느 정도 유행에 밝은 모든 도시에 '정성스럽고'

'독창적인' 음식을 전하는 엄숙하고 중요한 임무는 거의 완수되었다. 일단 겉으로 보기에 음식 문화 전문가들은 목표를 완수하는 것에 그치지 않고 한 발짝 더 나아갔다. 이제 사람들에게 외식이란 마치 테렌스 맬릭 감독의 투박한 최신 영화를 신랄하게 파헤치는 영화 비평가라도 된 듯 세상 진지한 말투로 마지막 코스 요리가 '신맛'이 너무 강하다고 투덜거리는 옆 테이블의 볼멘소리를 들으며 벽돌 위에 얹은 달디 단 디저트 요리를 먹는 것을 의미하게 되었다.

먹은 경험을 연대기순으로 기록하는 것도 중요하다는 사실을 잊지 말자. 먹는 행위가 사적인 의미와 향수가 가미된 매우 개인적이고 정서적인 활동이라고 한다면, 맛집 정보 앱 '옐프'에 식당 후기를 올리는 일은 공동으로 작성하는 일기와 같다. 그곳에 후기를 남기는 사람들은 저명한 음식 평론가의 거만함을 흉내 내느라 안간힘을 쓴다. 로스앤젤레스의 한 부촌에 자리한 어느 이탈리안 레스토랑에 대한 후기를 보자.

우리는 먼저 닭 간 크로스토네와 문어, 참 샐러드 '아미글리오라타'를 주문했다. 닭 간은 놀라울 정도로 연하고 부드러운 질감에 굉장히 진한 풍미가 느껴졌다. 거기에 두툼하고 껍질이 딱딱한 구운 빵 조각과 시큼한 검은 자두 모스타르다가 곁들여졌는데, 자칫 퇴폐적일 수도 있는 간이라는 재료에 대한 세심한 선택이라

할 수 있겠다. 문어는 흑보리와 구운 당근, 적양파 위에 얹어 제
공되었는데, 육질이 연하고 맛이 있었다. 색이 조화롭게 어우러
진, 소박하고 기분 좋은 요리였다.

또 이런 것은 어떤가? 그 근처의 라멘 식당에 대한 후기다.

오즈 이스트 키친의 돼지고기 라멘은 국물을 제외하면 그 안에
들어간 모든 재료가 흠잡을 데 없이 완벽하다. 돼지고기는 부드
럽고 맛이 좋았으며, 간이 밴 달걀은 완벽했다. 특히 맨 위에 얹
은 미즈나mizuna*의 톡 쏘는 맛이 마음에 들었다. 국물은 담백한
편이었지만 내 입맛에는 맞지 않았다(나는 좀 더 기름진 국물을
좋아한다). 무엇보다 깊이가 별로 느껴지지 않았다. 담백한 국물
이라 하더라도 감칠맛이 느껴져야 하는데, 오즈의 국물은 이런
차원에서 완전히 실패했다. …… 이 식당이 더 기름지고 풍미 있
는 돼지 국물을 더하기 전까지는 다시 올 일이 없을 것이다.

　두 개의 후기 모두 음식 비평과 블로그에서 일반적으로 사용하
는 용어들(놀라운, 퇴폐적인, 소박한, 색이 어우러진, 감칠맛 등)을 과시

• 경수채라고도 하며 특유의 향이 누린내를 없애주는 역할을 한다.

하고 있다. 모두 뒤섞여 서로 어우러지는 모양새가 마치 라틴어로 진행되는 옛 가톨릭 미사에서 올리던 헌신의 기도를 닮았다. 게다가 독선적이기까지 하다. 이 후기를 통해 한 소비자의 평범한 불만은 국물이 충분히 기름지지 않은 어느 라멘 식당에 맞서 싸우는 영웅적인 저항 수준으로 올라간다. 옐프 앱에 후기를 올리는 소비자들은 관중이나 구경꾼, 또는 지갑을 손에 든 얼굴 없는 아무개가 아니라 전체 생산 시스템의 중심인물, 심지어 쇼의 주인공으로 부상한다.

　이러한 자아의 모순은 음식 문화가 소비지상주의적 현혹의 명백한 징후가 된 현상의 중심에 맞닿아 있다. 단순히 입맛이나 뭔가에 대한 향수 때문에, 혹은 자신이 무가치하다고 느껴지는 무력감 때문에 사치품의 세계에 유인된 고급 소비자들은 단순히 돈과 상품의 기본적인 교환법칙을 오판하는 데서 그치지 않는다. 그들은 자신이 남긴 후기("나는 산토우카 라멘의 기름진 국물을 좋아한다.")를 마음 깊이 동일시한다. 이들은 마치 자신의 평가에 따라 세상이 좌우되기라도 한다는 듯 행동한다. 마치 새 교황의 선출 결과를 초조하게 기다리는 로마 군중들처럼 사람들이 옐프 앱에 올리는 자신들의 후기를 기다릴 것이라고 착각하는 것이다.

　'식도락가'라는 정체성은 전적으로 깊이 감명을 받은 다양한 음식들(산토우카의 국물! 왁스먼*의 닭구이!)에 의해 구축된다. 그리고 처음에는 (응원하는 스포츠팀이나 좋아하는 밴드를 대하듯) 충성 맹세를 바치는 것에 불과하다가, 점차 스스로 형태를 바꾸어 결국 정치 영역에 들어선다. 식도락가가 된다는 것은 지구를 구하고, 소규모 유기농 농장을 구하며, 가난한 이들과 비만인들 그리고 영양 결핍인 사람들을 구하겠다고 맹세하는 것과 동의어가 되었다. 하기는, 껍데기뿐인 독선은 늘 자신에게 충분히 그럴 만한 자격이 있다는 얼토당토않은 착각과 멋지게 짝을 이루지 않던가. 그럴듯하게 꾸민 번지르르한 말로 포장된 돌 수프stone soup**의 소박한 맛처럼 말이다.

이런 맛의 개요가 더욱 고상하게 표현된 예는 더 볼 것도 없이 이브 터로의 《냠냠 세대의 입맛A Taste of Generation Yum》에 잘 나와 있다. 터로는, 편리하게도 비역사적인 관점에서 기술하기를, 부모의 형편없는 식생활을 보고 자란 밀레니엄 세대가 그보다 나은 것을 원하면서 음식 혁명이 시작되었다고 설명한다. 그렇다. 터로를 비롯한 이들이 "냠냠이들Yummers"이라고 부르는 밀레니엄 세대 식도락가들은 힘들여 번 돈으로 홀로 식도락 문화를 이끌어가고 있다. 아니, 어쩌면 그리 힘들게 번 돈이 아닐 수도 있겠다. 왜냐하면 터로의 주장에 따르면 2013년 당시 청년 인구의 38%가 실업 상태였기 때문이다. 이 용맹스러운 냠냠이들은 베이비붐 세대인 부모의 돈을 소비하고

• 캘리포니아 요리의 선두 주자로 불리는 요리사.
•• 포르투갈 전통 음식.

있다.

설령 터로가 말하는 수많은 밀레니엄 세대 청년들이 직업 없이 부모 세대의 돈으로 살아가고 있다고는 하나 "입맛에 한계가 없다"는 점에서 그들은 특별하다. 그들은 요란하게 장식된 송아지 혀 요리를 맛보는 데 대부분의 돈을 소비하는 것에서 그치지 않고 "조개 캐는 일이나 염소 젖 짜는 일, 또는 땅을 경작하는 일"을 꿈꾸며 일반적인 직업을 멀리한다.

이 모든 것이 암시하는 바는 밀레니엄 세대가 과거 그 어느 세대보다 음식에 깊은 관심을 갖고 있다는 사실이다. 터로의 글에 따르면, "젊은이들은 적극적이고 과감하게 음식을 삶에 통합해 이전 세대와는 다른 정도의 관심과 가치를 부여한다". 그러나 과거 농경사회 집단은 물론 요리 연구가 줄리아 차일드를 추종하는 베이비붐 세대와 《요리의 즐거움Joy of Cooking》 광신도들은 절대 이에 동의하지 않을 것이다. 그도 그럴 것이, 자신들이 수십 년 전부터 시작된 음식 유행의 숨은 동력이라고 주장하는 세대는 밀레니엄 세대가 처음이 아니고 또한 마지막 세대도 아닐 것이다.

하지만 데이비드 캠프가 《미국과 루꼴라: 자연 건조와 냉압착, 엑스트라 버진이 일으킨 미국의 음식 혁명 이야기The United States of Arugula: The Sun-Dried, Cold-Pressed, Extra Virgin Story of the American Food Revolution》에서 말했듯이, 오늘날의 음식 풍경은 제2차 세계대전 이

후 미국에서 고급 식당과 프랑스 요리가 급부상하면서 시작되었다. 여기에는 요리연구가 제임스 비어드와 줄리아 차일드, 식당 비평가이자 푸드 저널리스트 크레이그 클레이본의 도움이 있었다. 이들은 여성지가 주부들에게 통조림에 든 만다린 귤을 라임 젤로Lime Jell-O*에 넣도록 부추기던 시기에 갓 구운 빵과 고급 가정요리를 대중화시켰다.

마치 갑작스러운 음식 혁명처럼 보이지만 실은 70년이라는 긴 시간 동안 맛은 서서히 진화를 거듭했다. 몇 년마다 약속이라도 한 듯이 새로운 식당과 유행 음식이 생겨났고, 그때마다 기존의 식당과 음식을 대체하곤 했다. 시나리오 작가이자 영화감독인 노라 에프런은 2006년 2월 《뉴요커》에 기고한 수필에서 이를 간단명료하게 "연속적 일부일처제"라고 칭하기도 했다. '연속적 일부일처제'란 한 사람이 시기를 달리해 두 명 이상의 배우자와 차례차례 관계를 맺는 것을 의미한다.

"이는 루꼴라가 발견된 바로 그 무렵의 일이었다. 루꼴라 다음에는 엔다이브가, 엔다이브 다음에는 라디치오가, 라디치오 다음에는 치커리가, 치커리 다음에는 'ㅁ'으로 시작하는 채소 3종(메스클랭, 마타리 상추, 마이크로그린)이 뒤이어 인기를 끌었다. 이는 상추가 인기

• 라임의 맛과 향이 가미된 디저트용 젤리.

를 얻기까지 40년간 반복되었다."

'혁명'으로 봐야 마땅한 일을 단순히 유행하는 맛이 변한 것뿐이라고 일축함으로써, 오늘날 식품 산업에 지불되는 막대한 돈의 규모를 과소평가하려는 것은 아니다. 당연한 말이겠지만, 식품의 '혁명적' 지위와 관련 있는 이들이 제시하는 견해는 데이비드 캠프나 노라 에프런의 견해보다 훨씬 거창하며 대중의 선호도도 높다. 그도 그럴 것이, 만일 자신이 즐기고 있는 만찬이 혁신적이지 않다면 그 한 끼에 주급을 전부 털어 넣는 행위를 무슨 수로 정당화하겠는가.

✳ ✳ ✳

하지만 이제 비싼 값을 치르면서까지 맛보려는 대상이 정말 커피인지 아니면 이탈리아산 생햄인 프로슈토로 감싼 무화과인지 알 수 없다며 식도락가들의 어리석음을 주장하기는 힘들 것이다. 값비싼 치즈 상점에서 오로지 치즈에 대해 생각하고 말하는 데 온 시간을 쏟아붓는 어느 똑똑한 여자와 잠시 이야기를 나눈다고 상상해 보자.

그녀는 요령 있게 당신을 설득한다. 고급 프랑스 치즈인 프로마쥬는 삶의 큰 즐거움 중 하나이고 비싼 값을 치를 만한 가치가 있다고 말이다. 특히나 더 그렇게 느끼는 이유는 그렇게 치른 돈이 눈에

선하게 그려지는 너무나 성실하고 멋지고 개념 있는 낙농업자들의 손에 돌아가기 때문이라고(이는 사람들이 식도락 문화에 끌리는 큰 이유다. 단지 맛있는 음식을 입에 쑤셔 넣는 것이 아니라, 우리의 이웃이나 마찬가지인 견실한 농부들을 따뜻하게 안아주고 후원한다는 자부심을 느끼게 해주기 때문이다) 말이다.

이 얼마나 섹시하고 감각적이며 고결한 이유인가. 우리는 자신의 건강뿐만 아니라 대지, 그리고 그 대지가 만들어내는 결과에 마음을 쓰고 있다고 스스로 대견하게 생각한다. 기차 안에서 옥수수 시럽을 벌컥벌컥 마시고 지속적이지 않은 단일 경작의 산물을 배 터지게 먹어대는 옆 좌석의 게으름뱅이들과는 다르다면서 말이다.

이것이 바로 '채소를 태워 만든 식용 재'를 얇게 뿌려 넣은 홈볼트 포그* 원형 치즈를 열렬히 동경하는 우리 안에 감춰진 추악한 속마음이다. 우리는 어렵게 얻은 감식안을 통해 신선한 지역 식품으로 미각을 충족하고, 교회에 십일조 바치듯이 고급 식품에 파운드당 25달러라는 돈을 기꺼이 지불한다. 또한 이런 감식안은 덕이 부족하고 노화가 심한, 다시 말해 덜 부유한 이들과 우리를 구분해 주는 기능도 한다.

이런 식의 구분은 한밤중에 대형 스테인리스 냉장고에서 18개

• 미국 캘리포니아주 아르카타에서 염소젖으로 만든 세미 소프트 치즈.

월 동안 숙성된 만체고*를 꺼내 남몰래 음미하듯 은밀히 이루어지지만 명백히 사회적인 행동이다. 예일대학교의 윌리엄 데레저위츠가 2012년 《뉴욕 타임스》에 기고한 내용을 보면 식도락 문화는,

> 보다 상위 계급에 속해 있음을 나타내는 표지이며, 미국 대호황 시대의 위대한 사회평론가 소스타인 베블런이 지적한 '과시적 소비'의 이상적인 예다. 이는 높은 지위에 대한 열망과 경쟁의 수단이자 언제든 속물 근성과 우월 의식, 사회적 공격성을 드러낼 수 있는 기회이기도 하다('내가 거래하는 생산자 직거래 장터의 토마토는 당신이 마트에서 사는 토마토보다 더 크고 맛있고 신선하답니다'). 사람들은 당신이 모차르트나 레오나르도 다빈치에 대해 알든 모르든 관심 없다. 그렇지만 가나슈**와 커버처couverture ***의 차이 정도는 논할 수 있어야 한다고 생각한다.

이른바 음식 혁명에는 수많은 지구 친화적인 계획들이 포함된다. 예를 들면, 유기농 무농약 생산을 강조하고, 지역 농장과 소비자 사이의 직거래를 꾀하며, 채식주의나 완전한 채식주의vegan 또는 식

• 스페인 라만차 지방에서 생산된 양젖을 가열 압착해 숙성시킨 치즈.
•• 끓인 생크림에 초콜릿을 섞어 만든 초콜릿 크림.
••• 과자류의 속을 채우거나 겉을 씌우는 용도의 초콜릿.

물 위주의 식단을 유지하는 방향을 장려하고, 소규모 농장에서는 윤작이나 지속 가능한 친환경 생산법을 이용하게 하며, 음식물 쓰레기를 줄이고자 노력하는 것 등이다.

하지만 음식이 소수만이 즐기는 고상한 사치품으로 승격되면서, 지구에 광범위하게 부정적인 영향을 끼치는 결과를 초래했다. 왜냐하면 호르몬 무첨가 바질 버터와 토종 비트를 대량 생산하는 지역 유기농 농장에는 지구 곳곳에서 항공편으로 공수된 식재료를 즐기는 최상류층 소비자들이 있기 때문이다.

요리연구가 댄 바버가 《제3의 식탁The Third Plate: Field Notes on the Future of Food》에서 지적했듯이, 출세 지향적인 계층이 열렬히 선호하는, 농장 직거래로 신선한 식재료를 공급받는 고급 레스토랑에서 양갈비가 바닥나면 부지런한 레스토랑 경영자는 곧바로 대체품을 구할 곳을 찾아야 한다. 그 대체품은 아마도 현지가 아닌 좀 먼 지역에서 생산되었을 가능성이 크고, 따라서 순수함을 중시하는 음식의 신이 내린 축복도 덜할 것이다.

지구를 살리는 — 최소한 지구의 종말을 앞당기지 않는 — 음식 혁명을 위해서는 식품에 대한 우리의 사고방식 자체를 완전히 바꿔야 한다고 바버는 주장한다. 변덕스러운 소비자의 입맛에 맞추느라 '수요와 공급의 신'이 대지를 훼손하고 바다를 훑도록, 즉 우리 생태계를 모조리 파괴하도록 놔둬서는 안 된다는 것이다.

그 대신 우리는 지속 가능한 방식으로 재배되는 식품, 그리고 환경을 살리고 풍요롭게 하는 식품의 진가를 알아보는 법을 배워야 한다. 앞으로 사람들이 선호하는 (그래서 결국 유행하게 될) 음식은, 고작 얼마간의 편리함을 위해 껍질이 벗겨지고 영양소의 균형이 파괴된 상태로 산지를 떠나는 '사치스러운' 식재료를 거부하는 요리사들에 의해 신중하게 선택되어야 할 것이다. 이를테면, 친환경적으로 양식된 생선이나 흙에서 독성을 걸러내는 식물, 또는 흙에 필요한 질소를 공급하는 식물들이 되어야 할 것이다.

메뉴라기보다는 수필에 가까운, 정치적으로는 올바를지 몰라도 가식으로 점철된 메뉴를 냉소적으로 바라볼 필요가 있다. 지금 우리가 소비자로서 하는 선택은 미래의 식생활은 물론이고 우리의 생존에 쉽게 영향을 미칠 것이기 때문이다. 만일 지속 가능한 비동물성 유기농 농법이 대두하게 된 것에 식도락 문화가 한몫했다고 주장하고 싶다면, 마찬가지로 그 문화가 사람들이 (가당찮게 천연자원을 마구 낭비해야 얻을 수 있는) 목초를 먹여 사육한 맛있는 사슴고기나 미처 다 자라지도 않은 베이비콘, 그리고 3대양에서 잡아 올린 각종 멸종 위기 생선을 얹은 스시 롤을 갈망하게 만들었다는 비난 역시 감수해야 할 것이다.

충실한 식도락가들은 꽈리고추 절임과 닭 간, 허브 고트 치즈를 식도 속으로 떠밀어 넣는 일이 세속적인 즐거움을 멋지게 수용하는 방식이라고 믿고 싶을 것이다. 하지만 대부분의 부르주아적인 취미들이 그렇듯이 식도락 취미 역시 상당한 비용이 수반된다. 식품이 일종의 사치품으로 격상되면서, 사람들은 생존 차원에서 다뤄져야 할 음식이라는 자원에 이국적 요소라는 터무니없는 기대를 하게 되었다. 그뿐만 아니라 지구상에서 인간과 동물의 공존에 대한 이해 또한 왜곡되었다. 동물은 공생의 관계가 아닌 식품의 일종으로 치부되었고, 사랑스럽고 귀엽게 생긴 것일수록, 어리고 덜 움직인 것일수록, 유기농 헤이즐넛을 많이 채워 넣은 것일수록 맛있다고 생각되었다.

자색 바질이 든 작은 비닐봉지와 냉동 포장된 양고기 다짐육으로 채워진 어마어마한 크기의 블루 에이프런Blue Apron* 배송 상자 속을 들여다보자. 그러면 아주 평범한 서민들조차 왕이나 여왕처럼 만찬을 즐기고 있다는 사실을 짐작할 수 있다. 이제 음식에 대한 우리의 열정이 지나치다는 것을 인정해야 할 때가 되었다. 지금까지는 동물들에게 억지로 새끼를 많이 낳게 하고 강제로 더럽고 끔찍한 삶 속으로 밀어 넣었지만 앞으로도 계속 이럴 수는 없다.

세계 인구가 슬그머니 110억 명을 향해가면서 공장식 농축산업의 확대를 주장하는 목소리가 커지고 있다. 이것이 의미하는 바는, 우리가 비록 버몬트주의 어느 특별한 소규모 농장에서 소량 생산된

---

* 식재료와 레시피를 집으로 배달해 주는 서비스.

브리 치즈를 선호한다고 하더라도, 공장식 농장들이 환경에 미치는 악영향에 대해서 꾸준히 관심을 기울여야 한다는 것이다. 유기농으로 방목해서 키운 고기를 먹는 것도 좋지만, 자급자족을 어떻게 이룰지에 대한 큰 그림 없이 그 선택에만 깊은 의미와 정의감을 부여하는 것은 전용기를 타는 사람이 자신은 심각한 환경오염을 유발하는 민간 항공에 힘들게 번 돈을 한 푼도 보태지 않는다며 자화자찬하는 것이나 마찬가지다.

식도락 문화라는 허황된 이상주의에서 한 발짝 떨어져서 보면, 제대로 된 식당에서 제대로 된 식사를 하는 것은 정체성을 구축하기 위한 영웅적이고 용기 있는 행위가 아니라 그저 유한계급의 소비 행동에 불과하다는 단순한 사실을 깨닫는다. 전직 음식 평론가 존 란체스터는《뉴요커》에 기고한 칼럼에서 우리가 음식에 대해 내리는 선택은 중요한 정치적 선택을 하는 것과는 거리가 멀다고 주장했다.

란체스터는 "소비자들이 내리는 이 사소한 선택들이 진정 의미 있는 행동이라면, 우리의 생각이나 행동의 깊이가 아직 충분치 않다는 의미일 것이다"라고 적고 있다. 그리고 한 걸음 더 나아가 "죽어서 저승에 갔는데, 앞에 토머스 제퍼슨*과 엘리너 루스벨트,** 마틴 루터 킹 주니어가 배심원으로 앉아 있다고 상상해 보라. 당신은 일단 마음을 가라앉힌 후 그들의 얼굴을 똑바로 바라보며 이렇게 변명해야 할 것이다. '저는 그저 현지에서 생산된 신선한 제철 음식을 좋아했을 뿐입니다.'"

음식은 지극히 개인적이다. 감각적이고, 향수를 불러일으키며, 정치적이기도 하다. 하지만 거들먹거리는 식도락 분야의 거물들이 내세우는 구호들과는 반대로 음식이 세상의 전부는 아니다. 명예로운 훈장의 하나로서 식도락가라는 지위를 갖는 일은 우리가 값비싼 이국적인 식사를 즐기는 데서 그치지 않고 지속 가능한 영농 방식을 촉진하며, 음식물 쓰레기를 감축하고, 좀 더 지속 가능한 작물을 받아들이고 대중화하며, 가난한 이들이 쉽게 건강한 음식을 접할 수 있게 만드는 등의 개선 노력을 우선시할 때만 의미가 있다.

참다랑어나 어린 송아지 뇌, 당도가 15.2브릭스에 달하는 당근으로 차린 또 한 번의 식사를 즐기기 전에, 지금으로부터 50년 후 과도한 어획과 오염으로 황폐해진 이 행성에 살고 있을 동식물들의 모습을 깊이 생각해 봐야 한다. 퇴화된 채 무감각한 상태로 편집증에 빠져 있을 그들을, 그리고 무엇보다 심히 불쾌해하고 있을 그들을 말이다.

• 미국의 정치가이자 교육자, 철학자.
•• 미국의 여성 사회운동가이자 정치가.

전문가라는 사회악

▼

　　주변에 자영업자나 교사, 예술가보다 전문가가 더 많다면 분명 그것은 세상이 그 기반을 상실했음을 나타내는 지표다. 왜냐하면 전문가가 자아실현이라는 시적인 말로 감흥을 불러일으키며 당신을 유혹해서 가르침이라는 것을 줄 때마다, 당신은 자신이 상대적으로 결점 많은 인간임을 상기할 수밖에 없기 때문이다.

　　그들의 말에 따르면, '당신은 아직 충분히 괜찮은 상태에 도달하지 못한 상태이며 얼마든지 더 좋아질 수 있고 또 그래야 한다. 만일 실패하면 그건 순전히 당신 탓이다. 또한 당신은 이미 자신의 재능을 낭비하고 있으며 자신의 모든 면을 통제하지 못하면 계속 그렇게 낭비하면서 살아야 한다. 하지만 어떻게든 지금 처한 상황을 극복한다면 더 이상의 고통이나 자책, 분노, 부당하다는 기분은 느끼지 않아도 된다. 그리고 당신은 아주 너그러워질 것이다'. 전문가들은 이런식으로 이른바 최고의 삶이 무엇인지, 그리고 현재의 삶이 얼마나 형편없는지를 은근하고 끈질기게 당신의 머릿속에 주입한다.

인터넷상에서 아무리 그럴듯해 보이는 전문가라 하더라도, 사실 그는 행복이나 내적인 평화에 대해서는 아무것도 모른다. 모범적으로 앞에 나서서 불평등에 맞서 싸우거나 질병으로부터 세상을 구하거나 전장에 몸을 던지지도 않는다. 그는 그저 자아의 옹호자일 뿐이다. 그는 생계를 유지하기 위해 인간의 감정을 파괴한다. 그뿐만 아니라 모든 편견과 저항, 탄압, 변화를 거부하는 완고한 세력, 커지는 빈부 격차, 처참할 정도로 냉담한 특수층, 그리고 그들에게 매수되어 복종하는 입법자 등의 존재도 부인한다. 그는 불신과 경멸로 가득한 이 세상을 어떻게 헤쳐나가야 할지 가르쳐주지 않으며, 당신이 살고 있는 바로 그곳이 당신을 계속 가난하고 무력하고 의심스러운 사람으로 만들고 있다는 사실도 인정하지 않는다.

다시 말해, 전문가는 특권을 놓고 내기 거는 데 능숙하다. 그가 말하는 생활의 지혜 가운데 많은 것은 그저 조작(자신의 이익을 위해 다른 사람의 정신을 혼란에 빠트리는 교활한 방법)에 불과하다. 당신이 어쩌다 인구학적으로 유리하고, 이와 더불어 높은 성벽 안쪽에서 자신만의 달콤한 지배권을 극대화하고 싶은 한결같은 욕망이 있는 사람이라면, 또 이런 욕망에 곧잘 수반되는 노골적인 자기혐오와 인간에 대한 애정 결핍까지 갖췄다면 전문가는 당신이 원하는 분야가 어디든 그곳에서 당신을 왕이나 여왕으로 만들어줄 수 있다. 물론 다른 사람들이 당황스러워할 수는 있겠지만 말이다.

✳ ✳ ✳

완전히 새로운 삶의 방식을 제안하며 엄청난 인기를 누리고 있는 티모시 페리스는 의심할 여지없이 똑똑하고 의욕이 넘치는 사람이다. 그는 자신처럼 비즈니스 캐주얼 차림의 신경증 환자들이 어떻게 하면 엘리트 영역으로 들어가는 문을 열 수 있을지에 대한 유용한 팁을 많이 갖고 있다.

비록 페리스의 출판 성공 신화가 여유로운 특권층과 그들의 성과에 바치는 찬가인 《나는 4시간만 일한다The 4-Hour Workweek》와 "체지방 감소율을 300% 증가시키는" 인터벌 트레이닝을 거쳐 《포 아워 바디The 4-Hour Body》에서 "15분 만에 오르가즘에 이르는 법"을 선동하는 것에서 시작되기는 했지만, 그는 이후에 기술 분야 CEO와 체스 고수, 운동선수, 헤지펀드 매니저, 포커 선수 등 어마어마한 인물과 몇몇 비슷한 전문가들로부터도 지혜를 모음으로써 호소의 폭을 넓혀왔다.

비교적 최근의 책인 《지금 하지 않으면 언제 하겠는가Tribe of Mentors: Short Life Advice from the Best in the World》에서 페리스는 '멘토'들 모두에게 똑같은 질문을 열한 개씩 던진다. 그리고 그들의 대답은 — 길든 짧든, 간결하든 장황하든 상관없이 — 모두 인쇄되어 시중에 판매되고 있다(그 덕분에 우리는 아무 걱정 없이 그들의 정수를 내 것으로 삼으며 득을 보고 있다). 그의 팟캐스트 〈팀 페리스 쇼The Tim Ferris Show〉에서도 우리는 비슷한 수확을 얻는데, 종종 게스트가 출연해 호스트의 방해 없이 길고 장황하게 말을 늘어놓는 것이 특징인 그의 팟캐스트는 급히 준비한 테드엑스TedX 강연이나 썩 잘 만들어졌다고는 보기 힘든 인포머셜Informercial을 떠올리게 한다.

페리스의 블로그나 팟캐스트가 그렇듯이 《지금 하지 않으면 언제 하겠는가》 역시 많은 내용이 (언어 파괴를 즐기는 전문가가 제안할 법한) "능력치 최대로 뽑아내기" 같은 실용적인 방법에 초점을 맞추고 있다. "100달러도 안 되는 돈으로 인생이 긍정적으로 바뀐 일이 있는가?", "최근 5년 동안 새로 얻은 신념이나 태도, 습관 중 인생에 도움이 된 것이 있다면?", "평범하지 않은 습관이나 터무니없는 줄 알면서도 끊지 못하는 것이 있는가?", "실패, 그것도 처절한 실패가 성공에 도움이 된 적이 있는가?" 등등.

하지만 페리스의 멘토들이 거대한 광고판에 띄워도 좋을 법한 이런 질문들에 어떤 답을 하고 '진짜 세상'에 막 발을 들이려는 대학생들에게 어떤 조언을 하든, 티모시 페리스의 자기최적화 방식이 떠오르는 것은 어쩔 수 없다. 심지어 (티모시 페리스의 이름으로 전해지는 내용과 별다를 것 없이) 명상을 찬양하거나 다른 이들과 더 다채롭게 교류할 것을 권하거나 지구를 더 살기 좋은 곳으로 만들기 위해 분투해야 한다고 노래할 때도, 이들의 말은 모두 한 가지 목표로 수렴된다. 그것은 바로 삶의 따분하고 성가신 일들을 최소화할 것, 그리고 자신과 깨달음의 정도가 비슷한 극한 스포츠 선수나 첨단 기술 분야 경영자와 함께 일등석을 타고 전 세계의 파도타기 명소를 돌아다니는 일에 더 많은 시간을 쓰라는 것이다.

체스 마스터이자 저술가, 스포츠 채널 ESPN의 해설가이기도 한 모리스 애슐리는 《지금 하지 않으면 언제 하겠는가》의 독자들에게 조언한다. "위대함은 최종적으로 뭔가를 성취해 내는 것이 아니다. 다만 보다 나은 자신이 되기 위해 자신이 가진 기술을 끊임없이 갱신하고 매일 꾸준히 작은 일들을 해나가는 것이다."

또한 입시 전문 기관 '프린스턴 리뷰Princeton Review'의 공동 설립자 애덤 로빈슨은 이렇게 제안한다. "집중이 잘 안 된다고 느껴질 때마다 스스로에게 가장 먼저 하는 질문이 있다. '과연 지금 나는 최고의 모습을 보이고 있는가?' 만일 그 대답이 '아니'라면, 어떻게 하면 집중할 수 있을지 다시 자문한다."

다음으로 존 콜의 말을 들어보자. "소셜 미디어는 이용자들에 대한 풍부한 정보를 갖고 있을 때 가장 큰 힘을 발휘한다. 나는 사람들의 호불호와 조회 수 등을 분석한 정보에 주목했고, 가장 유행하는 (즉, 가장 가치 있는) 추세에 맞춰 포스팅을 올렸다." 그는 '근육질의 공중 곡예사'로서의 경력을 유지하기 위해 이 접근 방법을 이용한 것이 분명하다.

수백 쪽이 넘는 책장을 넘기는 동안 우리는 무척이나 다양한 비밀과 유용한 정보, 제안 등을 만난다. 그중에는 유용한 것도 있고 (요리연구가 에릭 리퍼트는 진정한 내면의 행복을 얻는 방법으로 "이타적인 행동"과 "타인에 대한 관심"을 권한다), 조금 덜 유용한 것도 있다 (존 콜은 "성욕을 떨쳐낼 수도 없고 해결할 방법도 없을 때"는 스멜링 솔트 smelling salt●를 이용하라고 권한다).

하지만 비효율적인 만남은 그만두는 것이 낫고 심장 강화 운동은 견딜 필요가 없으며 채용 여부를 결정할 때는 인성을 최우선으로 살피라는 조언을 정독하고 난 후에도, 그 많은 '멘토'들 가운데 몇 명이 페리스의 이미지에 맞춰 선정되었는지를 신경 쓰지 않기는 쉽지

● 향기롭게 만든 탄산암모늄으로, 자극제 및 소생제로 이용된다.

않다. 세상의 고난을 해결하는 데 관심이 많다고는 하지만 그들은 자아가 마치 개선이 필요한 주식 포트폴리오라도 되는 것처럼 자아의 가치를 높이는 문제로 돌아오기를 아주 열정적으로 반복한다.

조금 더 읽어나가다 보면 페리스가 선정한 멘토 중 다수가 《선과 모터사이클 관리술Zen and the Art of Motorcycle Maintenance》 같은 책은 책장이 닳도록 읽었어도 소설이나 수필, 심지어 조간신문 같은 글은 쳐다도 안 본 사람들인 것 같다는 느낌을 떨치기 힘들다. 그들의 권고가 종종 너무 추상적인 데다 고난이나 역경에 대한 실제 체험담도 없어서 그런지, 마틴 루터 킹 주니어의 예술 사진을 벽에 걸어놓기는 했어도 '흑인의 목숨도 소중하다Black Lives Matter'라는 문구가 정확히 무슨 의미인지는 잘 모르는 기업 CEO의 모습이 떠오른다. 빅터 프랭클의 《죽음의 수용소에서Man's Search for Meaning》를 인용하는 이는 많은데 나치 수용소의 실상에 대해서는 아무도 이야기하지 않는 것도 비슷한 느낌을 준다.

어쩌면 그들의 의도는 그렇지 않았는데 페리스의 손을 거치면서 왜곡된 것일 수도 있다. 아니면 페리스가 세계에서 가장 훌륭한 와인을 맛보거나 '음주와 자위 없이 30일 버티기' 같은 자신을 위한 맞춤형 솔루션에 도전하는 동안 지루한 작업을 대신 맡아서 해준 위탁 업체가 문제였을 수도 있다. 다시 말하자면, 티모시 페리스가 관여하는 모든 것에 끊임없이 출몰하며 당신에게 '멋진 인생'을 살라고 권하는 악마의 그림자는 사실상 티모시 페리스의 인생 자체인지도 모른다.

그래서 책장을 넘길 때마다 뭔가 좀 더 높은 의식 수준에 이르는 것이 아니라 이 초인적인 존재가 매일 해내는 묘하게 단조로우면서도 대단히 남자다운 활동만을 되새기게 되는 것이다. 하지만 이것이야말로 그가 전문가로서 성공했음을 보여주는 참된 증거가 아닐까? 그의 유일한 목표는 결국 아무 메시지가 없다는 것이 핵심인 확고한 하나의 브랜드가 되는 것이다.

정치적이든, 감정적이든, 철학적이든, 현실적이고 실질적인 메시지는 모두 반감을 불러일으키기만 한다. 그래서 이 전문가는 위대함, 최상의 상태, 열망 그 자체를 순수하게 옹호한다. 이것이 바로 그가 영화배우 제이미 폭스나 서퍼이자 스포츠 모델인 레어드 해밀턴, 아놀드 슈왈제네거 등 엄청난 부자나 영향력 있는 인물들과의 우정을 과시하는 장면을 우리가 온라인에서 자주 접하는 이유다.

현재 티모시 페리스의 이름을 달고 시중에 유통 중인 책이나 자료들의 어마어마한 양을 고려하면 상대적으로 그의 정신적 생활이 어떠한지, 분투하고 있는 문제는 무엇인지, 자신이 창조하는 것과는 얼마나 정서적으로 연결되어 있는지 등에 관해 우리가 아는 것은 매우 적다. 그의 정치관에 대해서도 거의 모르고, 지금 전 세계가 처해 있는 상황에 대해 그가 어떻게 느끼는지도 들어본 적이 없다.

우리가 충분히 알 수 있는 사실은 종종 그의 교우 관계가 공동 브랜딩에 비유할 수 있을 정도로 대폭 넓어진다는 것과 그의 진심 어린 감정 표현이 때로는 홍보 메시지처럼 여겨진다는 것이다. 그리고 그가 부와 에너지를 가난한 이들이나 억압받는 이들과 나누지 않는 사람들에게 의구심을 품는 대신, 자신의 브랜드에 충성을 맹세하지 않는 사람들에게 의구심을 품는다는 사실이다. 언젠가 그는 팟캐스트에서 피트니스계의 또 다른 전문가를 언급하면서 이런 말을 한 적이 있다.

"그분이 제 팬일 수도 있고 아닐 수도 있겠지만, 그렇게 많은 사람을 좋아하는 분은 아닌 것 같아요. 하지만 상관없습니다. 전 괜찮아요. 왜냐하면 그분이 설령 저를 좋아하지 않는다고 해도 그 사실이 제 간헐적 단식에는 아주 많은 도움이 될 수 있으니까요." 이 말을 통해 그는 무심코 자신의 기본 운영 체제를 드러냈다. 즉, '내 브랜드에 충성을 맹세하라. 그러면 나도 당신에게 그럴지 말지 생각해 보겠다'.

하지만 이렇게 극대화, 최적화되어 있고 지극히 효율적이며 서로 밀접하게 연결되어 있고 카리스마 넘치는 이 모든 '효율성'이 목표하는 바는 과연 무엇일까? 페리스를 하나의 표지로 삼아 살펴보자면, 그것은 성공 그 자체 외에는 아무것도 중시하지 않는 형편없는 사람이 되는 것이거나, 길거리 호객꾼처럼 베스트셀러라는 지위를 떠벌리며 다른 비슷한 브랜드의 어깨에 올라타 자신의 브랜드를 부풀림으로써 파티가 끝없이 계속되도록 하는 것이다.

주변의 비슷한 전문가들이 다 그렇듯이, 페리스 역시 감히 영예롭거나 고결하거나 존경스러운 인물이 되려 하지 않는다. 그 대신 어떻게든 눈에 띄지 않으면서 효율적으로 선망의 대상이 되고자 한다. 다시 말해서 그는 궁극적인 미국의 영웅이자 위대한 개츠비이고 덧없는 우상이자 얼굴 없는 황제다. 더 나은 삶을 위한 그의 경전을 하나의 문구로 요약하면 이것이 아닐까. '인간이 덜 되어라.'

이 문구는 페리스가 가장 중요하게 여기는 것이 무엇인지를 다시 일깨워 준다. 무엇보다 이 현대의 전문가는 외적 장애물의 존재를 인정하지 않는다. 인종주의와 제도적 편견, 소득 불평등 같은 세상의 부조리한 면을 인정하면 자아의 힘을 부인하는 셈이 되기 때문이다. 그는 이런 것들 대신에 편리한 문명의 이기를 누리고, 진 빠지는 관계를 그만두며, 앞에 놓인 수많은 기회에 대해 계속해서 거부 의사를 밝히는 일을 더 중요하게 생각한다. '당분'이나 '분노', '독소'가 자신을 가로막는 가장 큰 장애물이라면 너무 편하게 사는 것 아닌가.

❋ ❋ ❋

예술가는 여러모로 이와는 완전히 상반되는 존재다. 예술가(또는 최소한 예술가라고 할 수 있을 만한 이상적인 존재)는 삶의 더럽고 지저분한 면과 정신의 음침하고 암울한 구석, 처절한 실망과 시큼한 분노의 소용돌이, 눈앞을 뿌옇게 가리는 욕망, 그리고 시시때때로 찾아오는 아주 사소하지만 평탄치 않은 불안한 순간들로 가득한 현실에 기댄다. 예술가는 추함과 아름다움을 똑같이 열정적으로 끌어안는다. 그리고 그렇게 하는 과정이 비효율적일 수밖에 없음을 잘 안다. 하지만 그들은 어떤 구체적인 외적 보상이 약속되지 않아도 천천히 공들여 노력한다.

창작을 위해 예술가는 벽 뒤에 숨어 살 수도, 판타지를 포용할 수도 없다. 예술가는 현실 세계에 큰 위험이 도사리고 있으며 그것을 통제하기가 매우 어렵다는 사실을 반드시 인지해야 한다. 예술가들은 철저하게 정직할 수밖에 없고, 어느 쪽이든 입장을 취하지 않을 수 없다. 자기 자신을 드러내지 않고서, 또 세상에서 자신이 선택한 자리를 드러내지 않고서 어떻게 의미 있는 작품을 만들어낼 수 있겠는가? 또한 자신의 감정을 부인할 수 없으며, 시시때때로 마주치는 불평등과 맞서 싸우기 위해 침착하게 노력할 수밖에 없다.

열성적인 예술가에게 "능력을 최대한 쥐어짜라"는 말은 또 하나의 자아도취적인 조언이자 절망과 혼란이 삶을 위협할 때 안으로 움츠러들라는 소리로밖에 들리지 않는다. 《지금 하지 않으면 언제 하겠는가》의 서문에서, 페리스는 "대개 성공은 불편한 대화와 불편한 행동을 얼마나 기꺼이 하느냐에 달려 있다"라고 적고 있다. 이 말은 외부와 완전히 단절된 상태이거나 포스터에 인쇄된 상태이거나 혹은 트윗에 올리면 꽤 지혜롭게 보일 듯하다. 하지만 페리스는 그 대화가 '어떤' 대화인지, 그 행동이 '어떤' 행동인지 언급하지 않으며, 그 대화와 행동이 '누구'를 대신한 것인지도 밝히지 않는다.

페리스가 다음과 같은 질문에서 책을 쓰게 되었다고 한 말이 완벽하게 납득되는 지점이다. "이것을 쉽게 할 수 있는 일이라고 생각하면 어떨까?" 그러니까 요점은, 어려운 문제에 굳이 파고들지 말라는 것이다. 언제나, 언제까지나, 쉬워 보이는 길을 가라는 것이다. "만사를 긴장 상태로 마주하는 대신 간단하게 처리할 수 있는 대상으로 보면 어떨까?" 같은 추상적인 질문을 자신에게 던짐으로써 "불필요한 난관"을 피하라는 것이다.

그렇게 하면 어떻게 되는지 이제부터 살펴보자. 우리는 완벽하게 밀폐된 자아 속에 존재하는 플래티넘 엘리트급 '지혜' 비슷한 것들을 그러모아 589쪽에 달하는 두꺼운 책으로 만들어 출판한다. 이런 책은 당신 같은 전문가가 되기를 원하는 신출내기들에게 위안이 된다. 왜냐하면 그들의 목표는 삶의 더께와 불의를 향한 분노에서 벗어나 훨훨 높이 날아오르는 것이자 불편한 인간성 따위는 완전히 잊고 이익을 최대화하는 것이기 때문이다.

그 결과, 이상적으로 말하면, 우리는 모두 매우 효율적이며 질병과는 거리가 먼 건강하고 체지방 적은 몸을 갖추고서 즐거움만을 추구하는 로봇으로 진화할 것이다. 밖의 세상이 다 불에 타 없어지든 말든, 안전한 벙커 안에서 영감을 주는 문구에 감탄하며 캐슈너트로 만든 치즈와 황산염이 첨가되지 않은 포도주를 마음껏 즐기는 그런 로봇 말이다.

하지만 정작 《지금 하지 않으면 언제 하겠는가》의 진짜 교훈은 다른 곳에 있다. "전문가들을 믿지 말라. 그게 마케팅 전문가든 인생 전문가든." 기업가에서 자선가로 변한 제롬 자르의 말이다. "그들은 사람들과 거리를 두려고 한다. 무엇으로 거리를 두든 그것은 다 환상 이고 가짜다. 실제로 우리는 모두 일심동체이며 우주라는 커다란 덩 어리를 이루는 똑똑한 작은 조각들이다."

제롬은 어떻게 해서 전문가들이 판을 치게 되었는지를 정확히 꼬집는다. "오늘날 세계 대부분이 잠든 채 거대한 환상에 빠져 제대 로 된 역할을 하지 못하고 있다. 하지만 당신까지 그럴 필요는 없다. 얼마든지 다른 삶을 살 수 있다. 모든 것은 내면에 달려 있다. 차분히 자신을 들여다보고 자신에 대한 믿음을 되찾는다면 답을 알 수 있을 것이다."

이 메시지는 필연적으로 페리스의 말과 상충한다. 그가 그토록 끈질기게 유포한 상품들을 완전히 필요 없는 물건으로 만들어버리 는 말이기 때문이다. 당연히, 제롬의 이 메시지는 반복적으로 출간되 는 페리스의 두꺼운 책 대부분의 인기를 사그라들게 하고도 남을 만한 내용을 담고 있다. "참된 길을 찾기 위해 어떤 것도 더 필요하지 않다. 당신은 이미 다 갖췄다."

제롬의 말에 암시는 되어 있되 자세히 설명되지 않은 부분을 살펴자면, 이런 깨달음을 통해 우리는 자아를 초월해 더 크고 개방적이며 생각이 유연한 사람이 될 힘을 얻는다. 왜냐하면 '더 나아지지 않는' 자신에 대해 연민을 느낄 수 있다면, 타인에 대한 연민도 자연히 생겨나기 때문이다. 아마도 우리와 조금 다를 수도 있는 약하고 결점 많은 이들에 대해서도 마찬가지다.

그리고 우리의 삶이 서로 불가분의 관계에 있다는 사실을 깨닫는다면, 우리는 충분히 참된 길에 가닿을 수 있다. 더 이상 바깥세상에 문을 걸어 잠근 채 살기를 바라지 않을 것이다. 우리는 남들 위에 군림하거나 자신의 성벽을 더 높게 쌓아 올리는 방법으로 자신의 두려움을 다스리고 싶은 유혹에 맞서야 한다. 우리는 '거대한 환상'을 거부하고 현실을 명확하게 직시해야 한다.

다시 말해, 오랜 역사를 거쳐 현재에 이른 우리는 전문가보다는 예술가처럼 살아가야 마땅하다. 그들처럼 자신은 물론 타인과 깊이 공감하며 고통스럽더라도 현실을 외면하지 않고 격정적으로 하루하루를 살다 보면 오염된 환상에서 벗어나 새로운 세계로 나아갈 수 있을 것이다.

일상의 기적

▼

기분이 좋은 날에는 인류의 업적이 모두 내 것 같다. 예컨대, 베토벤 교향곡 제7번 2악장 알레그레토 부분에서 높이 날아오르는 듯한 바이올린 연주, 그림 속 프리다 칼로의 고집스러운 눈빛, 금문교의 어마어마한 곡선형 경간, 〈빅토리Victory〉를 부르는 P. J. 하비의 높게 울부짖는 목소리, 월리스 스테그너의 소설 《평온의 단면Angle of Repose》의 구슬픈 마지막 장면 등이다. 이들은 우리가 과거와 연결되어 있으며 우리의 삶에는 무한한 잠재력이 숨어 있음을 깨닫게 해준다. 우리는 신의 경지에 가닿으려고 태어났다는 것이다.

하지만 기분이 좋지 않은 날에는 인류의 실패가 못 견디게 와닿는다. 보금자리를 잠식해 들어오는 들불을 피해 도시의 거리를 헤매는 코요테들, 허리케인 '마리아'의 발생으로 전기도 식수도 없이 또 하루를 견뎌야 하는 푸에르토리코 거주 미국인들, 이곳저곳에서 혐오감을 내뿜는 신나치주의자들, 아무 죄 없는 수백만 명의 목숨을 앗아갈 미사일을 시험 발사하는 세계 지도자들이 그렇다.

우리는 휴대전화 화면의 친숙한 빛 속에서 나쁜 소식과 마주친다. 그리고 쇼핑가 위층 상점에 붙은 '임대' 문구나 시궁창에서 햄버거 포장지를 쪼아대는 까마귀, 까마득히 높은 울타리를 두른 호화 주택, 동네 식당 벽에서 요란하게 떠들어대는 텔레비전 소리 등 망가진 세상이 만들어낸 허접한 결과물에 걱정되는 마음을 투영한다. 그런 날에는 은밀하지만 뚜렷한 공포감이 시시각각 찾아온다. 무심하게 넘길 수 있으면 다행이지만, 최악의 경우 지옥에 떨어진 기분이 든다. 우리는 멍하니 딴청을 부리거나 그저 무덤까지 길고도 느릿느릿한 행군을 계속할 수 있기만을 바랄 뿐이다.

기분 좋은 날, 인류의 창조물을 보고 있으면 우리가 여기에 온 이유가 분명 있을 것이라는 생각을 하게 된다. 이 확신의 소리는 모차르트 교향곡 41번 〈주피터Jupiter〉의 4악장 몰토 알레그로를 닮았다. 마음도 따라 노래하는 것처럼 느껴지고, 상승하는 현악기의 선율은 마치 인내심을 갖고 열심히 일하며 자신을 믿고 집중하면 계속 즐겁게 의미 있는 일을 하면서 신성한 경지에 가까이 갈 수 있다고 말해주는 것 같다. 그 순간에 살아 있음이 황홀하게 느껴지고, 우리는 다른 모든 생명체와 연결되어 자연과 완벽하게 조화를 이룬다.

하지만 신념을 지키고 중요한 일에 집중하며 최고의 나날을 보낸다고 해도 이런 기분을 계속해서 유지하기는 쉽지 않다. 왜냐하면 실패하고 있다는 메시지가 계속 우리를 공격해 오기 때문이다. 아기에게 분유를 먹이고 있는데 텔레비전 속의 누군가가 당신의 머리카락에 윤기가 부족하다고 말한다. 책을 읽고 있는데 트위터상의 누군가가 오늘 아침 어느 정치인이 끔찍한 발언을 한 것을 아느냐며 말을 건다. 당신은 꾀죄죄하고 무능하며 뒤처져 있다. 만사가 늘 이런 식이다. 당신은 너무 바쁘고 어디에도 집중할 수 없다. 여기에 없는 것이다.

기분 안 좋은 날은 더 끔찍하다. 이때 인류의 창작품은 인간도 세상도 실패하고 있으며 상황을 개선하기 위해 할 수 있는 일이 아무것도 없다는 패배감만 가득 안겨줄 뿐이다. 티 하나 없이 깨끗한 커피 전문점에서 흘러나오는 따뜻하고 부드러운 재즈 선율, 치즈케이크 팩토리 프랜차이즈 매장 벽에 일부러 그려 넣은 균열 자국, 해를 가릴 만큼 시커먼 연기를 뿜어내며 수천 에이커의 바싹 마른 땅을 태우는 불길 등은 지구가 위기에 처한 지금 이 순간에도 우리는 여전히 필요 없는 물건들을 사서 나르도록 들볶이고 부추김당하고 있음을, 그리고 암울한 현실을 외면하도록 조종당하고 있음을 상기시킨다.

우리는 야외 쇼핑몰에서 프랭크 시나트라의 〈저 바다 너머 어딘 가에Somewhere Beyond the Sea〉의 선율에 맞춰 춤추는 분수를 구경하다가 흘끔 쳐다본 휴대전화에서, 수천 마일 떨어진 곳에 자리한 어느 나라의 지도자가 우리를 파괴하겠다고 위협했다는 기사를 발견한다. 그때부터 모든 유쾌한 것 뒤에 불길한 그림자가 아른거리고 있는 것처럼 느껴진다. 아주 사소한 영상 하나, 아주 짧은 뉴스 기사 하나도 공격적이고 무섭게 느껴진다. 그것들은 세상이 평화로운 곳이고 또 마땅히 그래야 한다는 우리의 믿음을 무너트린다.

미국에서 39년 만에 개기일식이 시작되자 편지함에 메일이 하나 도착했다. ABC 방송사에서 온 것으로, "위대한 미국의 일식The Great American Eclipse"이라는 제목이 상단에 붙어 있었다. 사람들은 오전 내내 일식과 관련된 똑같은 이야기들을 트위터에 올리고 또 리트윗했다. 날이 저물 때쯤에는 보니 타일러가 플로리다 해안의 어느 유람선에서 그녀의 1983년도 히트곡 〈마음의 일식Total Eclipse of the Heart〉을 열창하리라는 것을 알 수 있었다.

이제는 자연의 경이로움조차 예전 같지 않다. 해설이나 실황방송 없이는 그 무엇도 경험할 수 없게 되었다. 1950년대에 사람들은 텔레비전이 우리의 문화에 얼마나 큰 악영향을 미칠지 걱정했다. 그런데 지금은 우리의 삶 전체가 끔찍한 토크쇼나 다름없게 되었다. 심지어 이것은 텔레비전처럼 꺼버릴 수도 없다. 가끔은 내가 시끄럽고 혼잡한 방안에서 나 자신과 서로를 찾느라 고군분투하는 기분이 든다. 우리는 24시간 내내 지구촌의 외침과 혼란, 가짜 친밀감에 시달린다. 그리고 좌절을 공유하면서부터 관대함이나 관심을 오히려 전보다 덜 베풀게 된다는 생각도 든다.

기분 안 좋은 날에 세상은 온통 형편없는 책과 부실한 건축물, 불쾌한 노래와 잘못된 선택으로 가득해 보인다. 가치 있는 창작물이든 마음대로 만든 허술한 작품이든 똑같이 홍보되고 칭송받는다. 곧 우리가 마주치는 모든 것이 유명인으로 등극한 누군가에게 부를 안겨주기 위해 교묘하게 계획된 것이 아닌가 하는 생각이 들기 시작한다.

우리는 왜 이보다 더 나은 것을 찾으려 하지 않는가? 예술이란 자고로 사람들을 고무하고 도발하며 굳이 느끼고 '싶지' 않은 감정도 느끼게 만들어야 하는 것 아닌가? 1980년대 유행가가 반주로 깔리지 않으면 달이 태양을 못 가리나? 오늘날 새로 생겨난 많은 것이 교묘하게 우리를 무기력하고 산만하게 만들어 막연히 무의미한 해결책에 의존하게 만드는 것 같다.

이런 것들은 신성을 발휘하려는 시도라기보다는 조숙한 학생의 기말 과제처럼 느껴진다. 만일 그 안에 조금이라도 관대한 마음이 빛나고 있다면, 그것은 유한계급의 종착점을 완성하기 위해 만들어진 가짜일 것이다. 지금 세상은 다른 이들이 파멸에 이르는 동안 개인의 삶을 통제할 수 있게 해주는 상품들로 넘쳐난다. 그런 탐욕스럽고 불확실한 세상에서 만들어진 작품(과 지침, 리더십)은 수년 전 연주되었던 음을 그대로 모방한 노래를 질리도록 틀어놓은 옥외 쇼핑몰의 분수대를 닮았다.

　하지만 인류는 멍청하지 않다. 우리는 살면서 마주치는 상품에 숨겨진 혼란스럽고 잇속에만 관심 있어 하는 의도를 감지해 낸다. 그렇지만 그런 물건들은 편파적인 가치관을 우리에게 천천히 주입한다. 결국 우리는 어쩔 수 없이 그 방향으로 계속 나아가는 방법밖에 없다고 생각하게 된다. 바로 우리의 상품을 퍼뜨리기 위해 더 넓은 세상을 희생시키는 것이다. 이렇게밖에는 할 수 없는 것일까? 더 나은 것을 얻으려 노력하고 계속해서 주장할 수는 없을까? 왜 우리 문화에서는 이런 노력이 미친 짓이 되는 걸까?

✳ ✳ ✳

　모차르트는 짧은 생애 동안 엄청나게 많은 곡을 작곡했다. 젊은 시절부터 세상을 떠나기 직전까지 억척같이 일한 결과다. 어릴 때는 부친과 여행하는 마차 안에서도 작곡했고, 아플 때나 부채에 시달릴 때도 곡 쓰기를 멈추지 않았다. 모차르트는 종종 괴팍하고 품행이 단정치 못하며 변덕스러운 모습으로 묘사되지만, 그의 다작 능력은 한 번도 손상된 적이 없었다. 집중을 방해하는 요소들을 차단할 줄 알았던 그는 인내심을 가지고 부지런히 탁월한 작품들을 만들어냈다.

모차르트의 부친인 레오폴드는 아들의 음악적 재능을 신이 내린 기적이라고 생각했다. 그리고 아들의 그런 기적적인 재능을 세상과 공유하도록 돕는 일이 자신의 임무라고 믿었다. 모차르트가 살았던 시대에는 작곡가가 그리 높은 신분이 아니었다. 모차르트의 전기를 집필한 폴 존슨에 의하면 "음악가들은 요리사나 시녀, 마부, 보초 같은 가정집 하인과 똑같이 취급되었다. 그들은 주인의 편안함과 안녕을 위해 존재하는 사람들이었다". 하지만 레오폴드 모차르트는 이에 동의하지 않았다. "그의 표현대로라면, 레오폴드는 아들이 '신의 영광'을 위해 사람들 앞에서 재능을 펼쳐야 한다"고 믿었다.

자신이 천부적인 재능을 가졌다는 말을 들으며 오로지 한 가지 일만 하고 산다고 상상해 보라. 굳이 행복이나 성공에 집착할 필요가 없고 인간으로서 매력적일 필요도, 꼭 온전한 정신을 갖출 필요도 없다. 부를 쌓거나 친구를 많이 사귀거나 어떻게든 인상 깊은 사람이 될 필요도 없다. 트위터를 하거나 인스타그램에 새로운 곡을 사진으로 찍어 올릴 필요도 없고, 인기 끌 만한 곡을 작곡해 활동 영역을 넓히고자 팟캐스트를 시작할 필요도 없다. 그저 자신이 맡은 일에 최대한의 능력을 발휘하기만 하면 된다.

당신이 만일 신에게 재능을 부여받았고, 그 재능을 쏟아부은 창작물을 통해 신의 의지를 실현해야 한다는 말을 듣는다고 상상해 보라. 이런 상황은 많은 이에게 큰 안도감으로 다가갈 가능성이 크다. 하지만 와이파이도 터지지 않는 텅 빈 들판에서 홀로 개기일식을 감상하는 것만큼이나 불가능해 보이는 호사다. 좁고 어두운 방 안에서 홀로 일하는 것은 잡담이 끝없이 이어지는 가상현실 속에 들어간 것 못지않게 짜릿한 느낌일 것 같다.

오늘날에는 단순하게 살려면 노력이 필요하다. 어릴 때부터 점점 더 큰 영향력을 발휘하면서 머릿속에 쌓여가는 잡음을 극복하기 위해서는 노력이 필요하다. 더 성공하고 더 찬양받으며 더 만족하고 더 여유 있고 더 부유한, 더 나은 사람이 될 수 있을 것이라는 환상을 극복하는 데도 노력이 필요하다. 자신이 어떠해야 하는지 초조하게 늘어놓지 않고 차분한 목소리로 "이게 나야"라고 인정하는 것도 노력이 필요하다. 창문 얼룩에 꽂혀 있던 시선을 창밖 풍경으로 옮기는 데도 노력이 필요하다. 어쨌든 행복이 보장되지 않은 상상 속의 미래를 향해 시류를 거슬러 맹렬히 헤엄치며 인생을 낭비하지 않으려면 의식적으로 노력해야 한다.

부자든 가난하든, 그 사이 어딘가에서 불안정하게 살든 우리는 알게 모르게 일상의 잡음 속에서 자신이 그저 보통 사람에 지나지 않으며 왕처럼 살 만한 초인적인 힘을 갖고 있지 않다는 메시지를 받는다. 하지만 이 메시지를 그대로 인정은 해도, 그저 조용히 받아들이지 않고 뭔가 더 신나는 일이 일어나기를 바라게 된다. 영화에서 본 로맨스나 책에서 본 영혼이 통하는 우정, 마틴 루터 킹 주니어의 평등주의적 이상, 모차르트의 경이로운 재능 같은 것을 조금이라도 기대한다.

현대인들 눈에는 모차르트가 낙오자처럼 보일 수도 있다. 그는 종종 충동적인 행동을 했고, 관습에 맞지 않는 생각만 했으며, 돈도 거의 없었고, 젊은 나이에 세상을 떠났다. 하지만 그의 음악을 들으면 그가 얼마나 기쁨에 넘치고 자신에게 크게 만족한 사람이었는지를 알 수 있다. 그의 전기작가 존슨의 글도 이를 뒷받침한다. "모차르트는 자신의 유일한 일과 그 일을 행하는 자신의 능력을 확신했다. 따라서 자신이 어떻게 보일지, 어떻게 들릴지, 어떻게 느껴질지에 대해 전혀 신경 쓰지 않았다. 그는 자신의 재능을 기적으로 여겼다." 그리고 젊은 나이에 세상을 뜨기는 했지만 편협하게 살아가는 우리처럼 '이게 끝이라고?'라는 식으로는 생각하지 않았을 것이다. 아마도 '이만하면 풍요로운 인생이지. 나는 신이 주신 것을 받아들였고, 그건 정말 믿어지지 않을 정도로 좋았어'라고 생각했을 것이다.

우리 대부분은 자신이 원하는 것에 대한 비전을 분명하고 정확하게 세우라고 배운다. 하지만 자신이 이미 가진 것을 즐기는 법은 아무도 가르쳐주지 않는다. 언제나 더 많은 성공을 위해 분투하고, 더 많은 사람을 매료하려 하고, 더 많은 이미지를 수집해 비전 보드에 꽂으려고 할 뿐이다. 자신이 가진 것을 원하기보다 세상의 모든 것을 원하는 편이 훨씬 쉽기 때문이다. 이것이 오늘날 우리가 살아가고 있는 방식이다. 자기 자신을 뭔가로 잔뜩 채우려 하지만 더 불안하고 더 혼란스러우며 더 허하기만 하다. 우리는 그저 완전히 길을 잃고 불만에 가득 찬 채 정신없이 앞을 향해 돌진할 뿐이다.

방향을 못 찾고 갈팡질팡하는 이런 상태는 개인적으로만 해를 끼치는 것이 아니다. 더 나은 세상을 만들기 위해 타인과 협력하는 능력도 저해한다. 헛된 유혹과 반짝이지만 아무것도 없는 막다른 길, 사소하게 마음을 흐트러뜨리는 오락거리들을 밀어내지 못하면 우리는 정의를 옹호할 수도, 변화를 이끌어낼 수도 없다. 빗발치는 뉴스와 트윗, 문자에 끊임없이 시달리는 한, 그리고 광고 메시지와 겉만 번지르르한 브랜드 혹은 이익만을 위한 담론을 불안한 현실에서 벗어날 유일한 위안거리로 삼는 한, 우리는 현재의 순간을 살아갈 능력을 결코 키울 수 없을 것이다.

우리는 우리 자신에 대한, 그리고 서로에 대한 연민을 키워야 한다. 순수하고 의미 있는 방식으로 서로 소통해야 한다. 그리고 또한 늦여름의 공기를 들이마시는 법과 햇살을 느끼는 법과 부풀어 오른

분홍빛 구름을 감탄하며 바라보는 법, 그리고 땅 위에 앉아 나무를 올려다보면서 이 장면을 찍어 페이스북에 올려야겠다는 생각부터 하지 않는 법을 다시 배워야 한다. 우리 모두에게는 각자 자신만의 일식이 있을 수 있다. 누군가는 그것을 기적이라 부를 테지만, 나는 한 줄기 비스듬한 햇살이라 부르겠다. 에밀리 디킨슨이 묘사한 대로 거룩하고, 압도적이며, 순식간에 사라져 버리는 그런 햇살 말이다.

✻ ✻ ✻

엘리프 바투만의 《얼간이The Idiot》에서 주인공인 하버드생 셀린은 상담치료사를 찾아간다. 셀린이 학우들이나 교수는 물론이고 자기 자신조차 끔찍하게 느껴지고 소외감이 든다고 말하자 상담치료사는 이렇게 대답한다. "사람들을 '너무 끔찍하다'라는 말로 표현하는 게 흥미롭군요. 사람들의 어떤 점이 그렇게 끔찍한가요?"

셀린은 지금까지 사람들 대부분이 처음 만난 그 순간부터 자신을 경쟁자로 보는 것 같다고 대답한다. "마치 모두가 조난당할지도 모른다는 두려움에 빠져 사는 것 같아요. 구명보트에 너무 많은 사람이 타고 있어서 끊임없이 자신의 재산을 감시하고 불필요한 사람을 알아내려고 하죠. 제거해 버릴 사람을요."

상담치료사가 묻는다. "자신이 그런 불필요한 사람 중 하나 같나요?" 셀린이 대답한다. "중요한 건 저는 그런 질문에 관여하기가 싫다는 거예요. 저 말고 다른 사람들은 거의 모두 그런 이야기를 하고 싶어 하고요." 그녀는 다른 사람이 '어떤 사람인지'를 관심 있어 하는 사람이 많지 않다고 말했다. 그들은 그저 '얼마나 가치 있는 사람인지'를 알고 싶어 할 뿐이라는 것이다.

상담치료사는 셀린이 세상에 원하는 것이 '서로 전혀 다른 영혼들 사이의 성스럽고 마법 같은 연결'임을 알아보지 못한다. 그리고 자신이야말로 사람들을 골라내는, 셀린이 말하는 그런 종류의 사람임을 드러낸다. 그는 셀린이 "경쟁에 대한 두려움과 학우들에게 거부당할지도 모른다는 두려움"에 가장 심하게 시달리고 있다고 추측한다. 셀린이 성공에 관심이 쏠려 있고 실패를 두려워하며, 극도로 경쟁적인 하버드의 거의 모든 학생에게서 흔히 볼 수 있는 낮은 자존감으로 고통받고 있다는 것이다. "학우들이 당신을 거부하는 이유가 당신이 아니라 그들의 결점에 있다고 합리화하고 있네요. 그들이 당신의 철학이나 아이디어를 이해하지 못하는 탓이라고요."

셀린의 문제를 이해하지 못하는 상담치료사의 태도는 오늘날 어디에서나 벌어지고 있는 오해를 아주 간결하고 무시무시하게 요약해 보여주고 있다. 세상은 우리에게 자신의 꿈을 믿으라고 권하지만, 그 꿈은 다른 이들과 똑같이 제한된 범위 안에 있어야 한다. 우리 모두는 각자 특별한 눈송이지만, 오로지 효율적으로 녹아 미네랄 워터가 되어 생수병에 담길 수 있을 때만 그렇다. 우리의 궁극적인 가치는 언제나 정량화가 가능하다. 삶이라는 슬픈 경제에서 마법 같은 일은 일어나지 않는다.

상담치료사는 "결국 이기게 될 것"이라는 말로 셀린을 안심시키려 한다. 이런 '감성' 넘치는 발언은 결국 세탁 세제 광고나 슈퍼히어로 영화 광고 문구와 별다르지 않다. 셀린은 살아남을 가치가 있는 사람이고, 전쟁 중이며, 다른 생존자들과 함께 아직 보트에 남아 있는 것이다. 게임이 조작되었다는 통지는 없다. 어쩌다 우연히 '승리' 한다 해도(불필요한 존재가 되는 것과 필요한 존재가 되는 것 중 어느 것이 승리인지는 몰라도) 만족감은커녕 불안과 공포, 소외감만 더 커질 가능성이 크다.

상담치료사는 모든 상대를 경쟁자로 보는 학우들을 예민하게 알아차린 셀린의 관찰력을 경이로운 재능으로 보는 대신에 병리적 증상으로 진단한다. 셀린은 과감히 자신을 다 드러내 보였지만, 상담치료사는 최고를 향해 달리는 지칠 줄 모르는 경주에서 그녀를 빼낼 수 없는 평범한 인간에 불과하다. 셀린은 별다른 희망 없이 사람들과 그저 아는 척이나 하며 사는 일상 말고 그 이상을 원한다. 그래서 '이반' 이라는 학생과 온라인으로 소통하기 시작한다. 둘은 아는 사이지만 직접 이야기를 나눠본 적은 없다. 두 사람은 너무나 추상적이고 이상하고 멋져서 때로는 이해하기 힘든 편지를 주고받는다. 그렇게 그들은 일종의 상호 이해를 시도하면서 그보다 더 강력하고 중요한 것을 얻는다.

바로 과감하게, 현실의 환경과 친구들이 허용하는 것보다 더 훌륭하고 위대한 사람이 되는 방법이다. 자신이 가진 기이한 특징이나 두려움, 이상한 시각을 있는 그대로 찬양함으로써, 그들은 낯설고 편협한 서로의 관점(그리고 결점과 핸디캡)을 아주 흥미롭고 중요하며 무한한 것으로 경험한다. 두 사람은 모차르트의 아버지가 모차르트를 대하듯 그렇게 서로를 대하며 이렇게 말한다. "지금 여기에 있는 것이 무엇이든, 그리고 그것이 아무리 암울하고 혼란스러워도, 신이 주신 걸로 생각하기로 했어." 그 상담치료사처럼 의도는 나쁘지 않지만 어쨌든 진실과 거리가 먼 이야기만 빙빙 돌리며 하는 사람들이 지배하는 풍토를 생각할 때, 두 사람의 관계는 하나의 기적에 가깝다.

만일 우리가 우리 문화의 복잡하고 파괴적인 메시지에 굴복하지 않는다면 뭐든 변하기 시작할 것이다. 우리는 좀 더 철저하고 사심 없이, 그리고 다른 데에 정신을 팔거나 뭔가 대단한 결말을 기대하지 않으면서도 서로를 지지할 방법을 찾아야 한다. 그러면 우리는 디킨슨과 모차르트, 스테그너가 보여준 그런 아름다움과 마음을 연 소통, 지극한 순수함을 이뤄낼 수 있을 것이다. 혼란과 당혹스러움을 불살라 버리고, 은밀하고 개인적인 느낌을 주며, 끝없는 가능성으로 새로운 순간을 밝혀주는 그런 강렬한 위풍당당함을 말이다.

* * *

　우리는 극도의 망상과 정신적 혼란, 부정직함의 시대를 살고 있다. 자의식과 자기혐오로 얼룩진 유례없는 이런 시대에 참된 관계와 믿음 대신 상업적인 메시지가 우리를 이끄는 종교가 되었다. 이런 메시지의 전제는 우리가 가진 것이 아직 충분치 않으며 가치 있고 특별한 것은 모두 우리 밖에 존재한다는 확신이다.

　당연한 일이겠지만, 이런 메시지가 지배하는 문화에서는 겸손해 봤자 자본주의의 바퀴 밑에 깔려 으스러지거나 나약함을 혐오하는 사악한 힘에 당하기만 할 뿐이라는 믿음이 일반적이다. 이 불안한 시대는 서로에게 마음을 열어 보여주는 우리의 능력을 서서히 망가트리고, 우리 안에 이미 자리하고 있는 순수와 마법의 힘에 가닿을 수 없게 만든다. 새로운 물건이나 새로운 일이 없어도, 또 마땅히 누려야 한다고 하는 반짝반짝 호화로운 삶을 살지 못해도 전혀 개의치 않는 그런 힘 말이다.

　오늘날 우리는 가장 사랑하는 것을 열정적으로 끌어안고 또 그렇게 함으로써 자신의 약점과 자기혐오, 상냥함과 어둠, 공포 외에 우리를 온전하게 만들어주는 모든 것을 드러내는 대신, 분열되고 거칠며 보호장치를 장착한 모습의 자아를 세상에 드러낸다. 왜냐하면 시는 물론 살아 있는 모든 생명체에 깃든 신성을 알아보지 못하는 세계에서는 사내다움을 가장한 거침과 몰인정한 분노로 자신의 약한 모습을 감추려고 하기 때문이다. 번쩍거리는 무장 로봇들이 서로에게 '끔찍'하다고 손가락질하며 싸워대는 모양새다. 스쳐 지나가는 생각이나 창의적인 아이디어, 믿음을 두려움 때문에 일일이 독단적인 신념으로 만들어버리려는 급박한 움직임 속에서 개개인의 미묘한 차이는 전혀 고려 대상이 아니다.

이런 풍토에서 인간 정신의 황폐함과 복잡함을 드러내는 것은 무엇이든 찬양할 만하다. 이는 공적으로든 개인적으로든 옳다. 자신에게 넌더리를 느끼고 스스로 무력감에 빠지게 하는 유독한 세상에 대한 해독제는, 우리가 사는 이 세상과 우리가 속한 공동체 그리고 우리 자신을 믿는 것이다.

우리는 무너지기 쉽고 오류를 범하기 쉬우며 변함없이 초라한, 그런 인간적인 것들과 다시 관계를 맺어야 한다. 인간의 복잡한 본성을 믿고 받아들여야 한다. 비록 영광스러운 상상 속 '최고의 삶'을 더 이상 추구하지 않아도 우리에게는 여전히 자신의 탁월함과 재능과 비전을 믿는 담대함이 있다. 때로는 너무 거창한 망상같고 부조리하게 들릴 수는 있겠지만 말이다. 우리는 이미 가진 것에 감사해야 한다. 그리고 지금의 우리 모습 그대로를 받아들여야 한다. 하지만 우리의 머리와 가슴 속에서 요동치는 강렬함과 로맨스, 갈망 역시 존중해야 한다. 우리 내면의 풍요로움과 그 안에 내재한 본질적인 가치들도 존중해야 한다.

또한 우리는 자아와 삶, 예술적인 비전을 새롭게 세우는 것을 목표로 삼아야 한다. 그 목표는 일상으로부터의 도피가 아니라 피부색이나 체형, 몸의 치수, 배경에 상관없이 모두의 일상을 더욱 멋지게 만드는 것이어야 한다. 그러기 위해서 우리는 누구나 비범하다는 것을 알아야 한다. 그리고 그것을 알아볼 수 있도록 자신을 단련해야 한다. 일단 알아볼 수 있게 되면 그것들이 우리에게 활기를 불어넣어 줄 것이다. 주변의 보통 사람들, 화를 내는 사람들과 무관심한 사람들, 좋은 사람들과 나쁜 사람들 모두 빛나기 시작할 것이다.

중요한 것은 아무리 관계나 상황이 위태로워 보이고 환경이 불완전해 보여도 그 안에서 양식과 아름다움을 찾아낼 수 있음을 아는 것이다. 세상의 반복되는 공격으로 자신이 오염된 느낌이 들고 세상의 사람들로부터 소외감이 들더라도, 자세히 들여다보면 그 안에 진실하고 아름다운 것이 존재한다. 우리가 가진 세상을 느끼고 그 세상과 관계를 맺으며 세상을 더욱 개선하려는 시도가 바로 그것이다.

모차르트는 정말 자신의 음악적 재능을 기적이라고 믿었을까? 아마도 그는 그저 아버지가 그렇게 생각하니까 그렇게 믿었을 것이다. 이런 믿음이 우리에게도 필요하다. 우리는 끝없는 절망과 좌절 속에서도 하루하루를 믿어야 한다. 타고난 재능을, 개성과 약점을 믿어야 한다. 사랑할 수 있는 능력을 믿어야 한다. 우리가 하는 일, 우리가 살아가는 방식이 중요하다는 것을 믿어야 한다. 40년 만에 한 번 일어날까 말까 한 일식이 중요한 것만큼 우리의 일상 또한 그 어떤 기적 못지않게 중요하다는 것을 말이다.

세상에 대해 혼란스럽고 역겨운 기분이 들 때 그 느낌은 종종 옳다. 이 세상은 우리에게 뭔가를 팔기 위해, 그리고 뭔가 불충분하고 결핍되어 있다고 느끼도록 만들어진 것이기 때문이다. 미술평론가 존 버거는 《본다는 것의 의미Ways of Seeing》에서 이렇게 썼다.

> 미술계의 동시대적 경향을 거스르는 창의적인 노력이 필요하다. 미술작품을 감상할 때는 소유의 대상으로서 그것이 부여받은 신비로움을 모두 배제해야 한다. 그렇게 함으로써 상품이 아닌 제작 과정의 증거물로 보는 것이 가능해지고, 완성된 결과물이 아닌 행위의 관점에서 볼 수 있게 된다. '이게 뭘까?'라는 질문 대신 '어떻게 만들었을까?'라는 질문을 품게 되는 것이다.

우리는 자신을 소비자나 상품으로 보지 말아야 한다. 자신의 가치와 인기에 연연해 무기력하고 불안해하는 대신, 자신의 느리고 끈기 있는 발전 과정을 즐겨야 한다. 어떤 불가항력에 의해 신의 경지에 오르든 오르지 못하든, 우리가 하는 일을 중요하게 생각해야 한다. 이런 씨앗들을 세상에 심어야 한다. 그리고 모든 살아 있는 생명체들에게 말해주어야 한다. 이미 중요한 존재임을, 평범해 보이는 일상이 실은 서서히 펼쳐지는 불가사의임을, 그리고 대수롭지 않은 선택과 너그러운 행동이 무엇보다 중요하다는 사실을 말이다.

이렇게 시작하면 된다. 우리가 향해야 할 곳이 어떤 가상의 결승선, 마침내 평화를 가져다줄 '최고'의 상태가 아님을 받아들이자. 지금의 자신이 모차르트 못지않은 경이로운 존재라고 생각하자. "당신의 마음 깊은 곳 온갖 두려움과 걱정, 잡생각들 뒤에는 찬란하게 빛나는 깨끗한 순수함이 숨어 있다"라는 설리 잭슨의 소설 속 조언을 기억하자. 당신은 이를 가슴 깊이 느끼고 그 느낌을 주변의 다른 사람들에게 전하면 된다. 그리고 바로 이런 불완전하고 불확실하며 그리 좋다고는 할 수 없는 절묘한 순간들을 깊이 들이마시면 된다.

그리고 자신에게 말하면 된다. "이만하면 충분해"라고. 그러면 정말 그렇게 될 것이다.

세상의 유해

What   If This Were Enough

강
요
된
미
소

▼

　미국에서는 웃고 싶지 않아도 웃어야 한다. 당신도 예외가 아니다. 지구에 온 첫날부터 웃는 얼굴의 봉제 인형과 모빌 장난감들이 같이 웃자며 귀찮게 한다. 행복을 기원하는 노래들은 감미롭다 못해 느끼할 지경이다. 얼굴을 찡그릴 때까지 어른들은 지겹도록 카메라를 들이대고, 결국 사진에 남는 것은 뱃속에 가스가 차서 괴로워하는 표정이 대부분이다.

　TV에서는 날마다 공룡 친구 바니*가 찌푸리지 말고 모두 서로 사랑하자며 성가시게 군다. 어찌나 귀찮게 졸라대는지 이 보라색 인형을 없앨 수만 있다면 손에 쥔 빨대 컵을 칼처럼 휘두르고 싶어진다. 하지만 이게 끝이 아니다. 곧이어 미키 마우스와 로널드 맥도널드, 눈사람 올라프, 요정 팅커벨이 나타나 "어린이 여러분, 춤을 춰요! 손뼉을 쳐봐요! 마법을 믿어요! 해피밀을 드세요!"라며 빠르고 쾌활한 말투로 귀찮게 군다.

아기들에게는 이처럼 '인생은 승리의 행진이다. 그 승리의 기쁨에 동참하기를 고집스럽게 거부하는 사람은 오직 불평분자들뿐이다. 어쨌거나 기쁨을 마다할 이유가 뭐가 있단 말인가?' 같은 권유가 나쁘다고만은 할 수 없다. 하지만 미국 문화, 아니 지금의 대중문화 전반에서 느껴지는 기이한 점은 모두가 태어나서 죽을 때까지 평생 낙천적으로 열정을 불태우며 천진난만하게 감탄이나 하면서 공허하게 살아가기를 강요하고 있다는 사실이다. 성인이 되어 깊은 슬픔이나 끝없는 의심, **뼈저린** 좌절을 경험할 수는 있지만 삶은 여전히 햇살과 힘찬 포옹과 온화한 미소가 지배하게 되어 있으니 허무함이 폭풍처럼 밀려오더라도 긍정적으로 받아들이라는 것이다.

'모든 것은 반드시 더 좋아지게 되어 있고, 아무리 안 좋은 상황

• 1992년부터 2009년까지 미국에서 방영된 어린이 TV 프로그램 〈바니와 친구들(Barney and Friends)〉의 주인공.

이라도 곧 괜찮아진다.' 이런 사고방식을 따르지 않는 것은 고통을 기꺼이 받아들이겠다는 의미로 받아들여진다. '당신은 언제나 삶에 최선을 다해야 한다. 만일 지금 마음이 괴롭다면 그건 뭔가 중요한 교훈을 배우는 중이기 때문이다. 이 고통은 반드시 나중에 좋은 추억으로 남을 것이다. 당신은 그저 무엇으로도 대체할 수 없는 경험을 위해 이를 견디고 있을 뿐이다. 하루하루가 다 선물이다. 한숨을 쉬거나 의심하며 눈알을 굴리거나 한쪽으로 비켜서서 우물쭈물 회의적으로 구는 태도는 용납할 수 없다. 조금이라도 미적지근하게 굴거나 쉽게 단념하거나 비판적으로 굴거나 기진맥진해져서도 안 된다. 슬픔은 약해 빠진 사람들이나 내보이는 것이다. 기분이 좋지 않다면 그건 잘못된 선택을 했기 때문이다. 다른 방법을 찾아봐야 한다.'

이처럼 긍정적으로 생각할 것을 권하는 단순 명쾌한 말들을 듣고 있으면 이상하게도 표면 아래에 있는 두려움과 불안, 우울감이 더 크게 다가온다. 전화벨이 울리는 가운데 시무룩한 어머니의 표정, 먼 곳에서 벌어진 전쟁을 성토하면서 어쩐지 긴장감이 느껴지는 아버지의 목소리, 잘 알지 못하는 어둠의 세계를 끊임없이 상기시키는 지붕을 때리는 빗소리가 그렇듯이 말이다. 한편 무슨 교묘한 속임수를 부렸는지 주위에는 좋은 사람만 눈에 띄고, 가난과 범죄는 찾아볼 수 없으며, 유니세프 기금 모금을 빌미로 푼돈을 얻으려는 사람들이 불쑥 현관 앞에 나타나 당신의 돼지 저금통부터 시작해 당신의 집, 당신이 사는 마을까지 털어갈 기세로 기부를 요구하는 일도 없다.

"웃으세요, 여러분! 웃어요!" 미국에서 인기리에 방영되었던 TV 시리즈 〈환상의 섬Fantasy Island〉의 주인공 미스터 로크는 이 대사를 통해 방영 첫 회부터 웃을 것을 요구한다. 이 시리즈는 1980년대 미국 사회에서 웃음이 어떤 식으로 강요되었는지를 전형적으로 보여준다. 비록 행복에 대한 미스터 로크의 취향이 그 비밀스러운 섬 안에서만 구현되고 그의 손에 늘 장식 우산이 꽂힌 과일음료 잔이 들려 있다는 점에서 괴리감이 느껴지기는 하지만, 웃으라고 다그치는 그의 대사는 결코 낯설게 들리지 않는다.

우리는 모두 남들 앞에서, 직장에서, 심지어 사생활에서조차 서바이벌 연애 프로그램 〈배첼러The Bachelor〉에 출연한 참가자들이라도 된 양 공손하게 활짝 웃어야 하지 않는가. 확실하지는 않지만 어쨌든 신비롭고 탐스러운 것을 손에 넣게 되리라는 일말의 희망을 부여잡고서 말이다. 이제 우리는 이미 행복하다는 듯 미소 짓고 있어야 나름 행복한 결말에 이를 수 있다. 미소 짓기를 거부하고 타인과 합의하지 않으며 예의 바르게 행동하지 않는 태도는 자신이 까다로운 사람이며 불행해져도 상관없다는 뜻으로 해석되고 또한 주변인과 갈등을 겪으며 실패를 반복하겠다는 의미로 받아들여진다.

아무리 자주적이고 독립적이며 자유롭게 행동하고 자기 밥벌이를 하는 성인이라도, 웃을 것을 강요하는 이런 분위기를 피할 방도는 없다. 회사에서는 상관의 눈치를 보느라 좀 더 공손하게 이메일을 작성해야 하고 누가 봐도 미흡한 일 처리와 집단의 결정에 그저 묻어가려는 안이한 사고방식, 그리고 의견을 밝히지 않고 하루하루 대충 넘어가려는 어리석은 행동을 단호하게 지적하지 못한다. 모임에서는 지나치게 나서기 좋아하는 지인이 "더 마셔라", "걱정하지 말고 행복해져라", "너무 많이 생각하지 마라", "아무 문제없다", "모두를 짜증 나게 만드는 일 그만하라"라며 충고를 건넨다.

학교에 불려온 엄마는 왜 늘 '긍정적인 것'에 집중하지 않고 세상 일을 "그토록 심각하게 받아들이느냐"며 큰 소리로 묻는다. 이웃은 또 어떤가. 지붕에 비가 새는데 수리할 비용이 없어 당분간 방수포를 덮어두게 생겼다고 토로하는 당신 앞에서 말없이 경직된 미소만 짓고 있다. 그 억지 미소를 마주하며 당신은 진실을 말하지 않는 편이 나을 뻔했음을 깨닫는다. 상황이 좋아지기보다는 나빠질 가능성이 클 때는 아무 말도 하지 않는 편이 나은 법이니까.

과거에는 우울감이나 갈망이 인간으로서 느끼는 당연한 감정으로 받아들여졌다면 지금은 정신적 결함이자 스스로 낙오자이며 겁쟁이임을 드러내는 약점으로 치부된다. 이제 이 사회에서 당신은 태도를 바꾸고 사람들과 잘 지내야 한다. 설령 매 순간 가식적으로 그들을 대해야 한다 해도 말이다. 당신의 찌푸린 얼굴을 보고 싶어 하는 사람은 아무도 없다. 그러니 이제부터는 진짜 좋은 것처럼 웃어라!

✳ ✳ ✳

가끔은 나 역시 생명을 가진 존재로서 언젠가는 죽을 운명이라는 사실을 잊는다. 그럴 때 뉴스 웹사이트 '버즈피드BuzzFeed'에 들어가면 죽음이란 피할 수 없는 운명임을 다시금 깨닫는다. 왜냐하면 게시물의 호불호를 분류해 놓은 '웃겨요'나 '싫어요' 등의 강렬한 표식과 더불어 생명의 존재론적 문제를 너무나 교묘하게 회피하는 "핼러윈을 맞아 특별하게 단장한 반려견 10마리" 같은 기사들이 저절로 죽음의 망령을 상기시키기 때문이다.

버즈피드는 진지한 보도와 침울한 논평에 가벼운 기삿거리를 섞어 게시하면서 최근 몇 년간 크게 성장해 왔다. 초기에는 지나치게 엉뚱한 논조와 길고 무거운 기사에 기만적일 정도로 가벼운 표제를 붙여 눈길을 끄는 특유의 방식을 선보였으며, 하늘 아래 모든 것을 수치로 환산하고 분류하려는 강박적 충동까지 드러내며 사소한 것에 치중하는 미국식 현실도피의 전형을 대표하기도 했다. 거기에다 '저질이네요', '귀여워요', '바로 이거예요!' 같은 평점 방식도 푸짐하게 곁들여졌다.

그래서인지 버즈피드를 방문할 때면 가끔 현기증이 난다. 세상이 점점 더 빠르게 돌아가고 있는 것 같은 느낌, 아직 때 묻지 않은 청정 구역마저 "우리가 몰라봤던 〈사인펠드Seinfeld〉* 출연자 34명"이나 "깜찍한 그림으로 재탄생한 24명의 유명 인사", "당장 끌어안고 싶어지는 잠든 코알라 21마리" 같은 잡다한 게시물들이 가득 채워버릴 것 같은 느낌이 들기 때문이다.

버즈피드 편집자들은 "1990년대에 십 대를 보낸 소녀들만 아는 55가지" 같은 아련한 향수를 자극하는 기사와 "진저스 해브 소울즈 Gingers Have Souls** 힙합 뮤직비디오 발표하다!"처럼 별것 아닌 최신 동향을 슬쩍 흘리는 기사를 게임 조이스틱 다루듯이 계속해서 번갈아 보여주는 것이 성공적인 주의 전환의 비결임을 이미 오래전에 깨달았다. 그들은 "자꾸 보게 되는 귀여운 아이들 영상 13편" 같은 기사를 통해 즐거움이 언제까지나 갱신 가능한 자원인 것처럼 구는 동시에 "완전히 잘못 알려진 기념일 13개" 같은 기사를 통해 우리의 행복 저장량이 위태로울 정도로 낮으며 그나마도 더 낮아지고 있다는 것을 넌지시 암시했다.

버즈피드는 2010년대 초에 흔했던 사회적 참여 방식을 아주 전형적으로 보여줌으로써 2014년에 미국의 대표적인 시사 풍자 매체 《어니언The Onion》이 패러디 전문 사이트 '클릭 홀Click Hole'을 별도로 개설하는 데도 영향을 끼쳤다. 지역 언론사들이 많이 사용하는 은어

---

* 1990년대 미국에서 인기리에 방영되었던 시트콤.
** 생강 색과 비슷한 연한 적갈색 머리카락을 가진 이들에게도 영혼이 있다고 주장하는 짧은 유튜브 영상으로, 해당 영상은 힙합 버전으로도 편집되어 게시되었다.

인 '지역민area man'을 풍자하기도 했던 《어니언》은 클릭 홀을 통해 버즈피드의 터무니없는 체계와 기가 막히게 끝내주는 매력을 추종하는 경향을 보인다.

그렇지만 뭔가 심오한 것을 연상시키는 '클릭 홀'이라는 이름에 걸맞지 않게 버즈피드만의 독특한 스타일을 겨우 흉내만 내는 정도에 그치고 있으며, 지금까지도 버즈피드의 탁월한 자기풍자 능력을 충분히 따라잡지 못하고 있다(클릭 홀의 기사가 "상황이 나쁘지 않았을 때의 비욘세 사진 16장" 정도라면, 버즈피드의 기사는 "평소와 전혀 다른 모습의 연예인 22명"으로 확연히 비교된다).

버즈피드의 게시물들을 계속 보고 있으면 '좋아요'와 '싫어요' 사이의 경계가 점점 모호해진다. 그리고 조금 더 지나면 자기분열적 무아의 경지에 빠져드는 지경에 이른다. 그러다 결국에는 "절대 엮이고 싶지 않은 고양이 15마리"와 "홍콩 영화의 엉터리 자막 44개" 사이 어딘가에 자리하고 있으면서도 절대 눈에 띄지 않는, 무궁무진한 '별 것 아닌 것들'의 매력에 굴복하게 된다.

과거는 슬라이드 쇼의 시대였고, 미래는 테이프를 넣을 필요 없는 유튜브 동영상이 차지할 것이다. 그리고 현재는 "하느님 맙소사!"와 "어머!", "너무 길어 읽지 않음"이 불쑥불쑥 튀어나오는 경쾌한 노란색 단추들의 난장이다. 여기저기 클릭하는 것 외에 우리가 할 수 있는 게 대체 뭐가 있을까?

버즈피드의 한없이 낙관적인 현재형 시제는 화면 중심의 순간들로 이루어진 작금의 광기 어린 압박감을 대표한다. 하지만 역설적이게도 버즈피드는 금세 효력이 사라지는 오락물의 지배력을 강화함으로써 종종 구독자들이 어차피 지나가 버릴 뉴스에 시간을 낭비하고 있다고 느끼게 만든다. "당신의 별자리는 무엇인가요?", "어떤 술이 당신과 어울리는지 알아보세요"나 "반인륜적 범죄라 해도 좋을 17개의 음식 사진" 같은 기사들을 보면, 버즈피드가 무엇보다 현재의 순간에 특권을 부여하고 있음을 알 수 있다.

하지만 참신함에 대한 이런 지칠 줄 모르는 집착은 이제 너무 익숙해져서 오히려 한물간 것 같은 느낌이 들기도 한다. 버즈피드 주요 기사 제목들이 모두 비슷하게 보이면서, 저작권 분쟁이 일어나자 제목의 숫자만 살짝 바꿔 다시 게시했던 2011년의 냄새가 스멀스멀 올라오기 시작한다. 정말 그때 말고는 그런 적이 없었을까?

참신함이 순식간에 퇴색되면서 버즈피드는 순간의 불편한 기분이 복제되는 최악의 배양접시가 되었다. 그러니 불안하고 두려운 감정을 일으키는 것도 당연하다. 버즈피드가 전하는 메시지는 아주 분명하다. '당신은 충분히 행복하지 않다! 이 정도로는 부족하다! 당신은 더 대단하고 더 재미있고 더 강력한 오락거리가 필요하다! 더욱 새롭고 현란한 "젠장"과 "하느님 맙소사"가 필요하다!'

　　　　　✖ ✖ ✖

　　불안할 정도로 기분 좋은, 하지만 순식간에 지나가 버리는 현재
는 버즈피드가 만든 것이라기보다는 오랫동안 이어져 온 광기 어린
열정의 일환이다. 어쩌면 그 시작은 라디오의 출현이라고 말할 수 있
다. 라디오는 광고 음악과 애국적인 구호, 보수주의적 낙관론에다 지
극히 미국적인 억지 쾌활함을 결합한 최초의 대중매체였다.

　　어릴 때 라디오에서 '토요타손Toyotathon'*이라고 하는 뭔가에 대
해 열심히 떠들어대는 소리를 듣던 순간 생전 처음으로 갑자기 밀려
오던 허탈감이 아직도 기억난다. 부모님이 이혼한 후 처음 맞은 여름
의 일이었다. 어머니는 이혼이 모두를 위한 최선이라고 여러 번 말했
었다. 그래서였을까. 자동차 판촉 행사가 밤새도록 벌어지는 축제와
같은 것이라고 설득하는 광고를 듣고 있자니 진실을 노골적으로 희
롱하는 또 다른 감정적 사기처럼 느껴졌다.

　　뒤이어 라디오에서 흘러나오는 대중가요와 요란한 광고들은 현
실을 부정하는 시끄럽기만 한 불협화음 같았다. A&W 루트 비어**
광고와 CBS 범죄 드라마 〈매그넘 P.I.Magnum P.I.〉의 오프닝 크레딧,

● 일본의 토요타 자동차가 미국에서 신차 홍보를 위해 대규모로 벌이는 판촉 행사.
●● 미국을 중심으로 널리 사랑받는 탄산음료.

그리고 홀 앤드 오츠Hall & Oates*의 노래와 시즐인Sizzlin의 여름맞이 세일 광고를 듣고 있자니 슬픈 감정이 폭풍처럼 몰려왔다.

"냠냠, 범블비, 범블비 참치"를 노래하는 참치 통조림 광고와 "프로스티드 럭키 참스 시리얼"을 외쳐대는 레프러콘**의 과도하게 쾌활한 목소리, "렉스 스타킹 만한 건 세상에 없죠!" 같은 광고 노래도 인생이 결코 TV나 라디오에서 이야기하는 것처럼 행복하고 신나는 것이 아닐지도 모른다는 느낌을 끊임없이 불러일으켰다. 〈아메리칸 톱 40〉***의 진행자 케이시 케이젬의 경쾌하면서 감성적인 목소리도 일요일마다 성당에서 반복했던 교리문답처럼 들리기 시작했다.

갑자기 죽음에 대한 걱정과 좌절감이 사방에서 나를 짓누르기 시작했고 매일 밤 TV 뉴스를 보고 있을 때도, 아침 식탁에 앉아 있을 때도 이런 감정을 떨칠 수 없었다. 하지만 이럴 때 우리는 이런 부담감을 인정하기보다는 TV 드라마 시리즈 〈사랑의 유람선The Love Boat〉의 스터빙 선장이나 미국 CBS 어린이 프로그램 주인공인 캡틴 캥거루, 또는 시리얼 브랜드 마스코트인 캡틴 크런치를 본받아 모두가 합의라도 한 듯 조용히 미소만 짓는다. 버즈피드의 노란 버튼보다

* 소울 풍 노래로 사랑받았던 미국의 2인조 록밴드.
** 시리얼 브랜드 '럭키 참스'의 마스코트.
*** 1980년대 미국의 빌보드 핫차트 40곡을 매주 토요일에 실시간으로 전해주던 라디오 방송 프로그램.

50년이나 앞서 등장해 엄청난 유명세를 얻은 노란 얼굴 '스마일리'는 '행복한 하루 보내!'라고 우리에게 권하지만, 내게는 그 말이 권유라기보다는 명령에 가깝게 들린다.

지구가 점점 더워지다 못해 슬슬 끓어오르려 하고 북극곰이 제자리를 빙빙 돌며 헤엄치는 불길한 영상이 우리를 마치 우주에서 가장 무분별한 사육사처럼 느끼게 만드는 오늘날에는 낙관적이고 쾌활하게 '위대함'을 갖추고 살아가라는 권고가 그 어느 때보다 거세다. 마치 세상의 배경음악이 바비 맥퍼린이 부르는 〈Don't Worry, Be Happy〉처럼 가벼운 레게 리듬이었다가 점점 더 빠르고 강렬한 스카 ska 리듬으로 바뀐 것 같은 느낌이다.

오늘날 걱정과 불안은 금기일 뿐만 아니라 스스로 책임지고 다스려야 할 고통으로 치부된다. 예전에는 누군가가 다혈질에 심술궂고 트집 잡기 좋아하면 그저 성격이 그런 것일 뿐이고 〈세서미 스트리트〉의 투덜쟁이 오스카처럼 겉보기에는 부정적이어도 진짜 악의는 없다고 생각했지만, 요즘은 '투덜거리는 습관'을 도움이 필요한 증상으로 여기는 경우가 종종 있다. 병원에 가서 처방전을 받든지, 명상을 더 자주 하든지, 자기 관리를 더 열심히 하든지, 그것도 아니면 《오, 더 오프라 매거진O, The Oprah Magazine》이라도 구독해야 하는 상태로 받아들여지는 것이다.

우울이든 불안이든, 그저 처한 상황에 대한 불만이든 이들이 만연해 있는 것은 전이나 지금이나 마찬가지인데도 지금 우리는 그것들을 극복하고 회복하든지, 아니면 조용히 티 내지 말고 살아가든지 해야 하는 양 갈래 길에 서 있다. 둘 다 못하겠다면 '실패'를 받아들이는 수밖에 없다. 하지만 오늘날 실패를 받아들이는 것은 규칙 위반이다. 우리는 '당장 행복한 승자처럼 굴어라. 아니면 영원히 우울한 패자로 남게 될지도 모른다'고 말하는 사회에 살고 있기 때문이다.

✻ ✻ ✻

부모님이 이혼하시고 뒤이어 아버지가 이사를 나간 후 처음 맞이한 여름, 나는 우연히 존 업다이크의 《토끼는 부자Rabbit Is Rich》를 집어 들었다. 이토록 현실적이고 공감 가는 소설은 처음이었다. 마치 다른 이의 혈류 속으로 곧장 빨려 들어가는 느낌이었다. 그러면 그렇지, 업다이크는 정확히 알고 있었다. 미국 중산층의 행복한 모습 뒤에 숨은 두려움을 상기시키는 힘이 우리 삶에 구석구석 파고든 대중문화에 있다는 것을 말이다.

업다이크 소설의 주인공 래빗 앵스트롬*은 고등학생 때 최고의 인기를 누린 농구선수였으나 아메리칸 드림의 덫에 걸려 옴짝달싹

---

* 토끼를 뜻하는 '래빗'은 그의 얼굴 생김새 때문에 붙은 별명이다.

못 하는 상황에 처해 있다. 알코올 중독자인 아내 제니스는 늘 래빗을 진퇴양난에 빠트리고, 늘 자기연민에 빠져 사는 무능력한 아들 넬슨은 그를 냉대한다. 매 순간 앵스트롬은 아주 사소한 대중문화의 단편들을 바라보는 시선을 통해 자신이 함정에 빠졌으며 죽음이 임박했음을 느낀다. 작가 업다이크는 이러한 단편적 경험을 통해 "일상에서 마땅히 누려야 할 아름다움을 부여하고자" 했다.

결과적으로 업다이크의 《토끼》 4부작은 미국의 대중문화가 30년에 걸쳐 부상하는 과정을 차근차근 들여다볼 기회를 제공한다. 《달려라 토끼Rabbit, Run》에서는 앵스트롬이 부인과 논쟁을 벌이는 동안 마우스케티어*의 노래와 사탕 '투시 롤'의 광고가 등장한다. 그가 산산조각 난 결혼 생활에서 탈출하기 위해 고향 집을 떠나올 때는 레이코의 투명 비닐 시트커버와 바바솔에서 새로 출시한 면도 크림 '프레스토 라더' 광고가 자동차 라디오에서 흘러나온다. 《돌아온 토끼Rabbit Redux》에서는 주인공이 아내의 외도 소식을 전해 듣는 동안 사람들이 커튼 뒤에 어떤 상품이 숨겨져 있을지 궁금해하다가 그것이 2미터가 훌쩍 넘는 냉동고라는 것을 발견하고는 기뻐 소리치고 날뛰며 서로 입맞춤하는 모습이 근처 TV에서 펼쳐진다.

《토끼는 부자》에서는 주인공이 대중문화에 대한 일종의 해리

---

* 버라이어티 쇼 프로그램 〈미키마우스 클럽〉에 고정 출연하던 어린이를 지칭하는 말.

성 둔주 상태에 잠시 빠진다. 해리성 둔주fugue state란 자신의 과거나 정체성에 대한 기억을 잃고 방황하거나 예정에 없는 여행을 하는 장애다. 석유 파동으로 주유소에 길게 늘어선 자동차 행렬과 척 웨건 Chuck Wagon 테이크아웃 전문점의 풍경, 스카이랩 사고* 소식, 그리고 도나 썸머의 노래 〈Hot Stuff〉가 그의 감상벽과 권태, 죽음에 대한 공포와 매끄럽게 뒤섞인다.

래빗 앵스트롬은 내일도 어제와 똑같을 것이라고 생각한다. 그러는 와중에 장모의 TV에서는 최근 벌어진 이란 인질 사태** 소식이 요란하다. 앵스트롬을 둘러싼 시끄럽고 잡스러운 것들에 끝없이 현재 진행형인 왁자지껄한 웃음소리가 더해지면서 점점 숨통이 죄어드는 느낌이다. "사람들은 너무 멍청해서 세상이 겉으로는 재미있어 보여도 실제로는 종말을 향해가고 있다는 사실을 눈치채지 못한다."

마지막 《토끼 잠들다Rabbit at Rest》에서는 주인공의 인생에서 일어난 사건들이 기억 속에서 흐릿해지는 것처럼 문화적 단편들도 흐릿한 형태를 띠기 시작한다. "뉴스에 나오는 이야기들처럼 모두 권태롭게 느껴지고, TV 속 축구 관중 수처럼 재난도 교묘하게 조작된 것만 같다." 앵스트롬은 '승리'를 나타내는 당대의 표지들(부유함과 외

• 미국 최초의 우주정거장인 스카이랩이 1979년 7월 11일 대기권에 재돌입하던 중 추락한 사고.
•• 1979년 11월부터 1981년 1월까지 미국인 50여 명이 이란에 인질로 억류된 사건.

도, 친하기는 하지만 깊이 없는 친구 관계, 경쟁이 안 되는 골프 시합)에 대한 두려움을 물리치려고 애쓰지만 어떤 해결책도 오래가지 못한다.

무력감과 걷잡을 수 없는 성욕, 자유를 만끽했던 과거에 대한 끝없는 향수가 압축되고, 결국 그는 사소한 오락거리를 끊임없이 찾아다니는 것으로 마음을 달랜다. 소설 속에는 토요타 자동차 광고의 한 남자가 〈Oh, what a feeling!〉이라는 노래와 함께 공중으로 뛰어오르는 장면이 로커비의 차가운 상공으로 대체되는 장면이 나온다. 로커비는 1988년에 팬암 103편 항공기가 폭격당한 곳이다.

이는 미국적 삶에 대한 열정이 죽음의 망령을 얼마나 얄팍하게 감추고 있는지를 여실히 보여준다. 주인공 앵스트롬이 심장마비로 갑작스럽게 사망하는 장면은 대부분의 인생 이야기가 어떤 식으로 끝나는지를 선명하게 그려내고 있다. 죽은 아버지의 시신이 옆에 있는데도 그의 아들은 설탕 옷을 입힌 통곡물 시리얼을 먹겠다고 고집하고, 현관에는 "허리케인 휴고, 사우스캐롤라이나를 강타하다"라는 기사가 대서특필된 신문이 배달되어 온다.

《토끼 잠들다》가 출판된 지 5년째 되던 해에 나 역시 갑작스러운 심장마비로 아버지를 잃었다. 그리고 그 바로 다음 날, US 오픈 테니스 선수권 대회에서 피트 샘프라스가 안드레 애거시를 이겼다. 라디오에서는 마이클 잭슨이 부르는 〈You Are Not Alone〉이 1위를 차지했다. 그리고 그로부터 9일 후에는 팝콘으로 유명한 사업가 오

빌 레덴바커가 심장마비로 사망했다.

또 그로부터 13일 후에는 배우 O. J. 심슨*이 로스앤젤레스에서 무죄판결을 받았다. 뉴스에서는 그 내용의 명암과 관계없이 흥분되고 격앙된 어조로 소식을 전했다. 나의 어두운 감정 상태와는 완전히 동떨어진 것들이었다. 미국에서 슬픔은 외로운 감정이다. 시간을 들여 뭔가를 곰곰이 생각한다는 것은 한때 슬픈 적이 있었거나 혹은 그 과정에서 다시는 돌이킬 수 없는 뭔가를 잃었음을 의미한다.

✳ ✳ ✳

행복에만 치중하다 보면 슬픔이 원래의 크기보다 더 크게 느껴진다. 티백tea bag에 적혀 있는 희망적인 금언들이 점점 예사롭지 않게 느껴지고, 장례 때 부르는 애도가와 생기발랄한 대중가요가 구분되지 않기 시작하는 것도 이런 이유다. 미국의 대중문화는 복잡한 감정을 혐오하면서도 부추긴다. 그것도 매 순간 말이다.

이렇다 보니 영화 제작자 스티븐 스필버그나 TV 프로듀서 매튜 웨이너 같은 영리한 이들이 자신들의 작품 사이사이에 토요 아침 만화영화의 재미있는 장면이나 날씨에 대해 호들갑스럽게 떠들어대는

• 미국 프로 풋볼 선수 출신의 흑인 배우. 전처와 그 친구를 살해한 혐의로 재판을 받았다.

라디오 DJ들의 목소리를 끼워 넣는 것도 놀라운 일은 아니다. 버즈피드 같은 사이트 역시 오래 들여다볼수록 위와 비슷한 종류의 긴장감을 느끼도록 세팅되어 있다. 억지로 꾸며내는 이런 광기 어린 쾌활함은 미국적 분위기의 정수를 대표한다. '슬퍼요!'나 '암울해요!', '우울해요' 같은 감정을 표현할 평점 버튼은 어디에도 없다.

《토끼》 4부작을 통해, 존 업다이크는 너무나 많은 개인적인 감정의 동요와 후회를 일으키면서도 그런 감정에 대한 위안을 제공하지 않는 우리 문화의 현실을 정확하게 그려냈다. 그리고 우리가 땅콩 브리틀*이나 다이커리,** 코니 프란시스의 〈If I Didn't Care〉 같은 노래로 내면의 두려움을 애써 가리려 하면 무엇을 잃게 되는지도 분명하게 보여주었다. 앵스트롬은 자신의 가정과 정신적 올가미로부터 구원되기를 바랐지만 그 바람은 이루어지지 않았다. 삶에는 그 이상의 무엇인가가 있다는 것을 알고 있었지만 찾지 못했다. 그리고 찾으려 할 때마다 주변 사람들 모두가 그를 이기적이라고, 고집스럽다고 혹은 대책 없이 삐딱하다고 비난했다.

아들 넬슨이 앵스트롬에게 죽지 말라고 매달릴 때 그가 "더는 그만"이라는 한마디로 대답한 것도 당연하다.

• 설탕을 갈색이 될 때까지 졸인 다음 땅콩을 섞어 얇은 판으로 펼치고 식혀서 만든 캔디.
•• 럼주에 과일 주스나 설탕 등을 섞은 칵테일.

세상에서 가장 행복한 곳

▼

    디즈니랜드는 터무니없이 비싼 입장료에 아무리 속이 쓰려와도 어린 자녀를 둔 부모라면 한 번쯤은 꼭 가야 하는 그런 장소가 되었다. 미로 같은 주차 건물을 빠져나와 일반형보다 두 배나 넓은 유모차를 밀고 가는 엄청난 인파 행렬에 끼인 채 수 마일이나 뻗어 있는 뜨거운 콘크리트 길을 가로질러야 하고, 끝도 없이 늘어선 열두 개의 줄 맨 뒤에 겨우 서서 "우리 왜 아직도 여기 서 있는 거예요?" 또는 "우리 지금 뭐 하고 있는 거예요?" 같은 아이들의 존재론적 질문에도 재치 있게 답해주어야 한다. 게다가 겨우 명맥을 이어가는 프랜차이즈의 쌍방향 광고 수단에 불과한 따분한 놀이기구들도 억지로 타야 한다.

그렇지만 이 모든 의무를 완수해도 마음의 평화나 행복감은 찾아오지 않는다. 디즈니의 꿈을 자녀에게 안겨주었다는 자부심도 느껴지지 않는다. 오히려 잔인무도하다 할 정도로 지독한 '소비지상주의 문화'라는 사이비 종교에 가뜩이나 감수성 예민한 아이들을 끌어들인 기분이다. 디즈니 영화 〈투모로우랜드Tomorrowland〉의 초반부에 조지 클루니가 젊은 낙천주의자를 향해 내뱉은 말처럼, "우리는 그저 자신이 뭔가 굉장한 것의 일부라고 착각하도록 교묘하게 조종당한 것뿐이다. 우리는 우리가 특별하다고 생각하지만 사실은 그렇지 않다".

하지만 이런 식의 회의적 태도는 절정의 순간에 희망을 더욱 돋보이게 하기 위한 디즈니 특유의 고리타분한 장치에 불과하다. 디즈니라는 브랜드의 핵심은 비운의 순간에 등장하는 — 거의 종교적이라 해도 좋을 — '현실 긍정'이다. 어쨌든, 2015년 그라피티 작가 뱅크시가 디스토피아적 절망을 풍자하기 위해 영국의 휴양지 웨스턴슈퍼메어에 설치했던 테마 파크 '디즈멀랜드Dismaland*'가 그토록 강렬한

---

* 'Disneyland'에 우울하다는 뜻의 'Dismal'을 더해 만든 합성어로, '음산한 땅'이라는 뜻이다.

현기증을 유발한 이유도 이것일 것이다.

　이 거리의 예술가는 그야말로 절묘한 타이밍을 선택했다. 당시는 만화 속 생쥐 한 마리를 기반으로 성장한 한 기업이 기적적으로 발전하고 팽창해 나가면서 거센 회의주의의 광풍을 이겨냈을 때였다. 그뿐인가. 대폭 인상된 입장료, 방문객 과밀 문제도 이 기업의 앞길을 막지 못했고 2014년에 발발한 홍역도 그들이 펼치는 환상과 개척 시대, 미래 세계에 걸림돌이 되지 않았다. 심지어 남수단의 위험한 상황도 문제가 되지 않았다.

　미국 스포츠 전문 매체 ESPN, ABC 방송국, 디즈니 채널, 〈스타워즈〉, 픽사 애니메이션 스튜디오, 마블 등을 통해 엄청난 소비자 인지도를 확보한 디즈니는 파리 디즈니랜드부터 시작해 도쿄 디즈니랜드, 홍콩 디즈니랜드에 이르기까지 수천 에이커에 달하는 흠잡을 데 없는 브랜드 자산을 전 세계에 축적했다. 한 걸음 한 걸음 옮길 때마다 사방에 설치된 스피커에서는 〈Once Upon a Dream〉과 〈Bibbidi-Bobbidi-Boo〉가 끊임없이 우렁차게 흘러나온다. 우리가 보고 듣고 느끼는 것 모두가 쌍방향 광고를 위해 세심하게 준비된 것으로, 아장아장 걷는 아기부터 십 대 청소년, 성인 커플, 심지어 짝이 없는 이들과 성공한 운동선수, 죽음을 앞둔 어린이들 할 것 없이 끊임없이 끌어들인다.

　바로 이 동화를 뱅크시는 디즈멀랜드를 통해 해체하려고 했다.

그가 선택한 도구는 음산한 데다 경악스럽도록 더럽고 허름한 콘크리트 공간, 미키 마우스 머리띠를 했지만 침울한 얼굴의 직원들, 더러운 변기에서 튀어 오르는 범고래, 핼쑥한 얼굴의 이민자들과 그들을 가득 태우고 더러운 연못 위를 빙빙 도는 보트 등이다. 그것들이 보여주는 이미지는 단순하다. 디즈니랜드와 마찬가지로 애초에 복잡하지 않고 이해하기 쉬운 방식으로 충격을 주려는 의도로 만들어진 것이기 때문이다.

뒤집힌 호박 마차에 힘없이 걸쳐 있는 신데렐라의 시신을 향해 연신 카메라 플래시를 터뜨리는 파파라치들의 모습은 어떤 관람객들에게는 분명 충격적일 테지만 당연히 이것도 계획된 것이다. 사방에서 벌어지는 재앙을 그냥 지나치는 것은 어렵지 않은 일이지만, 어쨌든 우리는 계속 눈길을 돌린다. 전 세계의 공공장소들이 번쩍번쩍 화면이 빠르게 전환되는 스크린에 점령당하면서 세심하고 조화롭게 설계된 기업들의 왕국이나 마찬가지가 되어버린 지금, 디즈멀랜드의 끔찍한 전시물들은 마치 무시무시한 재앙의 예고처럼 느껴진다.

아니, 어쩌면 우리는 세상을 집어삼키기 시작한 재앙을 이미 마주하고 있는지도 모른다. 어디에나 편재하고 있는 이런 재앙 때문에 우리는 더 이상 노래하는 새들이나 왁자지껄한 해적들에게서 즐거움을 느끼지 못한다. 하지만 뒤집힌 호박 마차나 화난 얼굴의 마우스 케티어들보다 더 우리를 불안하게 만드는 것은 바로 디즈멀랜드의 쓰레기 같은 전시물들이다. 우리가 그토록 피하고자 애쓰는 현실의 고통을 그대로 보여주기 때문이다.

우울과 불편에 대한 이런 기피는 바로 디즈니 설립자 월트 디즈니가 디즈니랜드를 꿈꿀 때 염두에 둔 것이다. 그는 불안의 시기를 맞아 소박한 시절의 향수를 불러일으키는 공간을 만들고 싶어 했다. 그리고 전 세계가 부러워할 희망의 등불, 자유와 번영의 빛나는 대호황 시대를 미국이 모범적으로 이룩하리라는 희망이 여전히 살아 있던 시절로 거슬러 올라가 그때의 모험 정신과 도전 정신을 구현하려고 했다. 물론 이런 희망은 사라진 지 오래다. 영국의 소설가 J. G. 밸러드가 1983년에 쓴 것처럼, 미국을 자유와 기회의 땅으로 인식했던 아메리칸 드림은 "더 이상 아무런 인상이나 꿈, 환상을 불러일으키지 못한다. …… 이제는 악몽만을 안겨줄 뿐이다".

디즈니랜드에서 우리는 영광스러운 미국이 수십 년 동안 혹독한 현실에서 어떻게 스스로를 보호해 왔는지, 그리고 우리가 어떻게 이런 식의 보호와 조작을 현실 자체보다 더 선호하게 되었는지 깨달을 수 있다. 1970년대만 하더라도 우리 가운데 많은 이가 대량 생산된 오락물과 어디를 가나 획일적인 상업공간을 비난했다. 하지만 2000년대가 되자 상대적으로 재미없는 공원 대신에 더욱 마음을 사로잡는 '애플 스토어'라는 현대적인 놀이터로 〈Let It Go〉를 흥얼거리며 몰려가기 시작했다.

오늘날에는 전혀 예상치 못한 온라인 공간 구석구석까지 총천연색의 쌍방향 광고로 복잡하다. 우리가 가장 최근에 페이스북에서 대수롭지 않게 언급했거나 아마존에서 검색했던 기업 상품이 광고로 뜨는 것이다. 급기야는 통신판매원의 전화까지 걸려온다. 그 판매원은 나에 대해 나보다 더 많이 알고 있는 듯하다. 스크린이나 카메라, 전화기 등이 침범하지 않는 자연 그대로의 장소를 어떻게든 찾아내려고 아무리 애써봤자 소용없다. 쉴 새 없이 번쩍이는 광고나 감시카메라가 전혀 없는 곳, 기쁨에 넘치는 유행가나 삐 소리를 내는 장치들이 전혀 없는 장소를 찾기란 불가능하다. 설령 찾아냈다 하더라도 복제품일 뿐이다.

아무리 반짝반짝 빛나고 소박하며 낙천적이고 진짜처럼 보여도 그 모조품은 우리가 소유할 수 있는 것이 아니고, 심지어 우리의 정신과 돈, 사생활을 모두 빼앗아 가장 높은 가격을 제시하는 입찰자에게 팔아 치운다. 놀랄 것도 없이, '아메리칸 라이프'라는 상업화된 판타지는 우리를 더욱 허기지고 만족할 줄 모르는 상태로 만들 뿐이다. 상상 속에나 있을 법한 인물들로 촘촘하게 채워진 환상이 현실의 자리를 차지하고, 우리는 가상의 존재가 되는 것이다. 이렇게 문화의 디즈니화가 완성된다.

❋ ❋ ❋

우리 아이들은 각각 여섯 살과 여덟 살이 되자 디즈니랜드에 가자고 조르기 시작했다(아주 어릴 때 가보고 3년쯤 지났을 때였다). 아이들의 기대가 큰 만큼 내 두려움도 컸다. 몸속 세포 하나하나가 디즈니랜드를 두려워했다고 해도 좋을 정도였다. 수많은 인파와 길게 늘어선 줄, 어디에나 산더미처럼 쌓여 있는 비싼 플라스틱 기념품 때문은 아니었다. 내 두려움의 원인은 바로 디즈니에서라면 대수롭지 않게 지나치게 되는 그런 흔한 광경들이었다.

이를테면 미니 마우스 머리띠를 하고서 사람 넓적다리만 한 칠면조 다리에서 뼈를 발라내는 직원, 영화 〈메리 포핀스Mary Poppins〉의 메리 포핀스와 굴뚝 청소부 버트의 분장을 한 채 땀을 뻘뻘 흘리는 배우들, 억지스러운 영국 억양으로 떠들어대는 수다 소리, 라푼젤이 그려진 티셔츠를 입은 채 자기 얼굴보다 큰 솜사탕을 들고서 놀이기구 '매드 티 파티Mad Tea Party' 대기 줄에 서 있다가 나중에 쓰레기통 옆에 토사물을 쏟아놓는 깡마른 아이들, 1990년대 중반 러시아 올림픽 피겨 스케이팅 팀의 독특한 스타일을 상기시키는 인어공주 에리얼의 청록색과 보라색 아이섀도 등이다. 이런 광경은 별것 아닐 수도 있지만, 우리를 깊은 존재론적 절망에 처넣을 우려가 있었다.

어쨌든 듣고 싶지 않아도 듣게 되는 남들의 대화나 팽팽한 가족 역학 등은 아주 사소할 수도 있는 일들이지만 디즈니랜드에서라면 특별한 무게를 갖는다. "내가 생각하기로는, 그 평범한 말들의 이면에는 마치 꿈속에서 들은 말이나 악몽을 꾸면서 내뱉은 잠꼬대처럼 엄청난 암시가 숨어 있어." 영국의 소설가 조지프 콘래드가 《암흑의 핵심Heart of Darkness》에서 언급한 말이다.

당신은 무기력이라는 반 최면 상태를 느끼게 되는데, 이것이 바로 디즈니 체험의 핵심이다. 그런 상태에서는 세포막 하나하나의 구멍이 열려 슬픔도 혈류로 곧장 들어와 박힌다. 모든 친숙한 기표로부터 멀어지고, 멀어진 만큼 약해진다. 좋은 부모가 되고자 애쓰지만 그곳에서 당신은 어마어마한 인파의 바다 한가운데서 무방비 상태로 휩쓸려 다닐 뿐이다. 그 필사적인 무리 안에 뒤섞여 사소한 일로 다투고 후회막심한 얼굴로 땀을 뻘뻘 흘리며 미키 마우스 모양의 튀김과 얼음 박힌 레모네이드와 칠리소스를 뒤집어쓴 기름진 핫도그를 허겁지겁 먹으면서 말이다. 모두가 '세상에서 가장 행복한 곳'에서 부지불식간에 몰려드는 우울감을 애써 떨쳐보려 하지만 처절하게 불행하다는 사실만을 깨달을 뿐이다.

디즈니랜드에 갔던 사실을 거의 기억하지 못하는 둘째 딸은 또 가고 싶다고 졸라댔다. 이는 〈누가 로저 래빗을 모함했나Who Framed Roger Rabbit〉의 주인공 로저 래빗에게 시달리는 악몽보다 더한 괴로움이었다. 내 스트레스는 점점 심해졌고, 새롭게 인상된 99달러라는 입장료도 상황을 바꿔주지는 못했다(1955년 개장할 당시 입장료는 1달러였고, 1971년 디즈니월드 입장료는 3.50달러였다).

과소비를 피할 수 없으리라는 사실을 깨달은 나는 덫에 걸리자 갑자기 공격적으로 변한 동물처럼 자기모순적인 행동을 하기 시작했다. 마음이 변한 것이다. 그것도 '아주 많이'. 말이 안 되지만 사실이 그랬다. 나는 디즈니 웹사이트에 게시된 멍청한 것들에 하나같이 엄청난 가격표가 붙어 있는 것을 보고 불쾌감을 느끼는 대신에 그것들을 전부 구매하기에 이르렀다. 2일 사용권으로도 모자라 비싸도 너무 비싼 디즈니랜드 호텔 숙박권, 그리고 그보다 더 비싼 비즈니스 그랜드 캘리포니안 호텔&스파 이용권까지 구매했다. 값비싼 디즈니 레스토랑도 예약했고, 퍼레이드와 불꽃놀이와 '월드 오브 컬러The World of Color' 분수 쇼 시간도 눈여겨보았다.

대체 그것들이 뭐든 상관없었다. 나는 나 자신뿐만 아니라 남편과 두 딸의 모습을 웹사이트에 게시된 모든 사진에 투영해 보았다. 〈디즈니의 멋진 세계Wonderful World of Disney〉라는 ABC 방송국 광고 첫 부분에 나오는 단역 배우들처럼 활짝 웃으며 즐겁게 춤추고 있는 모습으로 말이다. 깜깜할 때 출발해서 깜깜할 때 돌아오는 당일치기는 싫었다. 기진맥진한 아이들과 종일 협상을 벌이는 것도 안 될 일이었다. "이번에는 미키 마우스 원 없이 봐야 해요. 이번에도 대충 보고 올 순 없다고요." 나는 회의적으로 구는 남편에게 당부했다.

'돈을 쓰면 쓸수록 더 큰 행복이 보장된다.' 이는 귀 얇은 소비자들이 자주 속아 넘어가는 말이다. 이미 현혹당해 버린 내게 디즈니의 엄청난 가격표가 의미하는 것은, 디즈니랜드를 사랑하는 캘리포니아 태생의 친구들(나의 친구들)이 드디어 사랑스러운 미키 마우스 스웨터 차림을 한 채 값비싼 연간이용권을 손에 들고서 직접 디즈니랜드에 가보게 된다는 사실이다. 이 친구들은, 심지어 그중 절반은 아이가 없는데도 생일이나 기념일마다 디즈니랜드를 방문한다. 심지어는 평일에 아무런 이유도 없이 훌쩍 당일치기로 다녀오기도 한다. 그것으로도 모자라 한 친구는 요한 파헬벨의 캐논 대신 애니메이션 〈신데렐라〉의 OST 〈꿈이란 마음에서 바라는 소망A Dream Is a Wish Your Heart Makes〉에 맞춰 디즈니랜드의 불꽃놀이를 배경으로 결혼식을 올리기도 했다.

　친구들이 이런 행동을 하는 이유는 그들이 이상한 사람들이라서가 아니다. 그들은 그저 속없이 '마법의 티키 룸'에서 '돌 윕' 파인애플 아이스크림 먹기를 좋아하고, 스페이스 마운틴을 타는 것도 좋아하며, 헌티드 맨션을 네 번이나 들어가도 마냥 좋아하는 사람들일 뿐이다. 그들은 솜사탕 먹는 것도 좋아하고, 마크 트웨인 리버보트로 유람하는 것도 좋아하고, 빅 썬더 마운틴 레일로드를 따라 덜커덩거리며 나아가는 것도 너무나 좋아한다. 그 롤러코스터가 2003년에 탈선했었다는 사실에도 개의치 않는다. 그들은 디즈니랜드를 마치 유산처럼 생각한다. 사랑하는 월트 아저씨가 물려준, 좀 낡긴 했어도 여전히 호화로운 자산이라고 말이다.

디즈니랜드를 방문할 때마다 익숙한 추억들이 지친 마음을 어루만지듯 거세게 밀려든다. 월트 디즈니가 방문객에게 주려고 한 것이 바로 이런 느낌이었다. 역사가이자 미디어 비평가인 닐 개블러가 자신의 저서《월트 디즈니, 미국적 상상력의 승리Walt Disney: The Triumph of the American Imagination》에서 지적했듯이, 이런 현실 도피적인 관점은 디즈니랜드의 홍보 문구에 분명하게 드러나 있다.

"디즈니랜드에 들어서는 순간 과거와 미래, 환상의 세계가 당신 앞에 펼쳐질 것입니다." 다른 홍보 책자에서는 다음과 같이 강조한다. "디즈니랜드에서라면 현실은 잊으세요." 이런 해방감은 내가 아는 디즈니랜드 애호가들의 말에서도 똑같이 느낄 수 있다. "단 몇 시간뿐이었지만 부모님이 이혼 예정이라는 사실을 잊을 수 있었어. 그리고 십 대의 불안한 시절을 잘 헤쳐나갈 수 있었지. 디즈니랜드에 가면 마치 어린 시절로 돌아간 것처럼 즐겁고 마음이 놓였어. 디즈니랜드가 아니었다면 그런 일은 절대 불가능했을 거야." 한 친구가 내게 한 말이다.

물론 디즈니랜드가 월트 디즈니 회사를 위한 거대하고 획기적인 쌍방향 광고 매체의 일환일 뿐이라는 사실은 잘 알고 있다. 당시 새로운 포맷이었던 ABC 채널의 TV 쇼 〈디즈니랜드〉와 곧이어 방영된 〈미키 마우스 클럽〉도 디즈니랜드를 홍보하기 위한 프로그램이었다. 사실 월트 디즈니 본인도 "이 프로그램들의 목적은 판매"라고 말한 바 있다. 하지만 판매하는 상품의 품질이나 일관성, 순수성은 물론 좀처럼 뚫기 힘든 국제적인 교차 플랫폼 시장에 진출했는지의 여부로 브랜드를 평가하는 일이 거의 없는 오늘날, 이들 디즈니 TV 쇼의 교차 마케팅 효과를 지적하는 일은 몹시 고리타분하게 느껴지기도 한다.

아무튼 이런 터무니없는 현실은 디즈니랜드에 발을 들이는 순간 곧바로 기억에서 사라져 버렸다. 왜냐하면 도착하자마자 우리는 소비자가 아니라 마치 지구상에 유일하게 살아남은 인류처럼 대접받았기 때문이다. 매일 평균 4만 4천 명의 관람객이 디즈니랜드를 방문한다는 사실을 고려하면 이는 입이 쩍 벌어지고도 남을 만한 영업 전략이다. 디즈니랜드 호텔에 도착하자마자 주차원은 우리 딸에게 "생일 축하합니다!"라는 문구가 새겨진 배지를 주었고, 이후로 마주치는 어른들마다 생일 축하 인사를 건넸다. (하지만 아이는 아직 전혀 모르는 사람들이 보여주는 친절에 익숙하지 않았던 까닭에 이런 이벤트는 오히려 '이 사람들이 왜 이러냐', '도대체 나한테 원하는 게 뭐냐'는 의혹만 사고 말았다.)

몇 걸음 옮길 때마다 "생일 축하합니다!", "멋진 하루 되세요!"라고 소리치는 사람들을 헤치고 드디어 우리는 디즈니랜드에 입장했다. 마법의 티키 룸에서 돌 윕 아이스크림을 먹었고, 배를 타고 구불구불 돌아 나오는 캐리비안의 해적 놀이기구도 탔다(애니메트로닉

animatronic* 해적이 예전에는 운 나쁜 여인을 쫓아다녔는데 지금은 그 대상이 케이크를 든 여인으로 바뀌어 있었다). 점심은 캐리비안 놀이시설 내부에 위치한 '블루 바이유'라는 어두컴컴하고 서늘한 식당에서 먹었다. 나는 햄&치즈 도넛이나 다름없는 몬테크리스토 샌드위치와 민트 줄렙을 주문했는데, 민트 줄렙에는 무지개색 빛을 내는 가짜 얼음 조각이 하나 들어 있었다. 우리가 먹은 식사는 너무 오래 조리되었고 너무 짰지만, 아이들은 그 빛나는 얼음 조각에 홀린 나머지 음식 맛에 전혀 개의치 않았다.

나는 대기 줄이 점점 길어져서 그에 따라 아이들의 기분도 점점 나빠지지 않을까 걱정했지만, 주중이라 관람객이 아주 적은 편이어서 어떤 줄에 서도 15분을 넘기지 않았고 다들 기분도 괜찮았다. 주위의 관람객들을 둘러봐도 투덜거리는 사람 없이 모두 온화해 보였고, 아이들도 전부 미소 띤 얼굴이었다. 아마도 그건 그들 대부분이 설탕으로 만든 뭔가를 손에 들고 있었기 때문이거나 곧 신데렐라를 만날 수 있다는 기대감 때문이었을 것이다.

우리는 우주선 체험 '스타 투어'도 10분 만에 탑승했고 '매드 티 파티'와 '미스터 토드의 와일드 라이프'도 후다닥 통과했다. 그러고는 곧장 세계의 축소판 격인 '작은 세상It's a Small World'으로 돌진했다. 회

• 'animate'와 'electronics'를 합친 말로, 일정한 움직임을 반복하는 모형을 뜻한다.

전목마 대기 줄에는 다리에 그물망 스타킹 모양 문신을 한 여자가 있었는데, 고상해 보이지 않을 뿐이었지 흉한 정도까지는 아니었다. 평소라면 약간이라도 거부감이 들 법한 광경이었지만 웬일인지 별로 거슬리지 않았다. 어딜 가든 낭만을 불러일으키고 행복감을 부추기는 음악이 흘러나왔다. 마치 그 어느 때보다 즐겁고, 신나고, 감정적으로 만족스러운 하루를 위한 사운드트랙 같았다.

하지만 그때까지도 나는 내가 얼마나 근사한 하루를 보내고 있는지 깨닫지 못하고 있었다. 그러다 늦은 오후, 미국 중산층이 모여 살 법한 어느 사랑스러운 소도시를 연상시키는 광장에 서 있는데, 퍼레이드 행렬이 지나갈 예정이라는 소식이 들려왔다. 곧이어 음악 소리가 커지면서 경쾌한 합창이 들려왔다. "축제가 시작돼요. 자, 어서 이리로 와요. 악단의 연주를 들어요!" 드럼 연주자들이 활짝 웃는 얼굴로 나타나 열정적으로 드럼을 두드리며 춤을 췄다. 우리 아이들도 함박웃음을 지었다.

둘 다 방금 노란색과 분홍색이 알록달록 섞인 엄청난 크기의 솜사탕과 살얼음 낀 레모네이드를 먹어 치운 상태였고 나 역시 큼지막한 잔에 든 시원한 커피를 홀짝거리고 있었기 때문인지 몰라도 "리듬을 타봐요. 정말 신나지 않나요. 자, 어서 이리로 와요. 춤추며 손뼉 쳐요!"라는 노랫소리에 나도 모르게 손뼉이 쳐졌다. 나 못지않게 카페인에 취해 있던 남편도 둘째 딸을 목말 태우더니 음악에 맞춰 몸을 흔들기 시작했다. 나는 생각했다. '이런 게 사는 맛이지.' 바로 전날만 하더라도 이곳에 오기를 두려워했었다는 사실이 믿기지 않았다. "살아 숨 쉬는 이 순간을 우리 모두 즐겨요. 가족, 이웃과 함께 바로 지금 이곳에서 긍정과 축하와 진심을 나눠요!"

나는 광장에 있는 주변 사람들을 둘러보았다. 바로 내 옆에 있는 이웃들 말이다! 춤추거나 환호성을 지르거나 흐느끼며 서로를 껴안는 것까지는 아니더라도 우리 가족과 마찬가지로 웃으며 손뼉을 치는 정도는 하고 있을 줄 알았다. 하지만 그들은 미동도 없이 그냥 멀뚱히 서 있거나 의자나 연석에 걸터앉아 집에서 TV 보듯이 퍼레이드 행렬을 바라보고 있었다. 몇몇은 영상을 녹화하기도 했다. 또 어떤 이들은 문자 메시지나 메일, 또는 그런 것과는 하등 상관없는 것들을 들여다보느라 휴대전화를 힐끔거렸다. 손뼉을 치는 사람도 간혹 있기는 했지만 대부분은 앞을 지나가는 행렬을 가만히 서서 바라만 보고 있었다. 드럼 연주자들과 댄서들, 미키와 미니는 생애 최고의 순간을 맞이한 듯한 표정이었지만 관중은 그저 무표정한 얼굴로 늘어서 있을 뿐이었다. 아예 그곳에 존재하지 않는 사람들 같았다.

그렇게 마법은 풀렸다. 지금까지 내 관심을 끌지 못했던 사소한 것들이 그제야 눈에 들어오기 시작했다. 잔디밭을 둘러싸고 있는 금속 울타리가 보였다. 그 금속 울타리가 암시하는 것은 잔디밭은 그저 눈으로 보기 위한 것일 뿐이고 손으로 만지거나 그 안에 들어가서 놀거나 그 위에 드러누워 쉬면 안 된다는 사실이었다. 개블러에 따르면, 디즈니가 상상했던 것은 "철도역과 잔디 공원이 있는 멋진 마을 …… 사람들이 앉아서 쉴 수 있고, 뛰어노는 꼬마 아이들을 엄마들과 할머니들이 사랑스럽게 바라보는 그런 곳"이었다.

하지만 지금 내가 보는 이 마을 광장은 잔디 공원이 아니라 하나의 무대였다. 작은 나무들로 겉만 그럴듯하게 꾸며놓은, 뜨거운 시멘트로 화려하게 만들어놓은 무대에 지나지 않았다. 몇 발짝 떨어진 곳에서는 푸른색 디즈니 셔츠를 입은 남자 하나가 관중을 유심히 지켜보면서 무전기에 대고 뭐라고 중얼거리고 있었다. 관람객들이 한데 모여 자연스럽게 즐기고 있는 이 축제는 기업이 아주 세심하게 연출하고 철저히 대본에 따라 만들어낸 행사였다. 우리 가족은 뭔가 굉장한 것의 일부라고 착각하도록 교묘하게 조종당한 것이었다. 우리는 우리가 정말 특별하다고 생각했다. 하지만 그건 틀린 생각이었다.

✳ ✳ ✳

오늘날 디즈니랜드에서 뭔가에 참가한다는 것은 대체로 서거나 앉아서 눈앞에 펼쳐지는 것들을 수동적으로 바라보는 것을 의미한다. 참가자가 할 일은 아무것도 없다. 당신은 그저 작은 차량이나 보트에 몸을 싣기만 하면 된다. 벨트를 매고, 기구 밖으로 손이 나가지 않도록 조심하기만 하면 된다. 연석에 쪼그리고 앉아 퍼레이드 행렬이 오기를 기다린다. 엄청난 규모의 분수 쇼가 잘 보이는 자리를 차지하기 위해 줄을 서서 들어간다. 무지개색 조명이 하늘로 쏘아질 때마다 합창 소리가 울려 퍼진다. "색, 색, 저 색을 좀 봐요!" 디즈니는 결코 은근하게 표현하는 법이 없다.

쇼가 끝나면 당신은 무기력하게 박수를 치다가 다른 이들을 따라 자리를 뜬다. 그 누구도 절대 당신에게 움직이라든지 말하라든지 노래하라고 요구하지 않는다. 당신은 귀빈처럼 대접받지만, 아무도 당신이 왜 귀한지 증명하라고 하지는 않는다. 에리얼이나 신데렐라, 혹은 매드 해터Mad Hatter 같은 디즈니 캐릭터들은 판타지 랜드나 메인 스트리트 USAMain Street USA*에 나타나 당신 아이의 이름을 묻고는 1분 남짓 해당 인물을 연기하며 장황하게 떠들어댄다. 하지만 아이는 곧 내쳐지고 다른 아이가 다음 차례가 된다.

우리는 모두 이곳에 있기는 하지만 '존재'하지는 않는다. 굳이 원한다면 큰 소리를 내며 그 안에 참여할 수 있겠지만, 은연중에 느껴지는 것은 '그래서는 안 된다'는 메시지다. 당신이 이곳에 온 이유는 디즈니라는 브랜드를 그저 보이는 대로 받아들이고, 그 브랜드의 상

• 실제 월트 디즈니가 어릴 때 살았던 도시의 모습에서 영감을 받아 만들어진 공간으로, 'Main Street USA' 이름도 실제 그가 살았던 미주리주 마셀린 소재의 도로명에서 따온 것이다.

품을 구매하고, 그 브랜드에 대한 충성심을 굳건히 하고서 집으로 돌아가는 것이다. 디즈니의 아날로그적인 매력(재치 있는 농담을 거는 애니메트로닉 새들이나 디즈니 왕자처럼 차려입고 과장되게 연기하는 젊은 배우들, 오래된 문화적 클리셰를 형상화한 '작은 세상' 안의 소박한 인형들)에 관한 한, 디즈니랜드는 실재의 쌍방향 경험이다. 하지만 그곳에서 우리는 주위의 모든 것을 아이맥스 화면 보듯 대해야 한다. 새삼스러울 것 없이 디즈니의 이상적인 꿈은 수동적인 소비자 경험으로 변해가고 있다. 그 안에서 관람객 개개인은 강렬한 느낌을 받지만 스스로 강한 힘을 갖고 있다고는 느끼지 못한다.

기업 영역에서도 이와 똑같은 과정이 진행되고 있다. 대단히 창의적이고 사려 깊은 우리의 기업가들은 마치 진실인 것처럼 보이는 가치와 이념에서 영감을 얻어 뭔가 새로운 것을 만들어낸다. 애플 창업자인 스티브 잡스는 기술이 우리 삶을 해방시켜 줄 수 있다는 복음 전도적 비전("도구만 주어진다면 사람들은 뭔가 멋진 일을 해낼 것이다")을 갖고 있었다. 페이스북 창립자 마크 저커버그는 "사람들이 서로 연결되도록 돕는" 일에 영감을 받아 "보다 공감적인 관계"를 만들어내고자 했다. 온라인 쇼핑몰 아마존 설립자 제프 베조스는 "발명"하고 "혁신"하며 "고객을 최우선"으로 하고자 했다(그는 한 주주보고서에서 "우리는 미래의 일을 한다"라고 선언하기도 했다. 월트 디즈니의 참된 제자라 해도 좋을 만한 발언이다). 트위터 공동창립자 잭 도시는 트위터를 창립한 이유에 대해 "지구촌 시민들 사이에 더 많은 이해와 공감을 만들어내기 위해서"라고 말한 바 있다.

우리는 이런 이상적인 비전들이 기업가를 이끌고 우리의 문화를 형성한다고 믿으며 안도한다. 하지만 우리는 '시장을 개척하는 것'과 '폭리를 추구하는 것'이 서로 모순 없이 양립 가능한 목표임을 이해해야 한다. 제프 베조스가 미국의 비즈니스 및 기술 뉴스 웹사이트 비즈니스 인사이더Business Insider의 대표이자 편집장 헨리 블로젯에게 "나는 수백만 명의 사람들이 우주에 거주하며 일하는 것을 보고 싶다"라는 말을 했을 때, 우리는 그를 열정적인 이상주의자라고 생각했을지언정 주주들에게 기업의 성장 가능성에 대해 설득하는 것을 최우선으로 여기는 사람이라고 생각하지는 않았다. 설령 그 말이 작은 동네 서점을 포함한 모든 분야의 상점들을 업종에서 밀어내는 내용을 내포하고 있다 하더라도 말이다.

모든 상장 벤처기업의 중심 동력인 '지속적인 성장'과 '지속적인 확장'이라는 동화가 가진 문제는, 기업들이 처음에는 신중한 목표와 창의적인 사업 계획을 가지고 시작하더라도 일단 성공을 경험한 다음에는 세계적으로 널리 퍼져 있는 '고도의 자본주의에 의한 세계 지배'라는 대본을 따르는 방향으로 태세를 전환한다는 데 있다. 원래의 목표에 따라 꾸준히 혁신을 추구하는 대신, 빠르게 성장을 이룰 수 있는 공격적인 계획이나 합병 전략을 취하는 것이다. (팝 스타들과 분투하는 사업가들, 그리고 다재다능한 프리랜서들도 이런 전략을 따르며) 기업의 최고 경영자들 역시 "하늘 아래 모든 것이 사업의 대상이다!"라고 선언하고 원래 추구했던 이상은 곧 길을 잃는다.

페이스북과 아마존, 구글은 세상을 연결하고 고객을 가장 먼저 생각하겠다고 하면서도 사실상 우리의 개인 정보를 캐느라 바쁘다. 실사 웹 지도 서비스 '구글 스트리트 뷰' 촬영차가 단순히 거리 사진을 토대로 지도를 제작하기 위한 소프트웨어뿐만 아니라 안전하지 않은 와이파이 네트워크를 통해 개인 컴퓨터의 데이터를 훔쳐내는 소프트웨어도 갖추고 있다는 사실을 알았을 때 우리는 그저 침해받았다는 느낌만 받을 것이 아니라 배신감을 느껴야 맞다.

2015년에 아마존의 디지털 디스플레이 광고 수익은 구글의 광고 수익을 능가하기에 이르렀다(구글은 나중에 미국 전역의 인쇄 잡지와 신문의 광고 수익을 모두 합친 것보다 더 많은 수익을 올렸다). 아마존은 '세상의 모든 것을 파는 곳'이 되면서 전 세계에 존재하는 그보다 작은 규모의 기업들에게 막대한 피해를 주었다. 디즈니도 이런 추세에 영향을 받을 수밖에 없었다. 디즈니월드의 새로운 매직 밴드(무선 식별 시스템인 RFID 칩과 무선통신 장치가 내장된 고무 재질의 손목밴드)는 입장권과 현금을 대신할 수 있으며 레스토랑에 음식을 미리 주문할 수 있는 편의를 제공한다. 하지만 동시에 당신의 동선을 추적할 수 있을 뿐만 아니라 당신이 좋아하는 것과 원하는 것도 충실하게 감시하고 기록하는 기능도 한다. 정말 '작은 세상'인 셈이다.

기업은 이제 세상의 새로운 지도자가 되었다. 전 세계 대부분의 나라보다 강력하며, 대부분 나라의 경제 규모를 훨씬 능가하는 이익을 바탕으로 그 지배력을 유지하기 위해 시민들의 권리를 고의로 무시할 권리도 갖고 있다. 2016년 디즈니의 수익은 556억 3천 달러였다. 이는 세계에서 82번째로 큰 경제 규모로, 우루과이(545억 달러)와 레바논(519억 달러)의 경제 규모를 훌쩍 넘는 수치다. 같은 해 애플의 수익은 2156억 달러로, 이는 세계에서 47번째로 큰 경제 규모이며 아이슬란드와 크로아티아, 엘살바도르, 요르단, 세네갈, 온두라스의 경제 규모를 모두 합친 것보다도 많다.

디즈니는 즉시 정복자형 성장을 위한 군주적 기업 전략을 전방위적으로 따르기 시작했다. 디즈니는 유치원 아이들을 공략하기에 앞서 산하의 디즈니 주니어 채널을 통해 아이들을 '디즈니'라는 브랜드로 끌어들였다. 또한 미국의 종합 엔터테인먼트 회사인 '마블 엔터테인먼트'와 〈스타워즈〉 시리즈로 유명한 영화사 '루카스 필름'을 인수함으로써 미키 마우스의 거대 제국은 상징적 의미와 더불어 종교 못지않게 열광적이고 헌신적인 신도들까지 거느리게 되었다. 그리고 엔터테인먼트사인 '21세기 폭스'와의 인수합병으로 디즈니의 자산은 가늠하기 힘들 정도로 늘어났다.

또한 디즈니는 늘 대중의 감정 변화에 민감했다. 페미니스트들이 디즈니의 공주들이 퇴행적 특성을 보인다며 매도하자 디즈니는 〈겨울왕국〉으로 응답했다. 〈겨울왕국〉의 공주들은 이전의 공주들과 달리 왕자의 공허한 사랑 약속보다 자매를 더 중요하게 생각한다(하지만 감미로운 목소리와 비현실적으로 가느다란 허리, 과거의 공주들과 다를 바 없는 풍성하고 반짝거리는 드레스를 비롯해 분노나 야망 같은 불편한 감정을 억누르려는 습성이 그대로인 것은 아쉬운 점이다).

이런 전략은 적중했다. 우리는 지난 15년 동안 재미없는 문화적 가공물(거친 액션 영화나 여성 혐오적 내용을 담고 있는 유행가, 극성스럽고 어리석은 이들이 등장하는 시트콤, 속이 뻔히 들여다보이는 홍보성 과시 행위 등)을 애도했지만, 이제는 디즈니의 작품을 칭송하는 것에 그치지 않고 그 창작 과정에 감탄하기에 이르렀다. '훌륭한 브랜드'가 되었다거나 '브랜드의 전형'으로 남았다는 것은 이제 대단한 칭찬이다. 반면 인위적인 진정성이나 글로벌 브랜딩에 의혹을 품는 것은 그 자체가 의심스러운 일이다. 또한 (지나치게 엘리트주의적으로) 고급문화와 대중문화를 구분하거나 예측 가능한 것, 따분한 것 또는 보편적인 것에 (오만하게) '시시하다'라는 꼬리표를 붙이는 것도 마찬가지다.

이러한 문화적 배경을 고려할 때, 뱅크시의 디즈멀랜드가 왜 비평가들로부터 순진하고 환원적이며 심각할 정도로 형편없고 자아중심적으로 관심을 끌려는 또 다른 형태의 행위에 불과하다는 평을 받았는지 쉽게 이해가 간다. 일간지 《런던 이브닝 스탠더드》의 벤 루크는 뱅크시의 디즈멀랜드에 대해 "거의 셀카 사진 비슷한 것들로, 잠깐은 시선을 사로잡겠지만 곧 잊힐 자극적인 내용으로 사람들의 이목을 끌어보려는 낚시성 예술"이라며 비난했다.

또 디즈멀랜드의 무의미함을 강조한 이들도 있었다. "그런 테마파크에 쏟아부을 돈이 있으면 차라리 사람들을 직접 돕는 데 사용하는 게 좋지 않았을까?" 《허핑턴 포스트》의 존 트로브리지의 말이다. 뱅크시는 디즈멀랜드를 세우는 대신 "아프리카에 학교를 세울 자금"을 대거나, "젊은이들에게 조금 더 긍정적으로 열심히 살 것을 권하는 영상을 제작"할 수도 있었을 것이다. 지금까지 세상을 바꾸는 데 필요한 것에 대해 디즈니보다 더 디즈니다운 상상력이 존재한 적이 있었는가? 저 밖의 조악한 모조품에 신경 쓰느니 차라리 유튜브에 초강력 영상을 게시하는 편이 나을 것이다.

디즈니 회장 로버트 앨런 아이거는 2015년 5월 보도자료에서 "디즈니의 검증된 프랜차이즈 전략은 우리의 비즈니스 전체에 장기적인 가치를 부여한다"라는 말을 한 적이 있다. 이 말이 의미하는 것은 〈인어공주〉, 〈토이 스토리〉, 〈겨울왕국〉, 〈캐리비안의 해적〉과 같이 계속 새로운 버전으로 제작되는 영화들이 각기 이전 버전의 작품들을 다시 보게 만들고, 더 많은 상품을 구매하게 하며, 디즈니랜드를 다시 찾도록 이끌고, 이런 행위를 더 많이 하게 만드는 제품들을 사서 귀가하게 만든다는 것이다. 그리고 이 공식은 제대로 작동해서 2015년 디즈니의 주가는 사상 최고치를 기록했다.

어린 아이를 키우는 부모들은 잠시 디즈니에 저항하는 시기가 있다. 하지만 결국은 오래 버티지 못하고 대부분 무릎을 꿇고 만다. 세상에는 맞서 싸워야 할 디즈니가 너무 많기 때문이다. 특히 디즈니를 떠올릴 때 그 회장이나 주주들보다 미키 마우스나 인디애나 존스, 루크 스카이워커*가 생각난다면 더욱 그렇다. 어쨌든 요즘도 디즈니는 우리가 사랑해 마지않는 이상적인 캐릭터, 즉 용감하고 명예로우며 약자를 위해 분연히 일어설 줄 아는 그런 인물을 구현한다. 우리는 저항하지 않는다. 그 대신 행복이란 이런 것이 분명하다고 되뇐다. 완전히 항복하고 마는 것이다.

✳ ✳ ✳

디즈니랜드 방문 이틀째, 캘리포니아 어드벤처 파크에 가보니 너무 덥고 시시하고 사람들로 북적거렸다. 현실에서 벗어나 안전하고 편안한 도피처에 온 듯한 느낌을 주기 위해 세심하게 설계된 구조물과 진정 효과를 위한 장치들은 모두 무용지물이 되어 있었고, 거슬

* 〈스타워즈〉 시리즈 4~6편의 주인공.

리는 소음과 윙 소리를 내는 장비들, 한낮의 태양에 견디기 힘들 정도로 뜨겁게 달궈진 채 끝도 없이 뻗어 있는 포장도로가 그 자리를 대신 채우고 있었다.

분홍색과 회색이 뒤섞여 우스꽝스러울 정도로 흉한 놀이기구 '타워 오브 테러'에서 시작해 과도한 흥분과 매연 냄새로 점철된 '라디에이터 스프링스 레이서스'에 이르기까지, 그늘도 없고 재미도 없는 '어뮤즈먼트'의 미로를 몇 시간 동안 방황하고 나자 디즈니랜드에 품었던 우리의 꿈은 급속히 악몽으로 바뀌어갔다. 그래서 우리 가족은 뜨거운 태양을 피해 냉방장치가 가동되는 '벌레로 사는 건 너무 힘들어!It's Tough to Be a Bug!'라는 4D 공연장으로 피신했다. 아이들을 위한 곳 같았다. 커다란 벌레와 큰 소리에 놀라지 말라는 경고문도 붙어 있었다. '설마, 가짜 곤충이 무서워 봤자지.' 나는 코웃음 쳤다.

나중에 보니 진짜 끝내주게 무서운 공연이었다. 벌레들은 요란하게 쿵쾅거리며 관객들을 깜짝깜짝 놀라게 했으며, 화면에서는 살아 움직이는 듯한 곤충들이 소리를 질러댔고, 천장에서는 거대한 거미 인형이 뚝 떨어져 바로 우리 머리 위에서 달랑거렸다. 결국 두 아이 모두 가벼운 비명을 지르며 두 손으로 눈을 가리고야 말았다. 그러다 이제 다 끝났다고 생각한 순간 공연장 한쪽 벽이 우레와 같은 꽝음 소리와 함께 무너져 내리는가 싶더니 거대한 애니메트로닉 메뚜기 한 마리(디즈니 애니메이션 〈벅스 라이프A Bug's Life〉의 호퍼)가 나타나 객석을 향해 위협적으로 거친 말을 쏟아냈다. 그때, 디즈니랜드에서 느끼게 되리라고는 상상도 하지 못했던 기분이 온몸을 휘감았다. 그것은 바로 시끄럽고, 신경에 거슬리며, 더럽고, 안전하지 않다는 느낌이었다.

결국 냉방 시설이 완비된 그 공연장에서 그동안 우려했던 존재론적 절망이 찾아오고야 말았다. 하지만 내가 절망을 느끼게 된 이유는 소비주의가 선사해 준 사소한 공포의 순간들 때문이 아니었다. 우리가 문화로 받아들이고 있는 것의 속살을 디즈니랜드가 그토록 분명하고 충격적으로 순간 포착해 보여주었다는 사실을 불현듯 깨달았기 때문이었다.

우리는 안전하고 평온한 환상을 위해 모든 개인적인 힘과 통제력을 완전히 내려놓았다. 하지만 그러한 노력에도 지금 우리는 생각했던 것보다 시끄럽고 신경에 거슬리며 훨씬 위험한 세상에 살고 있다. 기업이 제공하는 현실도피는 이제 우리를 추악한 현실에서 구해주지 못한다. 우리는 전혀 상상하지 못했던 미래로 양처럼 고분고분 끌려와 있다. 그리고 지금 불신의 눈으로 서로 응시하며 묻는다. "어떻게 여기에 오게 된 거지? 대체 뒤에서 누가 이런 일을 벌이는 거야?"

위협적으로 굴던 그 메뚜기가 입을 다문 지 오랜 시간이 지났는데도 우리 앞에 앉아 있던 아이는 계속 비명을 질러댔다. "괜찮아, 다 가짜야." 아이 아빠가 달랬다. 하지만 아이는 믿지 않았다.

악당이 영웅인 나라

▼

드라마 〈소프라노스The Sopranos〉의 전제는 단순하다. 마피아 두목이 심리 치료를 시작한다는 이야기다. 주인공 토니 소프라노는 나쁜 놈이다. 하지만 그는 이런 사실 때문에 갈등을 겪는다. 그는 왜 나쁜 짓을 저질렀을까? 나쁜 짓을 그만두면 뉴저지에 있는 저택의 융자금을 갚을 수 없기 때문이다. 그는 새로운 사람들을 계속 사귀어야 했고, 예전 동료가 쏜 총에 머리를 맞고 다리에 돌 주머니가 채워진 채 보트 밖으로 던져지는 상황도 피해야 했다.

1999년 HBO 방송사에서 이 드라마를 방영했던 당시에는 범죄자를 주인공으로 내세우는 일이 흔치 않았다. 하지만 이상하게도 우리는 나쁜 녀석을 응원하기로 하고 그를 주인공으로 선택했다. 토니가 교외에서 규칙적인 생활을 하는 것도 선택의 이유였던 것 같다. 심지어 그에 대해 측은한 마음을 갖기까지 했다.

대중심리학은 아직 우리 세계를 석권하지 못하고 있다. 그저 싸구려 잡화점에 비할 법한 수준 낮은 정신분석과 쓸데없이 어려운 심리학 용어를 가지고 유명인들의 인터뷰와 노래 가사, 토요타 자동차 프리우스의 광고 노래 같은 잡다한 것들을 마치 깊은 내면을 추궁하는 심문이라도 되는 양 분석해 놓았을 뿐이다. 이렇게 전혀 모르는 사람의 심리를 깊이 캐묻는 것이 아직 일반적인 관행은 아니지만, 우리 눈에는 토니의 어머니가 그를 매몰차게 대하는 것과 그의 아내 카멜라가 고상한 척하는 모습이 보인다. 그녀는 토니가 갱단에서 나왔으면 좋겠다고 말하지만 사실 '진심'이 아니다. 갱단에서 나온다는 것은 지금 누리고 있는 대저택과 포르쉐 카이엔, 디자이너 핸드백을 포기해야 한다는 의미이기 때문이다.

또 우리는 토니가 자신의 아내와 아이들을 진심으로 아낀다는 것도 안다. 비록 그 방식이 서투르고 성차별적이며 눈치 없는 곰처럼 표현이 거칠기는 하지만 말이다. 보는 관점에 따라 토니는 지극히 감상적인 인물이다. 자신의 수영장에서 헤엄치는 오리들을 따뜻한 시선으로 바라보는가 하면, 늙어가는 것에 대해 우울해하고, 어느 날 갑자기 심장마비로 쓰러져 그동안 해온 것들이 다 물거품처럼 사라져 버릴까 봐 걱정한다. 토니가 정신과를 찾아가 멜피 박사에게 자신의 속에 감춰진 두려움을 털어놓을 때 우리는 그를 진단하기보다는 공감한다.

하지만 〈소프라노스〉를 탄생시킨 제작자 데이비드 체이스는 자신의 주인공이 의심할 여지없이 폭력배라는 사실을 시청자들이 절대 잊지 않기를 원했다. 토니와 그의 일당인 실비오, 빅 푸시, 크리스토퍼는 정말 최악이라고 해도 좋을 정도로 무식하고 난폭하며 비도덕적이다. 이들의 문제는 만족을 모르고 쉽게 따분해하며 도덕적 기준을 완전히 결여한 것만이 아니었다. 이들은 형언하기 힘들 정도로 잔인한 행동을 아무렇지 않게 할 수 있는 사람들이었다. 샌드위치를 먹다가 잠깐 내려놓고 사람을 죽인 다음 남은 샌드위치를 마저 먹을 수 있는 자들이었다. 논쟁을 벌이다가도 잠깐 멈추고 사람을 죽인 다음 다시 논쟁을 이어가는 자들이었다. 그들은 측근인 빅 푸시를 죽였고, 실비오는 말없이 빅 푸시가 차고 있던 손목시계와 보석들을 챙긴 다음 시신을 배 밖으로 던져버렸다.

다시 말해, 시청자들은 어쨌든 드라마 속의 세월을 지나는 동안 토니 소프라노에게 연민을 느낄 수도 있겠지만, 데이비드 체이스는 절대 아니었다. 토니는 정신과 상담을 받으면서도 가치 있는 것을 배우지 못했고, 나아지는 모습도 보이지 않았다. 무엇을 바라든 모두 자기 자신만을 위한 것이었고, 자신을 너무 잘 안다는 이유로 멜피 박사에게 격분하기까지 했다. 그는 박사의 지성에 분개했다. 자신을 지배하는 그녀의 힘에 분개했다. 그는 감사나 너그러움 같은 감정을 느껴보려 노력했지만 이기심과 분노, 탐욕, 게으름이 늘 그 노력을 방해했다.

이른바 텔레비전의 황금기를 열었으며, 비난받아 마땅한 악당들 이 수많은 TV 드라마 속 주인공으로 발탁되도록 영감을 준 프로그 램인 〈소프라노스〉의 진정한 모순은, 선악이 분명하게 드러나는 대 부분의 TV 드라마를 전복하려는 데이비드 체이스의 의도와는 달리, 역시나 또 하나의 도덕극이 되어버렸다는 점에 있다.

우리는 사악한 행동을 일삼는 이들에게 강한 호기심을 느끼는 것으로도 모자라 그들을 염치없이 포용하기까지 해서는 안 된다. 하 지만 어쨌든 그렇게 되고 말았다. 시청자들은 토니를 용서했다. 토 니와 카멜라, 크리스토퍼가 자신의 가족이라도 되는 양 그들을 포용 했다. 이 드라마가 끝난 2010년, 온라인 커뮤니티와 시청자 게시판은 드라마 주인공들의 운명이 어떻게 마무리되었는지 걱정하는 목소리 로 요란했다. 시청자들은 토니가 감옥에 가는 것을 면하고 살아남기 를 바랐을 뿐만 아니라 영원히 행복하기를 바랐다. 사람들은 마치 토 니가 카멜라를 폭행한 일도 없었고 카멜라가 토니를 비열한 개자식이라고 부른 일도 없었으며 두 사람이 그저 이웃에 사는 행복한 부부에 불과하다는 듯이 그 둘의 행복한 순간들이 담긴 영상을 게시했다.

체이스는 만일 토니의 사망으로 드라마를 끝내면 그를 순교자 같은 희생양으로 만드는 셈이 되리라는 것을 알았다. 감옥조차 토니에게는 너무 후한 처사였다. 확실한 결말 없이 갑작스럽게 끝나버린 이 드라마의 마지막 장면을 통해 체이스가 원한 것은, 토니가 양파 튀김을 먹다가 누가 자신을 암살하러 올지도 모른다는 불안감에 출입구를 살피던 그 순간의 고통에 영원히 시달리는 것이었다. 토니가 살아온 방식 그대로 우리의 기억 속에 남기를 바란 것이다.

마음대로 하고 살면서도 만족하지 못했고, 향수에 젖어 헤어나지 못했으며, 자녀들에게 사랑을 표현하려다가 오히려 비난했고, 순간을 즐기고자 했지만 표적이 될까 심란하고 초조해하며 걱정과 두려움에 시달렸던 바로 그런 모습으로 말이다. 토니에게는 평화로운 휴식도, 감상적인 비난도 없어야 했다. 구원도 팡파르도 없이 완전히 부패하고 회복 불가능할 정도로 망가진 모습으로 사라져야 했다. 바로 미국이 그런 것처럼 말이다.

이 시리즈의 마지막 장면은 마치 토니를 아끼는 팬들을 질책하는 것만 같다. 비록 처벌이 뒤따르지는 않았지만, 악랄한 행위를 일삼은 이기적인 삶에는 어떤 즐거움이나 지속적인 만족감, 행복한 결말 따위는 없다는 것을 암시하는 결말이었다. 마지막에 갑작스럽게 검은색 화면으로 대체되는 바람에 시청자들의 분노를 샀던 바로 그 장면에서, 체이스는 아마도 한 발짝 더 나아가 토니뿐만 아니라 토니를 사랑하고 받아들인 시청자들까지 연루시킨 것인지도 모른다.

마지막 장면은 향수에 젖어 몽롱한 상태로 어기적거리며 끝도 없이 도락과 오락을 추구한다면 우리 역시 토니보다 나을 것이 하나도 없다고 말하는 듯하다. (냉혈한처럼 사람들을 무참하게 죽인) 토니가 (토니의 타락 덕분에 호의호식했던) 카멜라보다 대단히 나쁜 인간이라고 할 수는 없다. 두 사람은 그저 (가난한 이들이 끊임없이 고통받는 동안에도 부패한 나라 덕에 특권을 누리는) 우리와 마찬가지일 뿐이다. 다시 말해, 가치 없는 삶은 의미 없는 삶이나 마찬가지다. 토니의 어머니인 리비아 소프라노의 말대로 "알고 보면 다 별것 아니다".

✳ ✳ ✳

〈소프라노스〉가 (순례자들이 미국 땅에 발을 들여놓은 그 순간에 미끄러지기 시작한 것이 분명한) 미국의 도덕적 상대주의를 보여준 21세기의 시금석이라면, 쇼타임 채널에서 방영했던 드라마 시리즈 〈빌리언스Billions〉는 한 가정의 가장이지만 마음껏 타락하고 싶은 속마음을 그야말로 극대화해서 보여준 대표적인 작품이라고 할 수 있다.

2016년에 첫 회가 방영된 이 드라마의 주인공은 헤지펀드계의 거물 바비 액슬로드다. 그는 〈월 스트리트〉의 독설가 고든 게코도 얼굴을 붉힐 만큼 거친 말을 툭툭 내뱉으며 유리벽으로 이루어진 복도에서 활보하기를 좋아하는 인물이다. 데이미언 루이스가 연기한 액슬로드는 도덕적 기준이라는 것이 전혀 없는 허세의 대명사다. 그는 권력과 무분별한 잔인성을 결부하며 호전적으로 내뱉는다. "일단 나는 거래할 땐 가차 없거든!" 〈빌리언스〉의 홍보 영상은 "꺼져버리란 욕도 못 할 거면 그놈의 빌어먹을 돈이 다 무슨 소용이야?"라고 비아냥거리는 액슬로드를 반복해서 클로즈업 화면으로 보여준다. 이 짧은 영상은 이 드라마의 전제가 거친 남성성이라는 것을 상징한다. '누구든 엿 먹이고 묵사발 만들 수 없다면 돈은 뭐 하러 벌어? 부자가 되려는 게 다 그 때문 아닌가?'

〈빌리언스〉도 마찬가지지만, 유료 채널 드라마 시리즈의 악랄한 주인공들은 어쩔 수 없이 윤리적으로 곤란한 상황에 빠지는 경향이 있다. 〈브레이킹 배드Breaking Bad〉에서는 화학 교사인 월터 화이트가 폐암 3기 판정을 받고 마약을 만들어 팔게 되고, 〈쉴드The Shield〉의 주인공 빅 매키는 본성이 악랄해서가 아니라 합법적인 치안 유지 활동으로는 거리에 깔린 나쁜 놈들을 충분히 처리하지 못하기 때문에 나쁜 경찰이 된다. 설상가상 아이는 자폐증을 앓고 있고 아이의 치료비는 경찰 급여만으로는 감당하기 힘들다. 이런 상황에서 그는 어쩔 수 없이 생존을 위해 사람들의 삶을 망치고 무고한 행인들에게 상해를 입히는 등 법을 위반한다.

하지만 〈빌리언스〉에서의 비윤리적인 행동은 불운으로 인한 불가피한 결과가 아니라 해당 인물들의 전적인 존재 이유다. 액슬로드는 폴 지아마티가 연기한 (액슬로드의 상대역이자 강적인) 척 로즈와 마찬가지로, 잘못을 바로잡거나 규칙을 확대 해석하려 하지 않는다. 선택의 여지가 없기 때문이다. 두 사람은 그저 무슨 일이 있어도 이기고 싶어 한다. 도덕이나 윤리는 고려 대상이 아니다. 이길 수만 있다면 어떤 행동이든 자랑스럽게 생각한다.

물론 이기는 것만으로는 부족하다. 이들은 누군가가 패배를 감당해야 할 때 더욱 이기고 싶어 한다. 그래야 재미있기 때문이다. 등 뒤로 가난한 게으름뱅이들이 길게 줄 서 있지 않다면 일등석을 타는 즐거움이 무엇이겠는가? 그들이 주고받는 대화나 혼잣말, 지나가는 말 하나하나가 다른 이의 고통을 발판 삼아 더 높이 올라서기를 강조한다. 이들은 매번 서로를 끌어내리기 위해 새로운 계획을 세운다.

'수준 높은' 드라마답게, 바비 액슬로드는 〈소프라노스〉의 토니 소프라노가 그랬던 것처럼 정신과 의사를 찾아간다. 하지만 감정을 털어놓고 자신이나 자신의 감정에 대해 더 잘 파악하기 위해서가 아니다. 그의 상담치료사 ─ 또는 그의 회사에서 부르는 대로라면 "행동 코치" ─ 는 그가 보다 효과적으로 이길 수 있도록 돕기 위해 그 자리에 있는 사람이다. 액슬로드와 그의 직원들은 스스로 통제하기 위해 자신들의 감정을 분석할 뿐이다. 감정은 경쟁자나 금융규제 당국, 도덕률과 마찬가지로 그저 성공에 방해되는 존재일 뿐이다.

〈빌리언스〉에서는 때로 자책감이 고개를 든다. 액슬로드는 일 처리 과정에서 적이 아닌 사람들의 삶을 망가트렸다는 사실을 깨닫고 부끄러워하며, 척 로즈는 무자비한 행동으로 결국 자신의 결혼 생활을 망친다. 하지만 이런 순간들은 그들을 지속적으로 괴롭히지는 않는다. 토니 소프라노를 괴롭혔던 그 악몽들처럼 되풀이되는 악몽은 이들에게는 존재하지 않는다. 액슬로드와 척 로즈는 신경 쓰일 정도로 다른 이들의 감정에 관심을 두는 사람들이 아니다.

〈빌리언스〉의 기본 전제는 자책감과는 관계가 없다. 그리고 역설적이게도 돈과도 관계가 없다. 액슬로드의 삶은 따분하다. 소프라노처럼 우울하거나 불만족스럽지도 않다. 토니는 종종 더 많은 것(더 많은 사랑, 더 큰 권력, 더 많은 섹스, 더 많은 파스타 등)을 갈구한다는 인상을 줬지만, 액슬로드가 원하는 것은 오로지 반짝반짝 빛나는 자신의 헤지펀드 사무실 복도를 활보하는 것이다. 즉 제대로 쉬지 못하더라도 자기 뜻대로 자기 영역을 지배하는 것이다.

시청자들은 〈빌리언스〉를 보면서 돈과 힘, 권력과 복수가 빠른 속도로 누적되어 가는 과정을 관음증적 시선으로 상상하게 된다. '누가 굴욕을 당할까?' '누가 대권을 장악할까?' 하지만 시청자는 장기적인 관점에서 삶의 결과를 예측해서는 안 된다. 그저 인정사정없이 의지와 의지가 충돌하는 것을 보면서 즐기기만 하면 된다. 그것이 윤리적인지 비윤리적인지, 정상적인지 비정상적인지, 가치가 있는지 없는지를 묻는 일은 그들의 세계에서 완전히 초점에서 벗어나는 것이다.

* * *

〈빌리언스〉는 수년 동안 이루어진 문화적 프로그래밍을 통해 완성된 운영 체제로 작동한다. 도덕적인 관점으로는 이해하기 힘든 난제를 그냥 두고 보거나 통째로 회피하는 방식이다. 하지만 드라마보다 여러 면에서 더 타락한 모습을 보여주는 것은 바로 TV 코미디 프로그램이다. 게다가 시나리오 작가이자 영화감독인 우디 앨런은 우리를 태만과 무례함의 행로로 끌어내렸다. 그는 자신이 그려내는 인물들의 경솔한 행동을 마치 수준 높은 성인 남자의 자연스러운 욕구 때문인 것처럼 다루면서, 반복되는 도덕적 딜레마를 회피하는 경향이 있다("물론 다들 늙은 아내보다는 십 대 소녀와 자고 싶어 하지요." 그는 눈을 찡긋하며 말했다. 마치 이런 생각은 자유분방한 남자라면 누구나 한다는 듯이 말이다).

시트콤 〈사인펠드〉의 도덕성은 여기서 한 발짝 더 나아가, 아무리 똑똑하고 잘난 뉴욕 시민이라도 불쾌한 인간이라는 평을 피할 수 없다고 지적한다. 또한 이기적이고 게으른 사람들은 의도치 않게 실제적이고 구체적으로 해를 끼친다는 것을 이 시트콤은 여러 번 반복해서 암시한다(결혼 초대장을 보내려고 조지가 사온 싸구려 봉투를 핥다가 그 봉인용 접착제 때문에 약혼자가 사망한 일화를 기억하는가?).

〈사인펠드〉의 이런 유형은 〈커브 유어 엔수지애즘Curb Your Enthusiasm〉부터 〈부통령이 필요해Veep〉, 영화감독 주드 애퍼토우의 작품에 이르기까지 '황금기'를 누린 대부분의 시트콤에서 볼 수 있다. 인물들은 자기 잇속만 차리며 한심하고 비양심적이다. 그리고 그런 모습이 사람들을 웃게 만든다. 〈위즈Weeds〉나 〈트랜스페어런트Transparent〉, 〈플리백Fleabag〉, 〈빅 리틀 라이즈Big Little Lies〉 등 코미디가 가미된 드라마에서는, 특권을 누리는 이들의 이기적이고 근시안적이며 한심한 행동들이 의외의 웃음을 유발한다.

사실 텔레비전에서 보이는 노골적인 이기심은 꽤 오랫동안 묵과되어 왔다. 대본이 있는 프로그램은 물론 심야 뉴스도 다르지 않다. 마치 '우디 앨런'식의 코미디가 되살아나는 것 같다. 도덕성이라는 해안 기슭이 뒤로 물러서도, 용서라는 파도가 밀려와 결국 또다시 그 둘이 만나는 식이다. 이런 세계라면 가장 친한 친구의 전 남자친구와자도 문제가 되지 않는다. 가족의 물건을 훔치고 마약을 팔고 남편을 속이는 그런 일들이 어떤 설명이나 사과 없이 '그냥' 일어난다. 누구나 실수할 수 있다는 전제가 있기 때문이다.

언제나 용기와 명예를 중시하면서도 패자보다 승자에게, 못 가진 자보다 가진 자에게 특권을 주는 미국의 예외주의는 결국 이런 비겁한 생존주의적 야만성으로 굳어져 버린 것 같다. 텔레비전은, 오랫동안 지속되어 온 우리의 행동 규범을 거의 초현실적으로 탈피함으로써 달라진 우리 문화의 근본주의적 뿌리를 반영한다. 하지만 우리가 지금 목격하고 있는 것은 단순히 윤리의 부재가 아니다. 그 부재에 대한 찬양이다. 큰 인기를 누리는 이야기 가운데 다수는 유행에 뒤떨어져 보이는 용어인 '가치'에 대해 언급하기를 꺼린다. 그저 끊임없이 되풀이되는, 지배하기 위해 또는 지배받지 않기 위해 버둥거리는 몸부림만을 다룰 뿐이다.

이런 이야기에 필수적으로 들어가는 것은 잔인성과 무자비함, 원칙에 대한 무관심 등이다. 2017년 《가디언》과의 인터뷰에서, 영국의 다큐멘터리 영화 제작자 루이스 서로는 미국 대통령에 대해 이런 말을 했다. "트럼프는 너무 많은 것을 알고 있다. 끔찍한 인물이지만 묘하게도 그의 파렴치함만큼은 흠모하지 않을 수 없다. 아니 흠모까지는 아니더라도, 매력적이고 부러워할 만한 자질이라고 생각한다. 그는 수치의 문화에서 수치심을 거부하면 어마어마한 권력을 갖게 된다는 사실을 아주 잘 알고 있는 것 같다."

다시 말해, 권력은 그 근원이 뭐든 상관없이 흠모할 만하다는 말이다. 끔찍한 인간이 될 때 권력을 가질 수 있다고 한다면 끔찍하게 구는 것도 이해가 간다. 끔찍함 자체가 흠모의 대상이 되는 것이다. 하지만 이 같은 사태를 책임져야 할 주체는 단순히 큰 승리를 거둔 선구자들이나 황금기의 악덕 자본가들만은 아니다. 이런 반항을 오랫동안 포용해 온 미국 역시 책임이 있다. 왜냐하면 자연스럽게 튀어나오는 반항심을 영웅적 독립심이나 집념과 결합한 문화는 미국 말고는 어디에도 없기 때문이다.

이는 존 웨인부터 말론 브란도, 제임스 딘, 엘비스 프레슬리, 폰지에 이르는 반항의 아이콘들을 보면 알 수 있다. 우리는 법 위에 존재하는 변절자들이 우여곡절 끝에 승리를 거머쥐는 이야기를 수십 년 동안 익히 봐왔다. 드라마와 영화, 리얼리티 TV 쇼에 등장하는 인물들은 물론이고 이제는 유명 인사들과 정치 지도자들까지 이제껏 행동의 기준이 되어준 전통적인 허용치를 넘어서고 있다. 이들에게 규칙은 어기기 위해 존재할 뿐이다.

하지만 권위주의적인 부정부패가 흔한 일이 되면서 이런 생각은 이상하게 시대에 뒤진 것처럼 느껴진다. 바비 액슬로드가 척 로즈와 만나기 전 옥스퍼드 셔츠를 벗고 메탈 밴드 이름 '메가데스Megadeth'가 새겨진 검은색 티셔츠로 갈아입을 때, 제작 의도대로라면 시청자들은 감탄하며 '이 사람 진짜 강적이네' 같은 생각을 해야 맞다. 하지만 〈빌리언스〉 제작자들은 아마도 이 장면을 오판한 것 같다. 왜냐하면 이 장면에서 액슬로드는 멋져 보이는 게 아니라 너무 일찍 늙어버린, 자신의 세계관이 바로 눈앞에서 종결되는 것을 목격한 사람처럼 보이기 때문이다.

✻ ✻ ✻

미국의 도덕적 타락을 되짚어 보는 일은 어렵지 않다. 우리의 문화적 산물을 조사해 보기만 하면 간단히 끝날 일이다. 하지만 2017년까지만 하더라도 우리는 대부분 영화나 TV 화면에 등장하는 이기적인 악당과 소시오패스가 현실 세계에도 존재한다는 사실을 깨닫지 못했다. 그리고 만일 프로듀서 하비 와인스타인의 오랜 성추행이 2017년이 아닌 1997년에 폭로되었더라면 아마 흔히 있는 일로 치부되고 말았을지 모른다. 알짜 배역을 조건으로 유사 성행위를 요구하는 영화사 사장 이야기는 엔터테인먼트 산업과 그 병폐에 대한 논의에서 언제나 별것 아닌 일로 치부되어 오랫동안 농담거리로 소비되어 왔다. 이것이 바로 한때 그의 변호사였던 리사 블룸이 와인스타인을 "새로운 방식을 배우려고 노력하는 늙은 공룡"이라고 칭하면서 그의 죄를 덮으려 취한 방식이다.

하지만 2017년에는 갈수록 끔찍해지는 철없는 야수의 변종들이 스크린을 탈출해 우리 실제 삶 속으로 침범해 들어오는 느낌이었다. 우리는 갑자기 혼란스러워졌다. 힘 있는 사람들은 진짜 저렇게 사는 건가? 수백만 명을 죽일 수 있는 핵무기를 보유한 세계 지도자라는 사람들이 어떻게 트위터에서 저렇게 유치한 모욕적 발언을 주고받을 수 있을까? 비디오 게임 하다가 싸우는 아이들도 아니고 말이다.

2017년 10월 라스베이거스에서 스티븐 패독이 자신에게 총구를 겨누기 전에 58명을 살해한 사건을 보면, 대체 무엇 때문에 초고층 호텔 창문을 깨고 43벌의 공격용 무기 중 하나를 꺼내 저 아래 군중을 향해 겨눈 것인지 알 수 없다. 게다가 믿어지지 않는 현실은 누구도 더 이상의 피해를 막을 준비가 되어 있지 않다는 것이다. 정말로 우리는 숨을 죽인 채 이 분노의 화신들이 우리 운명을 결정하도록 관망하고만 있을 생각이었나? 그래서 어떻게 되었는가?

리사 블룸은 〈빌리언스〉 작가들이 그랬듯이 대중을 오판했다. 범죄의 전모가 다 드러나기 전에 이미 우리는 와인스타인을 친숙한 공룡으로 생각할 수 없었으며, 가식적인 사과의 말도 진지하게 받아들일 수 없었다. "더 잘하려고 노력하고는 있지만, 갈 길이 멀다는 것을 압니다." 그의 사과문이다. 30년이 넘는 오랜 시간 동안 피해 여성들의 입을 돈으로 막아왔으면서, 마지못해 자신의 죄를 처음으로 엄중히 반성하는 척하면 사람들이 자신을 위기에 처한 짐승이라도 되는 양 처연하게 봐주리라 생각했다니 어처구니가 없는 일이다.

전체 그림은 더 당혹스럽다. 왜 와인스타인은 직원들과 여배우들이 그의 호텔 방에 왔을 때 가운을 열어젖혀 알몸을 드러낸 일이 그저 싱거운 깜짝쇼 같은 것이었다고 재차 주장하는 것일까? 그들의 혐오감이 그에게는 권력을 상기시켜 주는 매개체였나? 여자를 굴복시키거나 무기력하게 만들 수 없다면 아무리 엄청난 권력도 상대적으로 소용없다고 생각했을까?

와인스타인을 비롯한 성추문의 주인공들(도널드 트럼프와 영화배우 빌 코스비, 폭스 뉴스의 간판 앵커 빌 오라일리, 폭스 뉴스 창립자이자 거물 언론인 로저 에일스)의 테이프를 아주 느리게 재생해 보면, 그들에게 무엇보다 타인과의 관계가 현저하게 부족하다는 점이 눈에 띈다. 그들의 세계에서 여자나 낯선 사람, 유색인종 또는 이민자의 아이들이나 이슬람교(여러 종파) 신자는 아예 인간 취급을 받지 못한다. 말 그대로 논외의 존재다. 쓸모 있거나 클럽의 일원이 아닌 사람은 쓰레기처럼 버려진다. 누구든 소용이 다하면 바로 머릿속에서 지워진다. 대수로운 일도 아니다. 남은 샌드위치나 먹으면 그만이다.

이야기 속에 꾸준히 등장하는 무자비한 남자들을 측은히 여김으로써 무엇이 남자를 강자로 만드는지, 무엇이 남자를 우러러보게 만드는지, 또 무엇이 남자를 진정으로 자유롭게 만드는지에 대한 우리의 일반적인 관념은 알게 모르게 달라졌다. 그저 괜찮다는 착각 속에 살면서 피해자들의 존재가 거북하고 불편해지면 눈앞에서 치워버리면 그만이라고 믿고 싶게 만들고, 무모하게 원칙을 저버려도 대가를 치르지 않아도 된다고 믿고 싶게 만들었다. 이런 문제는 신경 쓰지 않는 것이 편하다는 것이다.

하지만 하비 와인스타인의 피해자들 덕분에 우리는 화면을 보며 기꺼이 찬양했던 괴물들이 일으킨 간접 피해를 제대로 알게 되었다. 우리가 수년 동안 외면했던 어두운 진실이 이제 눈앞에서 드러나고 있다. 악당들이 승리를 거두고 영웅으로 추앙받는 세계, 우리가 만들어낸 이 환상의 세계는 악몽 같은 새로운 현실 속으로 우리를 천천히 이끌었다. 하지만 허구의 악당들과는 달리 우리는 자신의 죗값을 치러야 할 것이다. 원하든 원하지 않든 말이다.

소
녀
와
여
자

▼

유령의 집은 손님에게 위축감과 무력감을 선사하는 동시에 기분 좋은 자극을 주도록 설계된다. 서서히 밀려오는 긴장감도 의도된 장치다. 으스스한 것들이 등장하면서 먼저 호기심을 자극하고, 뒤이어 두려움, 그리고 마침내 공포감을 촉발하는 식이다. 가장 중요한 목표는 순진해 빠진 인간들이 자신의 가장 어두운 내면을 탐색하다가 결국 솟구치는 긴장감을 못 이기고 벌벌 떨게 만드는 것이다. 진짜 무서운 유령의 집은 손님을 절대 죽이지 않는다. 다만 천천히 그리고 아주 초연하게 광기로 몰아갈 뿐이다.

자신이 원하는 바를 아주 잘 아는 고집 센 여자들에게는 인습에 얽매인 사회가 때로는 유령의 집과 다를 바 없다. 우선, 미심쩍고 애타지만 지켜야 할 약속이 너무 많다. 괴물 모양의 고리가 달린 묵직한 나무 문을 여는 순간, 당신은 그 위압적인 문 크기에 우쭐한 기분이 든다. 마치 자신이 쓸모 있고 중요한 사람이 된 것 같다. 이런 기분은 아마 평생 처음일 것이다. 하지만 곧 어둠의 영혼들이 순식간에 몰려와 당신을 훑어보며 거만한 바리톤 목소리로 속삭인다. 당신은 절대 이곳에 속하지 않았으며 앞으로도 그럴 것이라고 말이다.

당신의 의구심은 점점 커진다. 자신이 정말 교묘한 게임의 노리개에 불과한 존재이며 아무리 용감해도 진짜 플레이어가 될 수 없는지 궁금하다. 바닥이 출렁거리고 벽은 진동한다. 당신은 거칠게 숨을 몰아쉬며 한밤중에 깨어난다. "자업자득이야." 벽에 누군가 휘갈겨 쓰듯 혈흔이 나타난다. 다음날 사람들에게 이 이야기를 꺼낸다. 하지만 아무도 믿지 않는다. 다 상상이었나? 뭔가 이상한 기운이 두렵고 당황스럽게 만드는 것일까? 아니면 그저 미쳐가고 있는 것일까?

이렇게 계속 초조한 질문을 던지는 방식은, 악의적이고 오만한 가부장적 색채와 함께 셜리 잭슨의 작품 전반에 걸쳐 나타나는 특징이다. 20세기 중반 그녀가 쓴 소설과 이야기들 속에서는, 순진해 보이는 보통 사람이 건넨 예의 바른 농담이 노골적인 조롱을 거쳐 속임수로, 결국에는 폭력으로 변해간다. 예상치 못한 적대적인 세상을 마주한 잭슨의 작품 속 여주인공들은 절정으로 치닫는 훼방과 배신을 경험한 끝에 필연적으로 '추측'과 '회의', '피해망상'이라는 개인적인 영역으로 넘어간다.

잭슨은 작품 속에서 여주인공들이 서서히 자신을 잃어버리는 방식으로 그 과정을 풀어내는 경우가 많았다. 주인공은 이야기가 전개되는 내내 시련을 겪는다. 《힐 하우스의 유령The Haunting of Hill House》에서도 외로운 서른두 살의 엘리너에 대한 미스터리가 풀리는 과정이 아주 느리게 진행된다. 또는 권력 박탈을 현대적으로 그린 우화라고도 할 수 있는 《행저맨Hangsaman》의 도입부가 그렇듯이 무려 40여 쪽을 할애해 아주 끔찍한 경험을 복선으로 깔기도 한다.

잭슨은 캘리포니아의 교외나 흔한 소도시 등 주로 평범한 장소를 배경으로 삼아 으스스하고 섬뜩한 장소로 완전히 변신시켰다. 그곳에서는 평범한 사람이 감당할 수 없을 정도의 엄청난 충격과 저항하기 힘든 군중의 악의적인 도발이 자행된다. 잭슨의 상상 속에서는 아무리 현명한 사람도 지나가다가 갑자기 의혹을 품거나 망상과 가짜 신과 폭도들의 둔기에 공격당할 수 있다. 그녀의 작품을 읽고 있으면 마치 자세한 예언서를 읽는 기분이다. 마치 오늘날 폭력적인 문화뿐만 아니라 인터넷 세상을 지배하며 정치에도 어떻게든 개입하는 거친 폭력배가 등장할 것을 미리 알고 쓴 것 같다.

일명 '매가햇MAGA hat*'을 머리에 쓴 격렬한 도널드 트럼프 지지자가 등장하기 70년 전, 잭슨은 인간의 우호적인 상호작용이라는 겉모습 뒤에 교묘하게 숨어 있는 잔혹성과 멸시를 사실적으로 그려냈다. 1948년에 《뉴요커》에 발표한 《제비뽑기The Lottery》에서는 평범한 사람들이 어떻게 살인에 가담하게 되는지를 독창적으로 그려냈으며, 1962년에 출간한 마지막 작품인 《우리는 언제나 성에 살았다 We Have Always Lived in the Castle》에서는 부모가 죽은 다음 시골 마을의 쓸쓸한 집에서 외롭게 살게 된 두 자매가 괴롭힘을 당하는 내용을 그리고 있다. 이렇게 잭슨은 인간성에 경종을 울리는 작품을 많이 썼다. 개개인은 눈에 띄지 않는 재능과 잠재력을 가졌지만, 집단은 악의적인 관습과 자아도취에 빠진 지도자의 지배 아래에서 어쩔 수 없이 거세고 이기적이며 적대적으로 변해간다.

잭슨은 그런 이야기를 꾸밈없이 풀어낸다. 루스 프랭클린이 쓴 평전 《셜리 잭슨: 고통으로 점철된 삶Shirley Jackson: A Rather Haunted Life》에 따르면, 외모와 사람들의 시선을 중시했던 잭슨의 어머니는 잭슨이 아이였을 때부터 생을 마칠 때까지 그녀의 체중과 습관에 대해 끊임없이 무자비한 비난을 쏟아부었다(잭슨은 1965년 48살에 심장마비로 사망했다). 벌링게임과 캘리포니아, 로체스터 그리고 뉴욕에

• '미국을 다시 위대하게(Make America Great Again)'라는 도널드 트럼프의 슬로건을 새긴 모자.

서 부유층의 자녀로 자란 잭슨에게 꾸준히 외모를 가꾸는 것은 그 어머니가 보기에 가장 중요한 일이었다. 그녀의 외가는 샌프란시스코의 부유한 엘리트 집안 중에서도 확고한 위치를 차지하고 있었고, 그녀의 아버지는 인쇄사업가였다.

하지만 잭슨은 아주 어릴 때부터 외모 가꾸기를 거부했다. 그녀는 흐트러진 적갈색 머리와 관습에 얽매이지 않는 옷차림, 신랄한 재치, 건들건들한 걸음걸이를 고수했다. 자신감 넘치고 솔직한 성격이었지만, 그녀는 친밀감이 얼마나 위험하고 어두운 영역인지 잘 알았다(사회적 지위에 대한 그 어머니의 집착을 생각하면 너무나 당연하다). 친밀감을 빌미로 벌어지는 판단과 감시, 개인에 대한 심한 모욕은 더 폭넓은 문화라도 크게 다르지는 않을 것이었다.

프랭클린의 평전에 따르면, 남편이 될 《뉴요커》의 작가이자 문학 평론가인 스탠리 에드거 하이먼을 만났을 때 스물한 살의 잭슨은 자신이 겸손과 자기비하, 부주의를 기반으로 살아가게 될 것임을 예상했다. 두 사람이 초창기에 주고받은 편지에 의하면, 하이먼은 잭슨을 깊이 사랑했으며 그녀의 작품을 대단히 높게 평가했던 것 같다(당시 작가로서의 경력을 고려할 때 이는 하이먼에게 그리 쉬운 일은 아니었을 것이다. 인상적이긴 했지만 그 역시 당시에 겨우 이름을 알리기 시작한 잭슨만큼이나 지지부진한 상태였기 때문이다). 잭슨으로서는 하이먼과 둘만의 관계가 처음 시작되었을 때 자신이 그를 지배할 수 있으리라

확신했던 것 같다. 그리고 이에 대해 하이먼은 반박하지 않았다. "나는 내가 자랑스럽다. 그리고 강하다고 느낀다." 두 사람이 함께 보낸 어느 밤에 대해 잭슨이 적은 글이다.

하지만 하이먼은 곧 감정적으로 변덕스러운 배우자임이 드러났다. 그는 잭슨에 대해 흠모의 감정과 무시의 감정을 번갈아 느꼈다. 주기적으로 외도를 했으며, 잭슨에게 편지로 자신의 외도를 상세히 알리기도 했다. "폐병 환자처럼 끝내주게 예쁜 스물여섯 살의 폴란드 계집" 이야기도 있었고, 파티에서 자유분방한 여자를 셋이나 만나 즐긴 내용도 있었다("공평하게 셋 다 어루만져 주고 '자기'라고 불러주었지"). 그리고 잭슨이 친정에서 휴가를 보내는 동안 위층에 사는 귀여운 빨간 머리 아가씨와 사랑을 나누기도 했다.

제법 유능한 평론가답게, 하이먼은 자신의 행동에 대해 준비된 정당성을 이데올로기에서 찾아냈다. 그가 보기에, 자유분방하고 깬 사람들은 일부일처제가 고도로 자본주의적인 바보들을 위해 만들어진 불완전한 제도임을 깨달은 자들이었다. 잭슨은 그의 외도에 대해 분노에 차 편지를 쓰곤 했지만 대부분 실제로 발송하지는 않았다. "스탠리에게 그렇게 약하게 굴면 안 돼." 두 사람을 다 아는 한 친구는 이렇게 말하기도 했다. "넌 그가 자기 마음대로 너 자신과 너의 감정, 너의 반응까지 쥐락펴락하게 놔두고 있어." 하지만 잭슨은 친구의 말을 따르는 대신 프랭클린이 평전에 적은 대로 "하이먼의 배신을 향한 분노를 속으로 삼키며" 그런 대접을 참고 견뎠다.

일을 나눠 하는 데 아주 능했던 잭슨은 그럭저럭 네 아이의 양육도 잘해냈다. 대부분 버몬트의 다소 작은 도시에서 지냈는데, 그곳에는 하이먼이 문학 교수로 근무했던 베닝턴대학이 있었다(잭슨은 언젠가 교수 부인이라는 자리에 대해 "하찮은 존재"라고 쓰기도 했다). 기록에 따르면, 잭슨은 자신에게 주어진 집안일을 자신만의 방식으로 해나갔다. 요리에는 능했으나, 청소나 자기희생적인 전통적인 어머니 역할에는 적극적이지 않았다. 하지만 아이들에게 노래를 불러주거나 책을 읽어주는 일에는 많은 시간을 할애했다.

한편 잭슨은 주로 두 영리한 여성의 유대 관계를 통해 일어나는 마법을 작품 소재로 삼을 때가 많았는데, 실제로 그렇게 오랫동안 친밀하게 지낸 우정 관계가 많지는 않았던 것으로 보인다(노력이 부족한 것은 아니었다). 잭슨의 소설에서는 여성과 여자아이가 짝을 이루는 경우가 많은데, 이들은 그들을 싫어하는 사람들로부터 질투와 배신을 당하거나, 어떤 큰 세력(사람을 조종하는 데 능한 연인이나 피에 굶주린 폭도, 초자연적 존재)으로부터 위협을 당한다. 프랭클린의 날카로운 분석에 따르면, "잭슨의 소설이 가진 모순 중 하나는 공동체의 기준을 강요하는 역할을 오히려 피해자인 여성이 한다는 점이다. 더군다나 그 기준은 다른 누구보다 여성인 자신에게 가장 큰 해를 끼치게 되어 있는데도 말이다".

개인적인 일화와 편지, 매우 세부적인 서술, 그리고 잭슨의 작품에 대한 아주 길고 사려 깊은 분석으로 가득한 평전에서 프랭클린은 잭슨을 '풍부한 창의성을 갖췄으나 고독하고 불행했던 여인'으로 그리고 있다. 잭슨은 자신의 작품에 대해 하이먼의 비평을 원했으나 한편으로는 그런 자신에게 분개했다. 그녀는 불안과 싸웠고, 자신의 체중 때문에 괴로워했으며, 악몽과 몽유병에 시달렸다. 같은 세대의 다른 여성들과 마찬가지로 그녀 역시 자신의 문제를 해결하기 위해 신경 안정제를 처방받았다. 작가로서 잘 나갔고 수입도 점차 남편보다 많아졌지만(한 가정이 서서히 혼돈에 빠지는 내용을 다룬 수필집 《야만의 삶Life Among the Savages》이 잘 팔린 덕이 가장 컸다), 소외감과 감정적 결핍을 느꼈고 사람들을 잘 믿지 못했다. 자신의 가까운 친구와 불륜 관계를 유지하는 남편을 둔 그녀를 누가 탓할 수 있겠는가.

잭슨의 작품 대다수가 서서히 끓어오르다 결국 거의 환각에 가까워지는 분노를 다루고 있는 것도 당연하다. 오랜 기간 감정적 반응을 억제함으로써 필연적으로 인지의 왜곡이 일어나 정신착란을 일으키는 식이다. 프랭클린은 잭슨의 어머니에게서 남편에게로 이어지는 무시와 비하의 연결선을 추적하고 잭슨이 스스로 "정당하고 합리적인 욕구에 대해 …… 수치스러워"했던 것에 주목하면서, 평전 곳곳에서 이런 역학 관계를 강조한다.

실제로 잭슨은 자신이 하이먼에게 속고 있는 것 같다는 내용을 자신의 일기와 편지 곳곳에 남겨놓았다. "언젠가 당신은 내게 편지로 …… 다시는 외롭게 하지 않겠다고 했었죠. 당신이 내게 한 최초의 거짓말이자 가장 무서운 거짓말인 것 같아요." 이는 《새 둥지The Bird's Nest》에 으스스할 정도로 잘 나타나 있는데, 제대로 이해받지 못하고 조종당하는 기분을 아주 완벽하게 극화한 이 소설이 〈리지Lizzie〉라는 제목으로 영화화되었을 때, 그 여주인공은 집안 내력으로나 사회적으로 감정적 긴장의 희생양으로서 '병적 광기'에 이른 인물이 아니라, 완전한 미치광이로 그려졌다.

하지만 잭슨이 그리는 여주인공의 파멸은 늘 거짓 약속에서 시작된다. 그 약속의 주체는 부모나 연인 그리고 사회다. 그 과정이 가장 잘 구현된 부분은 아마도 《행저맨》의 도입부일 것이다. 주인공인 열일곱 살의 순진한 처녀 나탈리 웨이트는 부모님이 주최한 가든 파티장에서 눈에 띄게 자신감 넘치는 여인 버나를 만난다. 버나는 나탈리에게 말한다. "귀여운 나탈리, 진짜 자신을 알아내기 전까지는 절대 마음을 놓아서는 안 돼. 잊지 마. 네 안 깊숙한 곳 어딘가 온갖 두려움과 걱정, 사소한 잡념 뒤에는 찬란하게 빛나는 깨끗한 순수함이 숨어 있단다."

그런데 나중에 위층 침실에서 나탈리의 어머니가 술에 취해서는 남편의 배신에 격하게 화를 내며 외치는 소리가 들린다. "사람들은 일단 거짓말을 하고 나서 거짓말을 믿게 만들어. 그러고는 자신이 약속했던 것 중 아주 작은 일부만을 내주지. 계속 그 약속을 믿게 할 정도로만 말이야. 하지만 우린 곧 속았다는 것을 알게 돼. 다들 그렇게 당하는 거야. 하나같이 강력하게 항의하지도 못하고 그냥 당하고 마는 거지. 그리고 당하고 나서야 모두에게 무슨 일이 일어나는지, 어떻게 다들 그렇게 속는지 알게 되지."

술에 약간 취한 나탈리는 아래층으로 도망치듯 내려온다. 한 낯선 남자가 나탈리에게 지금 무슨 생각을 하는지 강압적으로 묻는다. "내가 참 멋지다는 생각이요." 나탈리가 대답한다. 그는 이 대답에 화가 난 듯하다. 그리고 그녀를 숲으로 데려간다. 남자의 본심이 뭔지 모르는 순진한 나탈리는 심장이 멎을 듯한 충격을 받는다. '오 주님, 사랑하는 주님, 이 남자가 지금 절 어떻게 하려는 건가요?' 속으로 생각하던 나탈리는 너무 두려워 말이 입 밖으로 거의 튀어나올 뻔한다.

잭슨은 공포에 대해 잘 알았다. 공포를 자아내려면 감정적인 유혹이 선행되어야 함을 알고 있었다. 이 유혹은 나중에 악의적인 계략임이 드러난다. 이 순진한 처녀는 자신이 눈부시게 아름답고 강하다고 느끼는 순간 힘을 완전히 박탈당하고 만다. 영리한 소녀들은 자신이 사랑받기 위해 태어났다고 생각하지만, 그저 파괴되기 위해 창조되었을 뿐이다. 여러 작품에서 잭슨은 여자아이들이 과도하게 비판적인 모친 —《행저맨》의 경우에는 친밀함을 가장해 교묘하게 다가오는 부친 — 에 의해 이런 운명에 어떻게 단련되어 가는지를 전반적으로 그린다. 무엇보다 끔찍한 일은, 성인이 되어 들어서는 그 끔찍한 세계가 환상이 아니라 현실임을 깨달으면서 자신과 세상을 단절해 버리는 것이다. 위층 침실처럼 유리된 공간에서 술에 취해 미친 듯이 악을 쓰는 모습으로 말이다. 동조하든지, 자신을 완전히 놓아버리든지, 선택은 그것뿐이다.

　잭슨의 작품이 전하고 있는 이런 내용은 자신이 처한 상황에 따라 피해망상이라고 할 정도로 절망적이고 암울하게 느껴질 수도 있고 무서울 정도로 예리한 선견지명이라고 느껴질 수도 있다. 나는 여성 정신병자의 균열과 붕괴를 기괴하게 묘사한 잭슨의 작품들이 현대 문화 전반에 걸쳐 울림을 전한다고 생각한다. 오늘날 대중문화는 여성적이거나 여성스러운 모든 것에 대해 무심한 척하며 조소와 조롱을 아낌없이 쏟아붓고, 잡지들은 여러 지면을 할애해 동화 같은 결혼을 찬양해 마지않는다. 비록 그 결혼이 나중에 언어적·육체적 학대로 점철된 악몽으로 밝혀지더라도 말이다.

　2016년 스탠포드대학 남학생에게 성폭행을 당한 피해자가 가해자를 향해 7천 개의 단어로 써내려 간 끔찍한 내용의 편지는 마치 잭슨의 소설을 압축해 놓은 것 같다. 어둠이 과거의 순수함을 압도해 버린 것이다. 그 마지막 부분은 《제비뽑기》의 잊을 수 없는 마지막 문장을 상기시킨다. "그러자 마을 사람들은 그녀를 덮치기 시작했다." 하지만 미친 건 정말 누구일까? 세상일까 아니면 우리일까?

이런 두려움과 극심한 공포의 감정과 함께, 망상에 빠진 군중이 곧 제정신을 차릴지도 모른다는 필사적인 희망은 셜리 잭슨의 작품을 계속 상기하게 되는 중심 요소다. 잭슨은 거세게 휘몰아치던 자신감이 무력감과 공포에 굴복할 때마다 그 좌절과 고뇌를 자양분으로 삼아 강렬한 초상을 차례차례 하나씩 그려냈다. 여주인공이 느끼는 사악한 힘은 실제다. 하지만 오래 머물지 않고 그녀가 자신을 반복해서 의심하게 만들고 나면 사라진다. 그렇게 그녀는 빙의되고 만다.

✷ ✷ ✷

여자들이 어쩌다 자신의 욕망과 전혀 상관없는 곳에 갇히게 되는지를 이해하기 위해서는, 그 순진한 처녀가 처음 유령의 집에 들어서는 순간을 자세히 들여다볼 필요가 있다. 그 순간만큼은 천진난만하게 허세를 부렸던 달콤하면서도 씁쓸한 소녀 시절을 떠올릴 수 있다. 어린 시절 어른들이 들려주는 이야기를 들으면서 우리는 마치 자신이 세상의 중심이라도 되는 것처럼 느끼곤 했다. '마녀가 우리를 기다리고 있지만 결국 우리는 마녀를 물리칠 것이고, 승리를 거두는 것은 늘 아름다움과 순수함이다.' 이것이 여자들이 어린 시절에 듣는 이야기의 골자다. 이런 거짓말은, 가치 있다고 배운 것들이 사실은 대부분 쓸모없음이 드러나는 그 순간까지 계속된다.

하지만 이 사회에서 여자들은 다시 소녀, 즉 '걸girl'이 될 수밖에 없다! 물론 이 소녀는 어린아이가 아닌, 로맨스와 낙천주의만 남기고 불순물을 제거한 정제되고 pH 균형이 잘 맞는 영역에 속하는 '풋풋한 소녀'를 뜻한다. 그곳에서 소녀는 남자에게 추파를 던질 수도 있고, 관심을 끌기 위해 과장된 몸짓을 할 수도 있으며, 침대 밑에 깔린 완두콩 한 알 때문에 불편해서 잠을 설칠 수도 있다. 아름다운 옷을 입고서 빙그르르 돌고, 다른 이들은 박수 치며 감탄한다. "정말 예쁘구나!" 소녀는 관심이 좋은 의미인지 나쁜 의미인지 궁금해하지 않는다. 그저 할머니께 드릴 간식이 가득 든 바구니를 들고 숲을 가로질러 간다. 도중에 무시무시한 늑대를 만나면 자신이 어디 가는 길인지 정확히 알려주면서 말이다.

물론 조만간 여자들 대부분은 진실에 눈을 뜨게 된다. 회의와 페미니즘적 분노가 결합하기 시작하면서, 더 이상 낯선 이에게 수줍은 듯 눈짓을 하거나 할머니의 날카롭고 뾰족한 이빨을 보고 천진하게 경탄하는 일은 점점 어려워진다. 하지만 빙그르르 돌면서 다른 사람들에게 탄성을 자아냈던 감각을 기억하고 있는 여자들에게, 이런저런 제목(〈걸즈Girls〉, 〈나를 찾아줘Gone Girl〉, 〈투 브로크 걸즈2 Broke Girls〉, 〈걸 온 더 트레인The Girl on the Train〉, 〈더 걸 비포The Girl Before〉, 〈뉴 걸New Girl〉, 〈밀레니엄: 여자를 증오한 남자들The Girl with the Dragon Tattoo〉

등)에서 눈에 띄는 '걸girl'이라는 단어는 기억 속에 희미하게 남아 있는 찌릿한 통증을 불러올 수 있다. 아니, 어쩌면 몸서리치는 공포일지도 모르겠다.

여자들은 사람들을 꼼짝 못 하게 하는 특별한 존재이면서 동시에 약간 우울했던, 영광스럽지만 짜증스럽기도 했던 그 시절을 기억한다. 소녀인 당신은 깨지기를 기다리는 정교한 유리 화병이다. 인생이라는 징 박힌 부츠에 밟혀 뭉개지기를 기다리는, 달콤한 향기를 내뿜는 꽃이다. 안에 도사리고 있는 긴장감은 당신이 가진 매력의 일부다.

"혼자서 어떻게 해나가려고요?" 1970년대의 TV 시트콤 〈메리 타일러 무어 쇼The Mary Tyler Moore Show〉의 주제가는 묻는다. 도로가 아주 조금만 패여 있어도 우리의 희망찬 여주인공의 모든 것이 망가질 수 있다는 듯, 운전하는 그녀를 걱정스럽게 응시한다. 책이나 영화, TV 쇼에서 '걸girl'이라는 단어를 제목에 넣었을 때 그들이 바라는 효과는 바로 이런 불확실한 상태를 암시하는 것이다. 〈메리 타일러 무어 쇼〉의 주인공 메리 리처드가 그랜트의 뉴스룸으로 걸어 들어가기 전 모자를 던질 때를 빼고는 빙그르르 도는 행동을 한 적이 없다는 사실은 잊자. 그녀 ─ 그리고 그 이전인 1960년대 TV 시트콤 〈댓 걸That Girl〉의 '말로 토머스' ─ 가 미소로 세상을 바꾼 이후 줄곧, 여자들은 그녀처럼 뒤늦게 자책하고 걱정하되 그녀의 복잡하고 진지한 성격은 갖고 있지 않은 요염한 생명체가 되기를 권유받아 왔다.

강요된 웃음과 잔뜩 치장한 외모, 눈에 닿을 정도로 두껍게 내린 앞머리가 특징인 현재 TV 속 여자들은 한때 미국에서 만인의 연인이었던 '앨리 맥빌'의 유아 같은 모습을 재현하려는 것 같다. 당신이 만일 인형처럼 큰 눈과 십 대 초반의 몸매를 가진 여자라면 약간 대담하고 세상 물정에 밝은 이미지를 연출할 수도 있을 것이다. 〈30 락 30 Rock〉에서 티나 페이가 연기한 '리즈 레몬'과 〈팍스 앤 레크리에이션Parks and Recreation〉에서 에이미 포엘러가 연기한 '레슬리 노프', 〈플리백〉에서 피비 월러-브리지가 연기한 인물 등 몇몇 예외가 있기는 하지만, 우리는 대체로 몇 십 년 동안 계속해서 자신감 있고 복잡하며 독신인 코믹한 여주인공들을 봐왔다.

매주 〈투 브로크 걸즈〉에서는 용감한 두 여주인공이 티격태격하면서도 서로에게 "힘내!"라며 위안을 주고받고, 자신들의 은신처에서 씩씩하게 걸어 나가 누군가의 얼굴에 대고 손가락을 흔들어대다가 결국에는 더 큰 굴욕을 당하고 만다. 독신 여성의 허세를 총체적으로 그린 〈휘트니Whitney〉에서는 여주인공이 동거 중인 남자친구 외에는 아무 데도 관심이 없다. 그를 자극해 흥분시키는 것 아니면 그가 다른 여자에게 추파를 던지지 못하도록 막는 것이 관심의 전부다. 〈뉴 걸〉에서 주이 디샤넬이 연기한 '제스'는 더 얼빠진 인물이다. 매회 여러 번 수줍어하며 안짱다리를 하고, 자신만의 괴짜 같은 매력을 버리고 남자 룸메이트들에게 푹 빠져 더 중요한 목표를 저버린다.

인형처럼 예쁘지만 어리석은, 이런 욕구불만에 가득 찬 여자들을 계속 보고 있자니 1950년대에 인기를 끌었던 시트콤 〈아이 러브 루시I Love Lucy〉에서 루실 볼이 연기한 괴짜 가정주부 '루시 리카도'의 악착같음이나 〈섹스 앤 더 시티〉에서 킴 캐트럴이 연기한 '사만다 존스'의 탐욕과 안 좋은 성격, 또는 〈메리 타일러 무어 쇼〉의 주인공 메리 리처드의 긴장과 침착함을 그리워하지 않을 수 없다.

메리가 절친 로다와 함께 젊은 히피들이 연 파티에 참석했다가 오직 두 사람만 아이라이너를 그렸다는 사실을 알아챘을 때, 우리는 메리와 로다가 현실적인 인간, 즉 주변 환경에 다층적인 반응을 보일 수 있는 복잡한 존재임을 알 수 있었다. 만일 〈투 브로크 걸즈〉였다면 메리와 로다는 화장실로 급히 달려가 손으로 입을 가린 채 키득거리고는 화장을 지우고 나가 사람들 사이에 섞여들기를 원할 것이다. 어쩌면 로다는 그 히피들에게 한두 마디 하려다가 결국 굴욕을 당했을지도 모르겠다.

수십 년 동안 책이나 영화, TV에서 굴욕은 성인 여성을 가볍고 활기차며 덜 무서운 존재로 바꾸는 수단으로 활용되었다. 작가들은 마치 시청자들이 여성의 자랑스러운 모습 대신 창피당하는 모습을 보고 싶어 한다고 생각하는 듯하다. 여성 등장인물들은 하나같이 매력적인 버릇("정말 사랑스러운 재채기네요!")과 누구에게도 거슬리지 않는 평범한 성격("그 여자 정말 어리숙해!"), 그리고 무력한 정의

감("저 건방진 바리스타한테 가서 손님은 왕이라고 말해!")을 갖추고 있다. 이런 식의 묘사는 여성스러움이라는 확고한 개념보다 소녀 같은 순진무구한 뻔뻔스러움을 더 강조한다. 아니나 다를까 데보라 해리나 킴 고든, 비요크 등 1970~1980년대를 휩쓸었던 여배우들의 기개와 복잡한 특징들은 오늘날 케이티 페리나 테일러 스위프트의 생기 넘치는 입술과 위협 같지 않은 위협에 자리를 내주고 만다(요란한 날갯짓과 야구방망이를 휘두르는 듯한 팔 동작을 해대는 비욘세는 예외적인 경우다).

심지어 〈빅 리틀 라이Big Little Lies〉나 〈크레이지 엑스 걸프렌드 Crazy Ex-Girlfriend〉 같은 드라마에서는 다 큰 성인 여성들이 아직도 상상의 관객 앞에서 빙그르르 도는, 어딘가 익숙한 메스꺼움을 불러 일으키는 장면이 간혹 등장하기도 한다. 이쯤 되면 메리나 로다의 솔직한 자기주장이 그리울 만도 하다. 적어도 〈캐리 브래드쇼Carrie Bradshaw〉의 주인공 캐리는 과시적이고 우유부단하기는 하지만 〈지그펠드 폴리스Ziegfeld Follies〉의 엑스트라처럼 소신껏 입을 용기는 가지지 않았던가.

✳ ✳ ✳

2012년 레나 던햄이 주연을 맡은 HBO 채널의 코믹 드라마 〈걸스〉가 2012년에 처음 방송되었을 때, 그녀는 마치 컵케이크가 든 바구니는 옆으로 내던져 버리고 사악한 늑대 역할을 자진해서 하려는 것처럼 보였다. 〈걸스〉의 주인공 '한나'는 우연히 탄생한 것이 아니었다. 물론 부모님이 사주는 파스타를 후루룩거리며 먹고 겨우 몇 장면 후에는 자신의 문자에 답도 잘 안 하는 '애덤'과 당황스러운 성관계를 나누긴 하지만 말이다. 앞 장면에서는 몸만 커버린 아이 같은 모습이고, 다음 장면에서는 성적으로 수동적인 여성의 모습이다.

의도적으로 충격을 유발하기 위해 배치된 이 이미지들은, 아주 시의적절하게 소름 끼치면서도 재미있다. 유년기와 성인기 그 사이 어딘가에서 갈피를 못 잡고 방황 중인 한나는 계기판이 완전히 멈춰버리는 정도까지는 아니어도 방향 신호를 잃는 것쯤은 얼마나 쉽게 겪을 수 있는 일인지 보여준다. 이 드라마 곳곳에서 나오는 '걸girl'이라는 단어는 또 하나의 국민 애인을 배출하려는 것과는 달랐다. 오히려 피식피식 웃음이 나는 특별함과 자의식, 수줍음과 회의주의, 가벼운 연애와 페미니즘적 분노가 불안하게 교차하는 지점을 기록하려는 것에 가까웠다.

한나는 여성 상대의 성범죄에 반대하는 '나의 밤을 돌려줘Take Back the Night' 집회장에서 곧장 걸어 나와 남자와 밀회를 즐기러 가는 모습으로 등장한다. 심지어 그 남자는 한나가 양배추 인형을 든 길 잃은 소녀 역할을 해주기를 원한다. 그녀는 축 처져서는 "그래, 나 정말 겁났어"라며 분위기를 맞춰준다. 하지만 몇 분 후, 애덤이 한나 친구의 낙태에 대해 "심각한 상황"이라고 하자, 한나는 실용적인 관점에서는 그렇게 비극적인 일은 아니라고 주장하며 말한다. "그럼, 아이를 낳으면, 자기가 보모로 일하는 일터에 아기를 데리고 다니기라도 하라는 거야? 말도 안 돼."

처음에 〈걸스〉가 획기적인 TV 드라마로 알려진 데는 이유가 있었다. 더듬더듬 힘들게 내뱉는 고백과 희미한 미소, 야유 섞인 경고, 그리고 한나와 그 친구들 사이에 조용히 공유되는 확신은 기존의 코미디 드라마가 다뤘던 애들 장난 같은 무의미한 행동들을 지난 시절의 광적인 발작처럼 보이게 만들었다. 하지만 무엇보다 한나와 그 친구들에게서 눈에 띄는 것은 — 다른 여성 위주의 코믹 드라마의 뻔한 해결책인 — 지혜나 정직함, 근성이 아니라 혼란스러운 마음과 약점, 모순 같은 것들이다.

한나의 룸메이트인 휘트니나 제스는 남자들의 관심을 구하느라 바쁘다. 앨리슨 윌리엄스가 연기한 마르니는 아름다운 데다 헌신적인 남자친구도 있지만, 그의 감수성과 애정을 따분해하면서도("걔가 만지면 꼭 추수감사절에 이상한 삼촌이 다가와 내 무릎에 손을 얹은 기분이야"라며 불평한다) 그를 차버릴 용기를 내지 못한다. 이는 미국인이 상상하는, 막 성숙한 여인이 되려는 달콤하고 순진한 아가씨가 남자의 관심에 보일 만한 반응은 아니다.

한편 한나는 드라마의 첫 두 시즌에서는 어떤 성격인지 규정하기 힘든 모습을 보인다. 계약직으로 일하고 있던 잡지사 사장에게 정직원 자리를 요구하지만, 전문가답게 수동적 공격성을 드러내며 한나가 도저히 반박할 수 없는 작별을 정중하게 고하는 사장에게 당하고 만다. 고용주가 될지도 모르는 사람과의 면접에서는 대화 중에 괴상한 말을 하는 바람에 무감각하다는 이유로 바로 그 자리에서 불합격 통고를 받는다(한나는 당황하기는 하지만 이의를 제기하지는 않는다).

무엇보다 최악인 것은 친구도 애인도 아닌 애매한 남자친구 애덤이 자신에게 더러운 매춘부라 부르고 나가떨어질 정도로 얼굴을 세게 치는 행위를 했는데도 그냥 놔뒀다는 것이다. 그런 이후에 애덤은 게토레이를 마시겠느냐고 묻는다. "무슨 맛인데?" 한나는 묻는다. "오렌지 맛." 애덤이 대답한다. "음, 됐어. 난 괜찮아." 한나가 대답한다. 이것이 한나가 좋고 싫음을 표현하는 방식이다. 예의 바르게 "됐어, 다음에"라고 말하는 것이다.

드라마 시즌 초반, 다른 여자들처럼 응석받이였던 어린 시절과 어른으로서의 현실 사이에서 우왕좌왕하는 한나는 다른 대담한 TV 드라마 여주인공처럼 콧방귀를 뀌거나 낄낄 웃거나 말하지 않는다. 그렇게 하지 못하는 한나는, 말은 똑똑하게 잘하지만 실없는 코믹 여주인공들을 생각하면 획기적인 인물처럼 느껴진다. 왜냐하면 아이도 어른도 아닌 그 애매한 시기에 대부분의 젊은 여자들은 아무리 적극적이고 단호한 성격이라 하더라도 반복해서 자신의 실수를 사과하고 정리되지 않은 잡다한 생각들을 불쑥 내뱉고 당황하며 결국에는 조용히 움츠리고 살기로 결심하기 때문이다.

이는 한나가 나이를 더 먹고 남들에게 휘둘리지 않을수록 시청자와 비평가들은 그녀의 터무니없는 행동에 덜 매혹된다는 의미다. 실제로 한나 역의 레나 던햄이 현실에서 어마어마한 명성을 얻게 되면서 자연스럽게 생겨난 반발이라고 할 수 있다. 처음 몇 시즌이 방영된 이후 레나 던햄은 일종의 문화 아이콘이 되었고 그녀와 관련된 뉴스 레터와 회고록, 수많은 거침없는 발언들이 공유되었다. 자신감(그리고 부와 악평)이 쌓일수록 그녀의 분위기는 젊은 여자의 순진무구하고 열정적인 모습에서 성숙한 여자의 당혹스러울 정도로 자기과신에 찬 모습으로 바뀌어갔다. 아마도 관객들 앞에서 여성성을 강조하며 빙그르르 도는 것에 조금 지치기도 했을 것이다. 하지만 그때부터 시청자들은 눈을 흘기기 시작했다. 만인의 연인으로 사랑받는 여주인공들은 결국 너무 거만해진다는 것이었다.

이 사회는 어린 소녀일 때는 자기 자신을 믿으라며 그토록 강조하더니 젊은 여자가 되어 자신 있게 행동하려 하면 경멸하고 비난한다. 〈걸스〉의 6개 시즌 내내 가슴을 아프게 하는 이런 불협화음은 '걸girl'이라는 단어가 유발하는 몸서리에도 어느 정도 기여하는 바가 있다. 어린 시절과 성인기 사이의 이런 마법 같은 시기를 그린 문화적 판타지가 강렬하면 강렬할수록, 우리 대부분은 그 시기를 행복하게 보내기는커녕 야단스러운 도깨비들에게 점령당해 근심과 걱정으로 보내게 될 것이다. 왜냐하면 언젠가는 마법에서 깨어나 ─ 근본적으로 남들 앞에서 빙그르르 도는 것과 비슷한 방식인 ─ 누군가를 향해 손가락을 흔들어대는 대신, 변명이나 변호 없이 진정한 자신을 보여주고 싶어질 것이기 때문이다. 이것이 바로 레나 던햄과 공동 출연자들의 행보가 처음에는 유머러스하고 교묘하면서 사실적으로 묘사되다가 종내에는 보일 듯 말 듯한 자의식과 독선적인 분노, 체념으로 그려진 이유다. 어쨌든 미소로 세상의 흥미를 끌 수 있는 것은 그 미소가 조금 무뎌지기 전까지만이다.

결국 우리는 우리가 무엇을 받아들이고 무엇을 거부할지 확실하게 주장하는 법을 배워야 한다. 그렇게 재미있거나 매력적이지는 않지만, 〈메리 타일러 무어 쇼〉의 메리 리처드가 ─ 가끔은 목소리나 손을 가늘게 떨기도 하면서 ─ 입증했듯이, 그것만이 혼자서 해나갈 수 있는 유일한 방법이다. 그리고 이것이 바로 메리가 모자를 공중으로 던지는 장면이 거의 50년이나 지난 지금까지 기분 좋은 이유이기도 하다.

공중에서 곡선을 그리며 떨어지는 모자와 기대에 차 그것을 바라보는 메리의 미소는 그녀가 지나치게 희망에 차 있으며 (그녀의 대사처럼) 결국 모든 것이 잘 되리라고 지나치게 확신하고 있음을 암시한다. 하지만 대체로 세상은 그렇지 않다. 세상이 영원히 응원해 줄 것 같지만, 어떤 시점이 되면 그 응원은 야유로 바뀐다. 여자인 당신은 더 이상 빙그르르 돌 수 없다. 자신을 믿고 싶지만 의심이 든다. 자신의 본능을 믿을 수 없다. 어떻게 믿겠는가? 환호하던 군중이 화난 폭도로 변했는데, 뭔가 잘못하고 있는 게 틀림없다고 외치는데 말이다.

✳ ✳ ✳

지난 몇 년 동안 텔레비전 화면을 장악해 온 주인공은 똑똑하고 자신감 넘치는 성인 여자들이다. 그런데 그 여자들은 약삭빠르고 유능할수록 괴짜일 가능성이 크다. 여기서 내가 말하는 '괴짜'란 복잡하거나 까다롭거나 날카롭다는 의미가 아니다. 또는 여자들에게 선뜻 붙는 '미쳤다'는 의미의 비정상적인 상태를 말하는 것도 아니다. 종종 언제 폭발할지 모르는 화산처럼 묘사된다는 것이다. 심지어 그들을 독특하고 흥미로운 인물로 보이게 해주는 바로 그 능력과 기술에는 꼭 끔찍한 정신적 결함이 결부된다.

〈부통령이 필요해Veep〉에서 줄리아 루이스 드레이퍼스가 맡은 역할은 야심 차고 속임수에 능하지만 이기적이다. 〈너스 재키Nurse

Jackie〉의 재키는 뛰어난 간호사지만 약물 중독이다. 사는 게 별 재미 없고 냉정한 성격인 〈킬링The Killing〉의 린든 형사는 뛰어난 수사관이지만 강박적이고 상처 입은 내면을 가졌으며 꽤 무관심한 엄마다. 그리고 〈홈랜드Homeland〉가 있다. 거의 신통력에 가깝도록 촉이 좋은 CIA 요원 캐리 메티슨은 조울증 환자에다 불안정하며 무모할 정도로 막무가내다.

말하자면, 이들은 〈매드맨Mad Men〉의 돈 드레이퍼처럼 불륜을 밥 먹듯 저지르고 양면적인 태도를 보이는 그런 복잡한 성격을 나타내지는 않는다. 이 드라마들이 하나같이 드러내는 것은 여성 캐릭터들의 결점과 강점이 불가분의 관계에 있는 모습이다. 약물 문제나 성격장애 같은 결점을 걷어내고 나면, 그들의 특별한 능력 또한 사라진다. 그렇다고 비극이 펼쳐지는 것은 아니다. 〈홈랜드〉에서 캐리가 양극성 장애 치료를 위해 전기충격요법을 받는 모습을 보면서 시청자들은 안도의 한숨을 내쉰다. 샌드위치를 맛있게 먹고 자신의 어릴 적 침대에서 평화롭게 잠든 그녀의 모습이 얼마나 평온한지 보라! 하지만 캐리가 행복하다는 것은 재능을 발휘하지 않고 있다는 의미다. 그리고 딸을 키우면서 평범한 삶을 살기 시작한 캐리가 새롭게 알게 된 일상의 평화는 사실 세계의 평화를 담보로 한 것임이 드러난다.

〈매드맨〉의 돈 드레이퍼나 〈브레이킹 배드〉의 월터 화이트, 〈하우스House M.D.〉의 그레고리 하우스 같은 남성 캐릭터들의 제정신 아닌 행동들은 확실히 대담하고 용감하며 심지어 영웅적으로 그려지기까지 한다(대담하게 한마디 던졌는데 중요한 문제의 해결책이 된다든지, 정신 나간 행동으로 살의 띤 폭력배를 물리친다든지, 거칠게 접근한 방법이 기적처럼 여자아이의 목숨을 구한다든지 하는 식이다). 특히 월터 화이트의 경우, 나쁜 선택을 하고도 여전히 선택의 주체다.

반면에 여성 캐릭터들은 거의 그런 자기결정 능력이 없는 것으로 묘사된다. 물론 아주 눈에 띄는 예외가 있기는 하다. 〈왕좌의 게임Game of Thrones〉과 〈웨스트 월드West World〉 속의 여성들이다. 또 〈매드맨〉의 페기 올슨 같은 냉철한 여자도 있지만, 자신을 무겁게 짓누르는 장애를 동반하지 않고는 아무런 힘도 발휘하지 못하는 성급하고 엉망진창인 인물들도 있다. 커트 보네거트의 단편소설《해리슨 버거론Harrison Bergeron》에서 납추를 발목에 달고 춤추는 발레리나들처럼 말이다.

이들의 결함 대부분은 치명적이거나 최소한 자기파괴적이다. 게다가 결국 비난을 초래한다. 시청자들은 몇 번이고 도덕적으로 우월한 입장에서 이 미치광이들을 관찰하는 역할에 배정된다. 때로는 불끈 치미는 화와 터져 나오는 울음, 술집에서 낯선 이를 유혹하고 싶은 갑작스러운 충동을 같이 느끼기도 한다. 하지만 이런 행동이 정상적이거나 훌륭하지 않다는 것을 우리는 끊임없이 경고받는다. 또한 이런 행동은 그녀들이 온전한 세상에서 정상적으로 살아가지 못하는 이유로 받아들여진다.

지난 세기에 수많은 텔레비전 쇼에서 여성들이 주도권을 잡기는 했지만, 같은 자리에서 남성들에게 주어지는 존경과 위엄을 공유하지는 못했다. 〈크레이지 엑스 걸프렌드〉에서 레베카가 약물을 과다 복용했을 때나 〈위즈〉에서 낸시 보트윈이 마약 조직의 두목인 멕시코인과 결혼해 아이들을 위험에 빠트렸을 때, 또는 〈홈랜드〉에서 캐리가 와인을 한 번에 들이켜고 나서 하룻밤을 보낼 상대를 찾아 집을 나섰을 때, 우리는 그들의 안 좋은 선택에 고개를 절레절레 흔들지 않을 수 없다. 그녀들이 가진 성격적 결함이나 정신적 문제들은 치료받거나 버려야 할 것으로 간주된다. 〈명탐정 몽크Monk〉의 주인공인 몽크의 경우 그의 심리적 장애가 늘 그가 발휘하는 천재성의 핵심으로 그려졌던 것과는 완전히 다른 양상이다.

성격상의 불안정한 요소가 성별에 따라 왜 이렇게 다르게 표현될까? "정신 차리지 않으면 아무도 널 사랑하지 않을 거야." 〈더 민디 프로젝트The Mindy Project〉에서 수영장 바닥에 있던 바비 인형이 민디에게 한 말이다. 이는 항상 그녀를 위험에 빠트리는 것이 정확히 무엇인지를 우리에게 상기시킨다. '미치광이처럼 굴지 마, 민디. 남자들은 그런 거 싫어해.'

시인이자 페미니스트였던 에이드리언 리치는 "여성들은 우리 경험의 진실을 갈망할 때 종종 미친 기분이 든다"라고 썼다. 리치의 말처럼, "불편한 질문을 던지고 불편한 관계를 맺는" 성향이 있는 여자들은 그들을 어마어마한 존재로 만들어주는 바로 그 특징 덕분에 병적 취급을 받는다. 바로 아래 에밀리 디킨슨의 시처럼.

> 과도한 광기는 신성한 감각
> 통찰력 있는 자는 알겠지
> 과도한 감각은 엄연한 광기
> 다수가 그렇지
> 이러하니, 만사가 그렇듯, 그들이 승리자
> 찬성하면 분별 있는 자 되고
> 반대하면 바로 위험한 자 되지
> 그리고 쇠사슬로 다스려지지

✳ ✳ ✳

"똑똑한 여자들은 원래 다 미쳤어." 언젠가 전 남자친구와 격한 말다툼 끝에 이런 말을 한 적이 있다. 마음 편한 멍청이와 독특한 머리모양을 한 나 같은 멋진 여자 사이에서 누구를 선택할지 결정하게 하려고 한 말이었다. 미쳤다는 말을 쓸 때 내가 의도했던 뜻은 '고집'이 있고 '감정 기복'이 심하며 '생각보다 고분고분'하지 않다는 것이었다. 이는 내 성격적 특성들이었고, 그가 이해할 수 있는 언어로 바꾸어 표현했을 뿐이다. 그는 '정신병자'라는 말을 '순종적이지 않은 여자'를 뜻하는 말로 사용하고 "넌 너무 똑똑해서 문제야. 그건 너 자신에게 좋지 않아. 나한테도 마찬가지고" 같은 말을 충고랍시고 하는 남자였다. 아마 짐작건대 우리 관계에 대해 약간 거북한 논의를 하는 것 자체가 불가능한 반식물인간이었던 것 같다.

수년간 '미친 여자'라는 말은 내가 만난 모든 복잡하고 의지가 강한 여자들을 간략하게 부르는 나만의 호칭이었다. '미친 여자'라는 단어는 나와 내 친구들 모두가 가진 좋은 면과 나쁜 면을 아우르는 말이었다. 우리가 특별히 더 미친 것이 아닐지도 모른다고 생각한 나는 우리 주변에 있는 미친 여자의 범위를 더 넓고 크게 확대하기 시작했다. 대립을 두려워하지 않는 사람, 자신의 약점을 솔직히 인정하는 사람, 현재 가장 주도적인 문화 흐름에 맞지 않는 방향을 추구하는 사람은 다 포함했다. '미쳤다'는 것은 '흥미롭고' '용감하며' '알아둘 가치가 있는' 사람을 뜻하는 암호가 되었다. 나는 자신과 주변 사람들을 유쾌하게 대하려고 노력했고 완고함과 연약함, 불편한 질문들을 여유 있게 받아들이려고 노력했다.

하지만 텔레비전 화면을 활보하는 이런 '미친' 인물들을 지켜본 결과, 이런 자기기만적 행동 뒤에는 자기혐오가 자리하고 있음을 깨달았다. 에이드리언 리치는 이렇게 썼다. "우리의 미래는 우리 각자의 온전한 정신에 달려 있다. 그리고 우리는 개인의 차원을 넘어 서로에게 진실을 가능한 한 숨김없이 그리고 충분히 설명해야 하는 깊은 관계에 있다." 아마도 텔레비전에서 이런 '미친' 여자들을 보는 지금 이 시대는, 조용히 순종하는 여인상에서 벗어나 복잡한, 즉 보다 현실적인 존재가 되기 위해 어쩔 수 없이 거쳐야 하는 불행한 중간 기착지인지도 모른다. 수많은 이른바 미친 여자들은 그냥 똑똑한 것일 뿐이다. 자신을 위해서나 여자들을 위해서 똑똑한 것이 아니다.

결국 오늘날 여자들이 직면한 도전 과제는 셜리 잭슨이 젊은 나이에 사망하기 전 몇 년 동안 작가 공동체를 폭넓게 받아들이면서 공개적으로 목소리를 높이기 시작했을 때 직면했던 과제와는 다르다. 여자인 우리의 감각을 믿고, 우리의 본능을 믿고, 우리 각자의 내면에 있는 것을 믿는 것이야말로 '찬란하게 빛나는 깨끗한 순수함'이다. 그러기 위해서 여자들은 같은 표식을 지닌 이들을 찾아야 한다.

탐
욕

▼

언젠가 아버지는 말했다. "애인은 하나나 셋이어야지, 둘은 절대 안 돼. 그 둘이 서로의 존재를 알게 되는 순간 아주 곤란해지거든." 짐작건대, 셋이면 소풍 도시락을 열어 샌드위치와 버찌 술을 나눠 마시고 사랑스럽게 서로의 머리를 땋아준 다음 따스한 햇살 아래 다 함께 낮잠에 빠져들 수도 있겠지만, 둘이면 서로의 눈알을 후벼내려 들고도 남을 것이라는 의미인 것 같다.

아버지가 해주는 조언은 늘 자신에게만 딱 들어맞는 것이었고

(당시 아버지는 이혼 후 가능한 한 많은 애인을 사귀며 그들 사이를 아슬아슬 오가는 생활을 하고 있었다), 그런 문제에 대한 아버지의 접근법 역시 대개 실용적이기보다는 모험에 가까웠다. 나는 가끔 아버지가 한번에 여러 명의 여자와 데이트 하는 것을 단지 어려운 일이라는 이유로 꽤 가치 있는 목표로 삼고 있는 것은 아닌지 의심쩍었다. 심지어 여자친구가 너무 많아 감당하기 힘들어 보일 때조차 아버지는 늘 새로운 관계를 찾아다녔다. 내가 그냥 그들 중 한 명과 결혼하면 어떻겠느냐고 물으면 아버지는 회의적인 웃음에 뒤이어 침울한 표정을 지으며 말했다. "소꿉장난이라면 진저리가 난다." 아버지는 마치 일부일처제라는 결혼제도 자체가 정교한 환상 게임이라도 된다는 듯 비관적으로 웅얼거리곤 했다.

가정에 묶이는 대신 아버지가 택한 방법은 키가 큰 여자와 작은 여자, 금발 여자와 갈색 머리 여자, 젊은 여자와 그보다 더 젊은 여자 등 끝없이 새로운 여자친구를 사귀는 것이었다. 언젠가 한번은 큰 데비, 작은 데비, 변호사 데비를 동시에 사귄 적도 있었다. 똑같은 이름을 가진 세 명의 여자친구를 동시에 만나는 것만큼 비효율적인 일이 또 있을까? 심지어 그중 한 명이 논쟁의 달인이기까지 한 경우라면 말이다. 하지만 아버지는 편리함이나 다양성보다는 언제든지 여자친구를 골라 만날 수 있다는 사실에 함축된 자신의 모습을 즐기는 것 같았다. 주체하기 힘들 만큼 많은 여자에 둘러싸여 자신의 육체적인 운명을 개척해 나가는 그런 모습 말이다.

만족을 모르는 정복자 같은 이런 습성이 경계성 반사회적 병증처럼 보일 수도 있겠지만, 1980년대와 1990년대를 이혼한 독신남으로서 영광스럽게 보낸 아버지의 이성 정복 방법은 억지스럽기는 해도 아주 말이 안 되지는 않았다. 오래전 이미 마르크스를 버리고 밀턴 프리드먼을 택한 경제학자였던 아버지는 걸핏하면 영화 〈월 스트리트〉에서 주인공 '고든 게코'가 말한 "탐욕은 좋은 것이다Greed is good"라는 말을 인용했다. 본인의 핵심 가치관과 같으면서도 자신의 표현보다는 덜 이기적으로 들리는 이런 훌륭한 금언은 금융계 밖으로 확대 적용해야 마땅하다는 것을 은연중에 암시하는 어조였다.

내가 보기에 아버지가 진짜 하고 싶었던 말은 이거였을 것이다. "원한다면 세상은 물론이거니와 세상에 있는 모든 것을 다 가질 수 있어. 무엇이든, 누구든 다 만만한 사냥감이지. 오직 수요와 공급의 법칙만이 있을 뿐."

✳ ✳ ✳

아버지의 이런 중심 철학은 불공평한 현실 세계에 적용되어 오늘날 대중문화 전반에서 반복적으로 나타난다. 수십 년 전에 비하면 '탐욕' 자체는 덜 노골적으로 받아들여지는 데 반해, 아버지가 사랑과

정욕의 영역으로 확대한 그 탐욕스러운 시장 원리는 이제 미치지 않는 곳이 없다. 우리는 트위터와 페이스북에서 친구와 동료를 쇼핑하고, 소개팅 앱 '틴더'에서 짝을 구하며, 그밖에 필요한 모든 물건은 아마존에서 주문한다.

열린 관계*가 점점 널리 퍼져나가는 현상이 사회가 점점 더 진보해 가는 증거라고 한다면, 항상 모든 것이 과도하게 이루어지는 시장 체계를 애정 생활에 적용하는 우리의 방식 또한 그 증거라고 볼 수 있다. 서비스의 모든 단계에는 언제나 그보다 높은 단계의 서비스가 존재한다. 모든 상품에는 더 업그레이드된 상품이 존재한다. 모든 명품에는 그보다 훨씬 더 사치스러운 뭔가가 저 밖 어딘가에 존재한다.

더 끌리는 것, 더 나은 것, 더 많은 것을 상상하라는 권유는 이제 필요 없다. 어떤 사람이나 장소, 사물 그 자체에서 이미 그보다 더 낫고 아름답고 유혹적인 버전을 떠올리기 때문이다. 우리는 시장이 주도하는 사고방식에 매몰된 나머지 '더 많음'과 '더 나음'의 맥락을 벗어나서는 어떤 경험도 할 수 없다. 사물을 있는 그대로 받아들이지 못하는 것이다. 우리는 바로 지금 여기에서 자신이 소유하고 있는 것에 익숙해지기도 전에 더 나은 것을 찾기 시작한다.

• 사귀는 동안 서로의 동의하에 다른 사람과의 만남이 허용되는 관계.

이런 상태를 극단적으로 보여주는 이야기가 매튜 웨이너의 〈매드맨〉이다. 눈부시고 재기 넘치며 향수를 자극하는 이 드라마는, 감정적이면서도 소름 끼치는 이야기 전개로 2007년부터 2015년까지 유행에 밝은 도시민들의 상상력을 사로잡았다. 이 드라마의 주인공인 돈 드레이퍼는 똑똑하고 거만한 남성성을 드러냄으로써 일종의 미국적 우상을 제안하면서 우리의 관심을 불러일으킨다. 그는 가정생활에 대한 불만과 고도로 발달한 자본주의라는 동화의 화신으로서, 아메리칸 드림이 유발하는 기쁨과 위험을 상징한다.

배우 존 햄은 갈등과 죄책감에 시달리는 드레이퍼의 취약한 부분을 절묘하게 표현했다. 하지만 그의 진짜 재능은 중년의 광고인에게서 느낄 수 있는 번지르르한 겉모습과 오만방자함을 너무나 자연스럽게 연기한 데 있다. 또한 드레이퍼는 때때로 파괴적인 충동을 억제하지 못하는 식민지 정착민의 모습에서부터 무지막지한 정복을 이뤄낸 개척 시대 남자의 모습, 대담하고 난폭하게 자기 신격화를 이뤄낸 대호황 시대 남자의 모습에 이르기까지 미국 역사상 수백 년에 걸쳐 무수히 많았을 자수성가한 남자들의 얼굴을 포착해 냈다.

또한 1960년대라는 시대 설정에도 불구하고 드레이퍼는 종종 되살아나는 이들의 전형적인 모습을 그야말로 이전 세기의 형태로 변형해서 보여줌으로써, 1980년대와 1990년대 무절제의 결과로서 우리의 뼛속 깊이 자리 잡은 자의식을 드러냈다. 능수능란한 처신으로 계급의 사다리를 올라갔음에도 드레이퍼는 자신이 쌓아 올린 막대한 재산을 부끄럽게 생각했는데, 대부분 자력이 아닌 남의 희생으로 얻은 것이기 때문이었다.

강탈의 대가에 대한 그의 깨달음은 《위대한 개츠비》의 주인공 제이 개츠비조차 부끄럽게 만들 정도다. F. 스콧 피츠제럴드의 소설 속 화자인 닉 캐러웨이가 개츠비에 대해 말하는 부분을 보면 마치 돈 드레이퍼를 묘사하는 것 같다. "만약 인간의 개성이라는 게 일련의 연속된 성공적인 몸짓이라면 그에게는 정말 멋진 개성이 있었는데, 바로 삶의 가능성에 고도로 민감하게 반응하는 감각이지. 그는 마치 1만 5천 킬로미터 밖에서 일어나는 지진을 감지하는 정교한 지진계와 연결되어 있기라도 한 것 같았어."

이 민감성이야말로 돈 드레이퍼가 그토록 다른 사람들을 꼼짝 못 하게 만든 이유 중 하나다. 눈에 보이는 모든 것을 자기중심적으로 강탈하는 중에도 그는 여전히 삶의 가능성에 민감했던 것만큼 삶의 공포에도 민감했다. 드레이퍼의 중심부에 깊숙이 자리한 영웅답지 못한 신경과민은 비교적 덜 부각된 부분이지만 〈매드맨〉을 그토록 중독성 있는 드라마로 만드는 데 큰 역할을 했다. 왜냐하면 스파클링 칵테일과 재즈, 끝없이 펼쳐진 티끌 하나 없이 새하얀 카펫 등 흠잡을 데 없는 배경에도 불구하고, 우리의 잘생긴 주인공은 자신에 대한 믿음이 없을 뿐만 아니라 진정한 만족감을 느낀 적도 없기 때문이다. 그는 사기를 치지 않고 있을 때도 사기 칠 꿈을 꾸었다. 하지만 신분이 상승해도 그로 인한 기쁨은 점점 줄어들었다. 드레이퍼를 둘러싼 배경(멋진 사무실과 막대한 재산, 수많은 여자)의 아름다움과 풍요로움이 점점 더해갈수록 이런 것들에서 그가 느끼는 만족감은 줄어들었다.

유혹이든, 고용이든, 심지어 결혼이든, 무엇을 하든 돈 드레이퍼는 상대에게 별로 관심이 없다. 하지만 상대는 자신도 모르게 그에게 넋이 빠져버리고 만다. 이것이 〈매드맨〉이라는 관람 스포츠의 정체다. 손에 넣을 수 없는 이탈리아 디자이너 가구를 바라보고 있는 상태와 비슷하다. 드레이퍼는 3천 달러짜리 분홍색 벨벳 의자나 마찬가지다. 비싸기만 하고 편하지 않다. 하지만 우리는 거기에서 눈을 뗄 수 없다. 결코 우리를 행복하게 해주지 못한다는 사실을 알면서도 희망을 버리고 싶지 않다.

드레이퍼는 무뚝뚝하고 오만한 성격을 매력적으로 보이게 만드는 재주가 있다. 또, 우울함의 매력에 비하면 행복이란 얼마나 과대평가된 것인지를 태도로 보여준다. 안내 직원이든 아내든 동료든, 여자가 자신을 거부하거나 완전히 무시하면 그는 그녀를 갖고야 말겠다는 욕망으로 더욱 집착한다. 비서였다가 아내가 된 메건이 자신보다 더 유능함을 보이자 그는 대놓고 우쭐한다. 하지만 그녀가 자신의 꿈에 대해 고민하거나 그와 상관없는 진로를 택하는 등 드레이퍼 자신의 과장된 정체성을 충분히 돋보여 주지 못하자 그의 얼굴은 시무룩해진다.

돈 드레이퍼는 우리, 즉 시청자를 즐겁게 해주는 사치품이다. 하지만 그의 가치는 그가 우리에게 보이는 무관심과 불만족에 달려 있다. 우리는 자신에게 말한다. "아마도 난 그에게 부족한 것 같아." 그리고 이렇게 생각한다. '어쩌면 지금보다 더 많은 것이 필요할지도 몰라. 이렇게 멋진 뭔가를 손에 넣을 수만 있다면 더 나은 걸 가질 수도 있다는 의미겠지.'

〈매드맨〉 시즌 5에서는 돈 드레이퍼가 최선을 다해 신혼 생활을 꾸려가는 동안 다른 인물들은 사기를 치고 따분하기만 한 의무를 저버리며 일중독에 빠지고 추한 비밀을 갖는 등 예전의 드레이퍼처럼 행동하기 시작한다. 하지만 이들 대다수는 자신들이 그것을 누릴 자격이 있음을 부단히도 드러내려 하지만 마치 토라진 아이처럼 돌연 그만둔다. 어떻게 된 일인지 모두 가졌으면서도 더 많은 것을 원하는 끔찍한 상태를 상기시키는 인물은 드레이퍼뿐이다. 그는 실제의 삶보다 역할 놀이를 선호했고 진실한 욕구와 인간애를 가진 다른 이들에게 분개했다. 그의 사업 파트너 로저 스털링이 메건의 매력에 대해 언급한 것에서도 알 수 있다. "그녀는 정말 대단한 여자야. 여자들은 다 대단하지. 적어도 뭔가를 원하기 전까지는 말이야."

✳ ✳ ✳

이런 이야기는 또 있다. 바로 으스스하고 좀 더 퇴폐적이며 전 세계에서 1억 부 이상 판매되며 훨씬 더 많은 인기를 누린 《그레이의 50가지 그림자Fifty Shades of Grey》 3부작이다. 이 책은 아직 성 경험이 없는 대학 졸업반 아나스타샤 스틸과 잘생긴 백만장자 CEO 크리스천 그레이의 막 싹트기 시작하는 관계를 좇는다.

만남 초기에, 그레이는 아나스타샤에게 지배-순종 관계에 합의할 것을 강요하며 장황한 계약서에 서명할 것을 요구한다. 그 계약서에는 그녀가 견뎌야 할 처벌의 형태(그녀는 가죽 채찍은 허용하나 매질은 거부한다)부터 앞으로 해야 할 운동량(최소 일주일에 4시간)에 이르는 모든 것이 구체적으로 적혀 있다. 아나스타샤는 그의 재력과 외모, 심지어 지배 성향에 끌리지만, 계약서에 서명하는 것은 꺼린다. 그녀는 "고통의 붉은 방"이라 부르는 곳에서 가학·피학 성 관계에 사용되는 기구를 보고 충격을 받고, 자신에게는 절대 손대지 말라는 크리스천의 요구가 기이하다고 생각한다. 다시 말해, 크리스천 그레이는 헬리콥터와 차가운 화이트 와인, 줄담배와 버번 위스키, 일중독이 일상이라는 점에서 〈매드맨〉의 돈 드레이퍼와 같다.

후기 자본주의적 동화가 성적 공상의 기능도 겸하는 것은 전혀 새로운 일이 아니다. 일례로 〈인어공주〉에서는 순진한 인어가 왕자의 마음을 얻기 위해 자신의 본질적 자아를 교묘하게 위장하고 목소리마저 내놓는다. 또 다른 예로 영화 〈귀여운 여인Pretty Woman〉에서는 순수한 마음을 지닌 매춘부가 행복한 결말을 스스로 제안함으로써 그에 이르는 길을 찾아간다. 또는 영화 〈워킹 걸Working Girl〉에서처럼 돈이 될 만한 아이디어로 성공에 이르는 대담한 비서도 있다.

《그레이의 50가지 그림자》는 여성이 교활한 농간을 부려 신분 상승에 이르는 유서 깊은 이야기 구조를 따르지만, 전위적인 현대 연애소설로 아주 영리하게 위장했다. 이 시리즈가 복잡한 가학·피학성애의 세계를 효과적으로 포착해서 표현했다는 점은 일단 생각하지 말자. 이 시리즈의 팬들은 이 작품이 평범한 여성들을 위해 포르노그래피를 재창조함으로써 (그리고 그들에게 가죽 말채찍으로 엉덩이를 심하게 내리치는, 타의 추종을 불허할 만큼 짜릿한 행위를 알려줌으로써) 여성의 욕망을 해방시켜 준 공이 있다고 주장할 수도 있다. 하지만 아나스타샤 스틸과 크리스천 그레이의 이야기는 — 주인공들의 이름이 충분히 할리퀸 로맨스를 떠올릴 법하기는 하지만 — 사실 지배나 구속에 대한 것은 아니며 심지어 성sex이나 사랑에 대한 것도 아니다.

오히려 《그레이의 50가지 그림자》가 그리고 있는 것은 후기 자본주의적 해방, 즉 미국적 몽정이라는 환상이다. 사실상 《펜트하우스》와 《플레이보이》, 《시크》, 《위Oui》 같은 잡지들이 성적인 도락의 순간들을 마침내 초윤리적 특권층으로 진입했음을 상징하는 궁극적인 장면과 동일시해온 것처럼, 이 시리즈는 상품화된 섹스 장르의 최신판을 대표한다. 크리스천 그레이가 사정하는 순간이 그렇다. 바로 그 순간, 우리의 여주인공은 자신이 1퍼센트만 들어갈 수 있는 신의 영역 안으로 완전히 들어섰음을 깨닫는다.

《그레이의 50가지 그림자》는 확실히 성적 숭고함에 초점을 둔 작품은 아니다. 사실 섹스는 이 소설에 등장하는 수없이 많은, 단조로울 정도로 외설적인 장면의 3분의 1 또는 4분의 1 정도에서 쓸데없이 반복되는 행위에 불과하다. 희롱의 시작은 매번 똑같은 유혹의 몸짓이다. 순진무구한 대학 졸업생 아나스타샤와 멋진 거물 자산가 크리스천은 패밀리 레스토랑의 서빙 직원처럼 하나 마나 한 말을 있는 대로 동원해 서로에게 자신의 욕망을 표현한다. "이야기는 충분히 할 만큼 한 것 같군. 이제 안으로 들어가서 발가벗겨 주지" 등 어색하게 시작된 첫 대화는 "블루밍 어니언*부터 드시겠습니까?"처럼 노골적이다.

더 받아들이기 힘든 것은 눈에 띄는 충격 효과가 전혀 없는데도 불구하고 "이런!", "아니, 그레이 부인, 입이 정말 정말 더러우시군요!", "당신이야말로 만족을 모르고 너무 뻔뻔하시네요" 같은 순진한 체하는 반응을 지치지도 않고 반복한다는 점이다. 독자의 기대는

• 꽃 모양으로 튀긴 양파 요리.

그레이가 다소 강압적인 명령("여기 서!" "벗어!" "숙여!" "다리 벌려!")을 내릴 때 그 어느 때보다 높아진다. 독자들은 언뜻 부끄러워하면서도 뭔가 색다른 섹스 장면을 기대한다. 하지만 그런 행운은 오지 않는다. 여기에서는 눈가리개를, 저기에서는 버트 플러그를 주고받던 손이 저기에서도 같은 방식으로 같은 곳을 더듬고 같은 반응을 얻는다.

아나스타샤와 크리스천은 '함께 절정에 다다르기'를 열대여섯 번 정도 한 후에는 마치 처음 만난 사람들처럼 지루하기 짝이 없는 똑같은 잡담을 끊임없이 반복하며 기억상실증 환자 흉내를 내기 시작한다. 3부작 중 세 번째 책에 이르면, 크리스천의 입에서 나오는 말("완전히 젖었군, 아나스타샤")은 그의 연인에게서 여전히 과열된 반응("오오, 이런!")을 불러일으키지만, 독자들은 아마도 "제발 새로운 걸 좀 섞어보라고!"라며 씩씩거릴지도 모른다.

물론 둘 사이의 성관계가 이 책에서 가장 중요한 이벤트는 아니다. 끝없는 손장난과 벗겨진 콘돔 포장지, 점점 빨라지는 리듬은 진정한 절정의 순간을 위한 전희에 불과하다. 그리고 그 절정의 순간에 아나스타샤는 자신이 극히 일부 엘리트 계층이 즐기는 흔치 않은 송아지고기 요리를 위해 평범한 중산층의 삶을 버릴 운명임을 깨닫는다. 그때까지 아나스타샤는 마치 데이팅 프로그램 〈배첼러〉의 기절할 듯 황홀해하는 여자 출연자들처럼 짜릿한 헬리콥터 비행과 글라이더 체험을 즐기고, 호화로운 스포츠카를 타고 당당하게 질주하며,

선체 두 개를 연결한 날쌘 쌍동선을 타고 바람을 맞으며 항해한다.

아나스타샤는 크리스천의 으리으리한 사무실과 그곳에 자리한 사암 책상, 흰색 가죽 의자, 그리고 거기에 앉았을 때 보이는 기막힌 전망에 숨이 턱 막힌다. 널찍한 데다 티 하나 없이 깔끔한 그의 펜트하우스, 그리고 값비싼 가구들로 채워진 많은 방에 말을 잇지 못한다. 아나스타샤는 분홍색 샴페인 볼랭저와 구운 농어 요리를 대접받는다. 우아한 힐과 화려한 드레스, 유명 디자이너 브랜드 속옷이 가득한 새 옷장도 제공된다. 다이아몬드 장신구와 꽃, 그리고 그녀만을 위한 신형 고급 자동차도 아낌없이 주어진다.

곧 까르띠에와 크리스털, 오메가, 아이패드, 아이팟, 아우디, 구찌 같은 명품 브랜드가 정신이 혼미해질 정도로 나열되면서, 끝없이 비틀리는 젖꼭지와 반복해서 결박당하는 손목만큼이나 무덤덤하게 느껴지기 시작한다. 기묘하게도 (하지만 전혀 놀랍지 않게도) 신분 상승을 상징하는 이런 물건에 대한 우리 여주인공의 반응은 성적인 반응을 보일 때와 다름없이 열광적이다. "오, 이런!" "바로 이거야." "젠장, 너무 좋잖아!" 게다가 각 물건의 뛰어난 품질과 어마어마한 가격은 아주 자세히 묘사된다.

남성 중심의 외설물이 성적 매력에 대해 특히 어설프고 유치한 관념을 표하듯이, 《그레이의 50가지 그림자》에서 제시되는 호화로움의 관념 역시 눈에 띄게 미숙하다. 드라마 〈다이너스티Dynasty〉의

호사스럽고 고상한 체하는 부유함의 업데이트 버전이라도 되는 것처럼 추상미술 작품과 짙은 목재, 가죽으로 꾸며진 크리스천의 펜트하우스는 거대한 꽃장식과 하얀 대리석 바닥, 그리고 만화에서나 볼 수 있는 완벽한 차림의 집사의 모습을 입주 직원의 형태로 현대적으로 재현해 놓은 것 같다. 주위를 둘러싼 것들 중 그 어느 것도 크리스천과 관련이 있거나 크리스천만의 취향을 드러내주는 것 같지 않다. 오히려 어떤 이유에서인지 E. L. 제임스가 혐오보다는 숭배로 접근한 듯, 부유함에 대해 한정된 심미적 특질만을 보여줄 뿐이다.

아나스타샤는 세계 최고의 호텔들을 순회할 뿐 그 이상도 이하도 아니다. 부유한 생활방식을 향한 이 강박적인 관음증이 주인공이 일상적으로 방문하는 욕실까지 침범하기 시작할 때쯤에는("욕실은 전부 더할 나위 없이 현대적인 디자인으로 이루어져 있었다. 짙은 색의 목재와 검은색 화강암을 사용했고, 전략적으로 배치된 할로겐램프에서는 눈부신 빛이 쏟아져 내리고 있었다"), 상류계급을 숭배하고 그것을 제멋대로 표현하는 저자의 묘사가 기괴하게 느껴지기 시작한다.

이런 군침 흐르는 소비생활을 배경으로 드디어 아나스타샤의 완전한 인생 역전이 형태를 갖춘다. 막 대학을 졸업한 그녀는 몇 주 만에 비서에서 편집자 자리로 승진한다. 크리스천이 친절하게도 그녀가 일하는 출판사를 인수한 덕분이다. 아나스타샤의 상사가 그녀를 괴롭히고 성적으로 희롱하자 크리스천은 그를 해고하고 아나스타샤를 그 자리에 앉힌다. 물론 이런 기이한 재력 과시에 아나스타샤는 가볍게 저항하지만 그저 쇼에 지나지 않는다. 그 안에 담긴 메시지는 백마 탄 왕자님이 갑자기 나타나 최하층 계급으로서 수치를 겪고 있던 그녀를 구했다는 것이다. 그것으로도 충분하지 않았는지 3권인 《50개의 그림자, 해방Fifty Shades Freed》에서 크리스천은 아예 그 출판사를 새 신부에게 결혼 선물로 주겠다고 선언한다. 이렇게 그녀는 배우자에게 증여받는 방식으로 수월하게 직업적 성공을 이룬다.

이 고도의 자본주의 동화에서 돈으로 사지 못하는 것은 아무것도 없다. 존경이든, 위엄이든, 정치적 정당성이든 뭐든 돈으로 다 해결된다. 크리스천은 광활한 퓨젓사운드Puget Sound*가 보이는 으리으리한 지중해풍 저택으로 아나스타샤를 데리고 가 그곳을 부수고 둘만을 위한 집을 짓고 싶다고 말한다. 그때 아나스타샤가 멈칫하며 묻는다. "왜 허물려는 거예요?" 크리스천이 대답한다. "최신식 친환경 기술을 이용해 더 오래 지속 가능한 집을 짓고 싶어서." 그가 말하는 친환경이란 선택 가능한 또 하나의 규정된 생활방식 가운데 하나에 불과할 뿐만 아니라, 친환경이라는 고상한 취향을 핑계로 흠잡을 데 없이 훌륭한 집을 부수어버리겠다는 지나친 욕망에 대한 변명에 지나지 않는다.

• 미국 워싱턴주 북서부에 있는 만.

하지만 자원의 낭비라는 측면에서 볼 때 현실에서 24시간 내내 수족처럼 움직이는 관대한 인간들만큼 사치스러운 존재는 없을 것이다. 아마도 이 때문에 《그레이의 50개의 그림자》 3부작이 여러 쪽을 할애해 이 특권층 커플과 그들이 부리는 고용인들 사이의 사소한 대화를 상세히 기술하고 있는지도 모른다.

"이건 볼로네이즈 소스예요. 언제든 먹을 수 있는 거니까 얼려놓을게요." 요리사 존스 부인이 따뜻한 미소를 지으며 불 온도를 낮췄다.

일단 비행기가 순항고도에 오르자 승무원인 나탈리아가 샴페인과 결혼 만찬을 준비해 주었다. 그야말로 진수성찬이었다. 구운 연어에 이어 구운 메추리, 껍질 콩 샐러드와 감자 그라탱 등이 유능한 나탈리아의 손에 조리되어 제공되었다.

웨이터가 샴페인을 가지고 돌아와서는 절제된 손놀림으로 마개를 땄다.

경호원 소여가 뜨거운 물이 담긴 종이컵과 티백 하나를 들고 돌아왔다. 그는 내가 차를 어떻게 마시는지 알고 있었다!

경호원 테일러가 차 문을 열어주었다. 나는 미끄러지듯 빠져나왔다. 테일러가 삼촌처럼 따뜻한 미소를 지었다. 안전하다는 느낌이 들었다. 나도 그에게 미소를 지어주었다.

영국 드라마 〈다운튼 애비Downton Abbey〉에 나오는 대부분의 충직하고 헌신적인 망명자들처럼, 이 3부작에 등장하는 요리사와 운전기사, 경호원과 그 부하들은 하나같이 크리스천과 아나스타샤 앞에서 예의 바르고 순종적인 태도를 보인다. 사려 깊은 움직임과 몸짓, 건조한 말투와 시의적절한 퇴장은 매번 서비스 경제의 극치를 환상적으로 재현한다. 계속해서 감탄하게 만드는 편재성과 전문성을 갖추고 있지만 언제든 교체 가능한 이 얼굴 없는 인간들은 그 자체로 사치스러운 소유물이다.

그들은 따뜻하지만 무표정하고, 친근하지만 말을 많이 하지 않으며, 어디에나 있지만 눈에 보이지 않는다. 논쟁을 벌이지도, 원한을 품지도, 눈알을 굴리지도, 결근을 하지도 않는다. 그림자 같은 이 인물들에게는 주인인 그레이와 그의 아내를 보필하는 것이 무엇보다 만족스러운 일인 것 같다. 그레이 부부가 사들이는 고급 시계와 자동차, 팔찌가 쌓여가는 것처럼, 이 인물들은 맹목적으로 충성을 바치는 이상적인 집단이 되어 주인 부부에게 과한 권력 의식을 부여한다.

이 모두가 《그레이의 50가지 그림자》 시리즈에 담긴 무언의 우울한 도덕적 가치관을 가리키고 있다. 이 3부작은 극단적인 에로티시즘을 보여줄 뿐만 아니라 사랑 그 자체를 상품화하고 있다. 크리스천과 아나스타샤는 서로에게 무엇보다 소중한 소유물이 된다. "당신은 내 거야." 그들은 서로에게 반복해서 말한다. 영화 〈반지의 제왕〉의 골룸처럼 아나스타샤는 크리스천을 갈망하는 경쟁자들로부터 그를 지켜야 한다고 상상한다. 크리스천 또한 아나스타샤가 회사 상사나 남자친구들과 몇 마디만 나눠도 어쩔 줄 몰라 한다. 심지어 《50개의 그림자, 해방》에서는 클럽에서 코트를 받아주는 직원에게조차 그런 반응을 보인다.

그는 아나스타샤가 자신의 가장 귀한 사치품이고 그래서 경호원이 빈틈없이 지키고 있다는 점을 우리가 완전히 받아들이지 못할 경우에 대비해 자세히 설명하기까지 한다. "아나, 당신은 나한테 정말 소중해. 나한테는 귀중한 자산이고 내 아이나 마찬가지야." 크리스천이 보기에는 세상의 모든 남자가 아나스타샤를 원한다. 아나스타샤가 보기에는 세상의 모든 여자가 크리스천을 원한다. 시장 논리에 따르자면 두 사람 모두 각자 원하는 수요가 있어야 하고, 흔하지 않아야 하며, 탐내는 사람이 아주 많아야 한다.

현실 세계에서라면 이런 심한 소유욕은 양측 모두에게 큰 문제를 일으킬 가능성이 크다. 하지만 《그레이의 50가지 그림자》라는 환상의 세계에서는 이들의 병적 증상이 일종의 특별한 도락으로, 그리고 반신반인처럼 보통 인간의 영역을 넘어서는 두 우월한 인간들의 감각을 고조하는 방식으로 제시된다. 완전한 소유와 완전한 권력에 이르기 위해 공을 들여 천천히 이루어지는 유혹은 1권에서는 도망쳐야 할 어둠으로 묘사되고 있지만 2권과 3권에 이르면 점점 고조되는 숨 가쁨과 흠모의 시선으로 바뀐다.

누드 잡지의 무법적 특권을 상기시키는 크리스천(그리고 나중에는 아나스타샤)에게서 풍기는 이른바 통제광적 면모는 부유층이 법보다 위에 있을 뿐만 아니라 평범한 도덕적 기준 밖에 존재한다는 사실을 보여준다. 이는 《그레이의 50가지 그림자》의 전신이면서 더 충격적인 브렛 이스턴 엘리스의 책 《아메리칸 사이코American Psycho》의 도덕률이기도 하다. 이 작품은 고도의 소비 자본주의와 무심하게 이루어지는 신체 결박 성관계의 결합을 다소 무기력하게 탐구한다는 점에서 훨씬 자각적이다. 주인공이 연쇄 살인범으로 묘사된다는 점이 의미심장하면서도 묘하게 현실적이다.

주위의 모든 사람을 포함해 자신의 경험 하나하나까지 완벽하게 통제한다는 것은 '소외'의 교과서적 정의와도 일맥상통한다. 간단히 말해 한 인간이 타인과 그리고 자기 자신의 인간성과 완전히 단절되어 있다는 것이다. 짓궂게도, 《그레이의 50가지 그림자》에서 이런 철저한 고립은 품위를 떨어트리는 요소라기보다는 탁월함을 드러내는 요소로 그려진다. 상품화를 향한 끝없는 의지로 무장한 우리의 화자

는 뭐가 되었든(물건이든, 사람이든, 갖고 싶은 자질이든) 돈만 있으면
세상의 모든 것을 손에 넣을 수 있음을 깨닫는다. 그리고 소유물의
자질은 그 주인에게 더 큰 영예가 된다. 괴테의 《파우스트》에서 메피
스토펠레스도 이렇게 언급하지 않았던가. "만일 내가 종마 여섯 마
리의 값을 치를 수 있다면 그 녀석들의 힘은 내 재산이 되는 것 아니
겠소? 그러니 나는 정정당당한 주인으로서 녀석들의 다리가 내 것인
양 신나게 달릴 수 있겠지요."

이런 부주의한 과소비 심리를 셰익스피어는 《줄리어스 시저》에
서 아주 잘 포착했는데, 브루투스가 친구와 함께 경쟁 상대에 대해
말하는 장면이 바로 그것이다. "권력의 남용은 권력을 믿고 자비심
을 저버릴 때 생기는 법이라네." 연인의 분별없는 특권 의식을 공유
하기 전까지 값을 매길 수 없는 물품 공세를 받던 아나스타샤는 이를
약간 다르게 표현했다. "아무래도 절제할 필요가 있겠어."

✳ ✳ ✳

《그레이의 50가지 그림자》는 〈매드맨〉에서 볼 수 있었던 성적
자극과 끝없는 소비를 선보이며 점점 지루하게 전개된다. 두 작품 모
두 개츠비처럼 아메리칸 드림의 전형이면서 외모도 훌륭한 남자가
등장한다. 크리스천과 돈 드레이퍼는 통제 욕구 문제와 어두운 과

거를 갖고 있으며, 그들이 과연 진정한 친밀감과 연약함, 사랑을 느낄 수 있을지의 여부는 처음부터 열린 질문으로 제시된다. 그렇지만 《그레이의 50가지 그림자》는 계속 머릿속을 어지럽히는 이 모든 질문에 반짝반짝 빛나는 깔끔한 해피엔딩으로 응답한다.

드레이퍼에게 그랬던 것처럼, 우리는 크리스천 그레이의 과묵함과 미성숙함, 폐쇄적인 성격에 당황하면서도 흥미를 느낀다. 하지만 결정적인 것은, 그레이는 아나스타샤에게 말 그대로 끝없이 헌신적인 모습을 보인다는 점이다. 이는 남을 속이고 자기 일에 강박을 보이며 모든 걸 잊기 위해 술에 취하는 드레이퍼와는 다르다. 그레이는 보통의 아빠와 슈퍼 악당, 바람둥이, 영화 〈월 스트리트〉의 악랄한 투자가 고든 게코를 모두 뒤섞어 놓은 것 같은 인물이다. 여기서 무엇을 더 바랄 수 있겠는가?

드레이퍼와 그레이의 이야기는 영혼의 진정한 척도를 제시하며, 유리 구두를 꽉 움켜쥔 누더기 소녀에게 도덕적 부담을 지우는 신데렐라 동화의 역전을 보여준다. 〈매드맨〉의 긴장감은 여자 주인공이 (그리고 결국에는 드레이퍼 역시) 무한한 돈과 권력, 외모의 매력에 사로잡힐지, 아니면 자신을 지탱해 줄 뭔가 더 깊이 있고 실질적인 것을 애써 찾을지를 묻는 데 있다. 반면 비슷하게 시작되는《그레이의 50가지 그림자》시리즈에서는 더 많은 것을 원하는 그 끝없는 욕망이 어찌 된 일인지 스릴 넘치는 일련의 사건들을 거치면서 변치 않는 깊은 사랑으로 바뀌는 환상의 세계가 펼쳐진다. "그 사람은 내 거야." 아나스타샤는 반복해서 되뇐다. 이는 그녀의 종교이자 우리의 종교다. 우리는 이 고급스러운 남자와 고급스러운 그의 세계를 그녀가 소유하게 된 것, 그리고 그 자신이 고급 소유물의 지위에 올랐다는 것이 깊은 만족감의 무한한 원천임을 믿게 된다.

이런 믿음 체계의 흔적은 우리 주변의 자기 신격화 충동에서도 찾아볼 수 있다. 조잡하게 금칠을 한 화려한 트럼프 타워 앞에서 좀 피곤해 보이기는 하지만 더할 나위 없이 매력적인 값비싼 타국 출신 배우자와 함께 찍은 사진을 통해, 도널드 트럼프는 자신이 아메리칸 드림을 대표하는 최고의 인물이라는 사실을 반복해서 상기시킨다.

이 제국의 지도자는 큰 이슈가 될 만한 대단한 것들만 직접 시찰한다. 그의 주위에는 자칭 '양질'인 사람들만 있다. 그의 1인칭 시점 신화에 따르면, 무엇을 하든 그는 이길 수밖에 없다. 그리고 이 의견에 동의하지 않는 이는 패배자들뿐이다. 하지만 그의 얼굴은 다른 이야기를 들려준다. 오렌지색으로 스프레이 태닝한 이마의 주름 사이사이에서 우리는 이 도를 넘는 호화로움과 무한한 권력 이야기 속에 숨겨진 도덕률을 발견한다. 분별없이 과도한 축재에 만족이란 없다. 많이 가질수록 더 많이 원하게 된다. 충분한 것은 절대 없다.

알랭 드 보통은 《불안Status Anxiety》에서 이렇게 적고 있다. "사치의 역사는 탐욕에 대한 이야기라기보다는 정서적 상처의 기록으로 읽는 편이 더욱 정확할 것이다." 뒤이어 나오는 문장은 드레이퍼와 그레이, 트럼프를 한 방에 효율적으로 압축해서 설명해 준다. "이는 타인의 멸시에 압박을 느낀 나머지 텅 빈 선반에 뭔가 멋진 것들을 늘어놓아 자신들 역시 사랑을 요구할 권리가 있음을 보여주려고 했던 이들의 유산이다." 이런 방법으로 얻는 것이 무엇이든(사랑이든 욕망이든 안전이든 또는 3천 달러짜리 이탈리아제 시계나 당신이 눈길을 돌릴 때마다 얼굴을 찌푸리는 아주 멋진 아내든), 그것은 아주 제한된 기쁨만을 되돌려 줄 뿐이다.

그러므로 만족을 모르는 우리의 주인공들은 어쩔 수 없이 새로운 해결책을 구축할 수밖에 없다. 〈매드맨〉 같은 이야기에 담긴 아름다움과 그 궁극적 가치는 ― 그 속에서 반복적으로 강조되는 ― 더 많은 것을 얻기 위한 질주를 그만두지 않는 한 행복도 평화도 결코 없으리라는 메시지에 있다. 마찬가지로, 《그레이의 50가지 그림자》의 위험성은 (그리고 트럼프 브랜드의 중심에 자리한 이기적인 신화의 위험성은) 그것이 보여주는 환상의 중심에 자리한 병적인 측면을 인지하지 못한다는 데 있다.

철학자 앨런 왓츠가 《책을 위한 책The Book》에서 말했듯이, "게임의 승패가 정해지면 우리는 그것을 그만두고 다른 게임을 시작한다". 돈 드레이퍼가 다우Dow사의 몇몇 경영진에게 말하는 장면에 이 과정이 요약되어 있다. "현재로는 성공했으니 행복하지요. 하지만 행복이 뭘까요? 행복은 그저 더 큰 행복이 필요해지기 직전의 순간일 뿐입니다." 이런 정서는 《위대한 개츠비》의 중심에 자리한 어둠을 상기시킨다. 이 작품에서 피츠제럴드는 야망은 대부분 신기루, 즉 "해가 갈수록 우리 앞에서 희미해져 가는 방탕한 미래"에 몰두함으로써 촉발됨을 분명히 밝히고 있다.

우리 시대에 가장 눈에 띄는 러브스토리가 부에 대해, 그리고 환경에서 비롯된 불안에 대해 교훈을 주는 기능을 할 때, 우리는 우리의 문화적 DNA에 암호처럼 각인된 어떤 본질적인 병증이 있지는 않은지 의문을 가져야 한다. 사람은 자신의 위상이 소수의 상류층 또는 신격화된 인간에 이를수록 더 큰 보상과 만족을 원한다. 이것이 바로 가질 수 없기에 더 가치 있는 목표물, 즉 데이지 뷰캐넌을 개츠비가 목표로 삼은 이유다. 하지만 개츠비는 결국 자신의 자아 창조 능력에 압도당하고 만다. 드레이퍼가 그랬듯이 하찮은 존재, 즉 타인의 행복을 위한 그림자가 되어버리는 것이다.

이런 환상은 우리의 혈류 속에도 흐르고 있다. 이상적인 삶은 기분 좋은 자극이 계속해서 주어지는 삶이다. 절대 끝나지 않는 전희이자 '더 많은' 것과의 끝없는 유희이고 슈퍼 영웅이 등장하는 서스펜스 드라마이자 사치품에 둘러싸여 더 큰 사치를 갈구하는 상태다. 우리의 유령들(그리고 우리의 영웅과도 같고 지도자와도 같은 악당들)은 이런 기분 좋은 자극이 끊이지 않게 하는 재능이 있다. 그들은 영원히 절정에 도달하지 않는 성적 흥분 비슷한 상태에 있는 것처럼 보인다.

하지만 결국 실망할 정도로 정신을 온전히 쏟지 않을 자유, 상실이 두려울 정도로 관계를 깊이 맺지 않을 자유, 늙어 죽는 문제를 걱정할 정도로 살아 있는 느낌을 갖지 않을 자유가 있다. 〈매드맨〉이나 《그레이의 50가지 그림자》, 《위대한 개츠비》, 심지어 현실 속 도널드 트럼프가 대통령이었던 시절에도, 기분 좋은 자극을 지속적으로 느끼는 상태에 있으려면 행복이라든지 진정한 사랑 같은 것은 절대로 화면에 등장하면 안 된다.

나아가 행복이나 사랑 대신 멸시와 자기회의, 두려움이 반복해서 치밀어 오른다. 미성숙한 우리가 젊음과 열망, 흥분과 동일시하는 주체하기 힘들 정도로 불안한 상태를 격발하면서 말이다. 이 사회에서 두렵다는 것은 우리가 어딘가 중요한 곳에 가까이 가고 있다는 의미다. 불안하다는 것은 곧 위대한 것을 성취하게 되리라는 의미다. 또한 탐욕은 좋은 것으로 받아들여진다. 그 덕분에 쉬지 않고 뭔가를 끊임없이 갈구하는 상태에 있을 수 있기 때문이다.

그러니 이 자아도취의 시대에, 그런 식으로 살고자 하는 무의식적 갈망 때문에 우리의 영웅들이 안절부절못하는 것은 지극히 당연하다. 그들이 벌이는 교묘한 환상 게임이 모든 정복자 이야기의 핵심이다. 희미하고 종잡을 수 없는 목표에 주력함으로써 우리는 영원히 뭔가에 홀리는 호사를 누리는 것이다.

생존 판타지

▼

2012년에 나는 매일 밤 타피오카 음료의 비닐을 벗겨 낸 후 대형 텔레비전 앞으로 가 〈베벌리힐스의 진짜 주부들The Real Housewives of Beverly Hills〉을 시청하기 전에 아이들에게 《큰 숲속의 작은 집Little House in the Big Woods》을 한 장chapter씩 읽어주었다. 당시 아이들은 각각 다섯 살, 세 살이었다. 책 전반부에서 아빠는 대부분 숲을 터벅터벅 걸어 다니며 사냥을 한다. 처음에는 사슴을 사냥해서 그 고기를 훈제하고, 다음에는 물고기를 많이 잡아 염장한다. 어느 운

좋은 날에는 돼지를 잡아먹으려던 곰을 발견한다. 아빠는 곰을 총으로 쏴서 집까지 끌고 온다. 돼지는 덤이다. 온 가족이 기뻐한다.

《팬시 낸시Fancy Nancy》나 《올리비아Olivia》(이 책에서는 돼지인 올리비아가 주인공이다) 같은 유형의 그림책이 더 익숙한 우리 아이들은 완전히 푹 빠져서 조용히 귀를 기울였다. 올리비아가 부위별로 잘려 훈제된다거나, 그 꼬리가 돼지비계로 만든 기름에 튀기면 특별한 음식이 된다거나, 올리비아의 오줌통을 공처럼 차고 노는 일은 상상조차 못 할 아이들이었다.

하지만 옥수수 껍질로 만든 인형이라든지 훈제 고기가 주렁주렁 매달린 다락에서 노는 이야기가 나오자, 아이들은 책 속의 로라와 메리를 무척이나 부러워했다. 나는 아이들의 그런 감정을 충분히 이해할 수 있었다. 꼼꼼한 훈제 과정이나 온종일 읍내까지 힘들게 걸어가야 하는 상황, 포식 동물이 나타났을 때 개가 털을 곤두세우고 으르렁거리는 모습 등 당시의 생활상을 자세히 묘사한 저자의 서술 방식에는, 분명 고생스러워 보이는데도 뭔가 마음에 위안과 즐거움을 주는 그런 힘이 있었다. 하기는, 밖에 판다와 곰 그리고 늑대가 도사리는 숲속의 작은 오두막에서 길고 추운 겨우내 훈제 사슴고기와 돼지비계 기름을 넣어 구운 케이크를 조금씩 아껴 먹으며 충실하고 신실한 부모와 옹기종기 사는 꿈을 꿔보지 않은 소녀가 있을까?

로라 잉걸스 와일더가 1932년에 출간한 《큰 숲속의 작은 집》

(《초원의 집Little House On the Prairie》의 전작)처럼 목가적인 이야기를 담은 책이 의외의 즐거움을 주는 이유는 자연과 얽혀 살면서 얻는 깊은 정신적 수혜에 대해 우리가 환상을 품고 있기 때문이다. 그 자연의 모습이 바람에 흔들리는 참나무든, 거대한 눈더미든, 굶주린 포식자의 모습이든 아무 상관없다.

목가적인 내용을 담은 장르는 고대 그리스 시대 이후 계속 존재했지만, 산업 혁명기에 특별한 군중 의식을 형성했다. 당시 시골에서 평화롭게 사는 삶은 도시에서 수치스럽게 살아가는 삶과 날카로운 대조를 이루는 모습으로 묘사되었다. 문학비평가 테리 이글턴은 《가디언》에 이렇게 적기도 했다. "전원생활은 거의 도시 거주자들이 만들어낸 환상이다. 전원에서 살 일이 없는 이들이 만들어낸 신화다." 하지만 《큰 숲속의 작은 집》에는 매우 흥미로운 특징이 있다. 전원적인 시골 마을에서 여유롭게 사는 모습을 예찬하는 것이 아니라, 고된 노동과 끊임없이 닥쳐오는 죽음의 위협을 마치 휴양지에서 놀듯 편안하게 그렸다는 점이다.

어쩌면 내가 현대의 시점에서 보기 때문에 그렇게 보이는지도 모르겠다. 왜냐하면 책에서 엄마와 로라가 커다란 곰에게서 겨우 도망쳐 나오고 읍내에서 돌아온 아빠가 모두에게 바이올린으로 짤막한 곡을 연주해 주는 장면이 끝나면, 우리 두 딸은 아무렇지 않게 플라스틱 장난감의 바다를 성큼성큼 건너 침대로 들어가고 나는 언제나처럼 타피오카 음료의 밀봉을 제거한 다음 TV 앞으로 가서 무심한 말 한마디에 자신이 무시당했다며 눈물을 폭포수처럼 흘려대고 수술로 완전히 새로운 몸을 갖게 된 여자들에게 동화되곤 했기 때문이다. 그로부터 열한 시간 후에는 시리얼 상자를 꺼내 딸들에게 아침 식사를 차려 먹인 후 콘크리트가 깔린 운동장에 데려다주었고, 아이들은 그곳에서 디즈니 공주 인형을 갖고 놀다가 간식 시간에는 싸구려 오레오 과자를 먹었다. 그러는 동안 나는 눈이 몰리도록 컴퓨터 화면을 뚫어지게 들여다보며 이어폰에서 들리는 드럼 소리에 맞춰 골치가 욱신거릴 지경이 되도록 앉아 있곤 했다.

이에 비하면 야생 판다에게 쫓기는 상황은 신선한 느낌이었다. 어쩌면 그래서 이런 갑작스러운 위협이 목가적인 이야기에 꼭 필요한 것인지도 모르겠다. 살아가는 동안 누구도 고통을 피할 수 없다면, 기왕이면 충분히 납득할 만한 이유로 벌어졌으면 좋겠다. 인체공학적으로 만들어진 것 같은데 불편하기만 한 의자나 생각보다 느리게 열리는 아이폰 앱 따위가 아니라.

✻ ✻ ✻

상상으로 만들어내는 고난 가운데 최악은 아마도 세상의 종말일 것이다. 좀 더 낭만적이고 영웅적인 공포와 불안을 느끼고 싶다면,

"이 직업이 서서히 나를 죽이고 있어"로는 어림도 없고 "이 좀비가 나를 산 채로 씹어 먹으려나 봐" 정도는 되어야 한다. 그리고 어떨 때는 세상 종말에 버금가는 뭔가에 의해 현실과 환상을 구분하기가 힘들어지기도 한다.

2012년부터 2014년까지 방영되었던, 요한계시록에 예언된 인류 최후의 전쟁의 풍미가 가득한 대단히 감상적인 드라마 하나를 살펴보자. 바로 NBC 방송국의 지구 종말 드라마 〈레볼루션Revolution〉이다. 조지 오웰이나 J. G. 밸러드의 경고성 작품들과는 달리 〈레볼루션〉은 롤플레잉 게임 '던전 앤 드래곤Dungeons & Dragons'과 여성지 《리얼 심플》 사이 그 어딘가에 자리한 것 같다. 이 드라마는 전 세계의 전기가 끊기면서 시작된다(약간 터무니없지만 모든 배터리와 기름을 연료로 움직이는 자동차들까지 다 멈춘다). 시민들은 기계장치로 움직이는 모든 것을 버린다. 그 대신 칼을 갈거나 식량이 될 만한 작물을 재배하고, 복합적인 무술을 선보이며 싸움에 가담한다. 컴퓨터 기술로 만들어낸 잡초 무성한 도시 풍경은 처음에는 으스스한 모습이었다가 이상하게도 안도감이 드는 모습으로 변해간다. 그러다 도저히 헤어날 방법이 없겠다 싶은 상황에 이르자 갑자기 새들이 하늘을 날고 평화로운 농업 사회가 도래한다.

〈레볼루션〉이 그리는 세상의 종말은 〈헝거 게임Hunger Games〉과 〈다이버전트Divergent〉에서 묘사하고 있는 것과 다르지 않다. 나태함부터 시작해서 나약하고 감상적인 삶의 방식, 지나친 탐닉 등 무수한 현대의 부조리함을 꼬집는다. 영웅들은 사악한 병사들, 그 땅을 위협적으로 돌아다니는 노상강도들과 싸움을 벌이지만 진짜 디스토피아는 디지털 방식에 집착했던 정전 이전의 물질 사회였다. 전 세계적인 재앙이 닥치자, 텔레비전과 아이폰에 홀렸던 아이들은 오히려 부모들이 바랐던 재능 많고 열심히 공부하는 십 대로 변했다.

이 드라마의 아주 신선한 설정은, 다시 자연 선택이라는 잔혹한 법칙을 따르게 되자 세상 부러울 것 없이 부와 명예를 누리던 구글의 경영진들이 매 순간 허리를 굽히고 숨을 헐떡이는 골치 아픈 겁쟁이 신세가 되어버린다는 것이다. 첨단 기술과 무선 조종이 가능한 무기로 대변되던 불평등은 그보다는 평등한 육박전으로 대체된다. 그리고 〈레볼루션〉의 중심인물인 잘생긴 근육질의 십 대 청소년은 민병대에 끌려가 한숨과 불만 속에 고통스러워하며 무기력해지지만, 그보다 강해 보이는 그의 누나는 느슨하게 조직된 반군과 공모하여 지역 민병대를 전복하고 그를 구해낸다.

다소 격하긴 하지만 이런 단순한 삶에 휘몰아치는 동경을 느끼지 않을 사람이 있을까? 등장인물들의 목표는 아주 구체적이다. 도움이나 정보를 찾아 먼 길을 떠난다. 그리고 (오늘날 우리 사회에 만연한 정체 모를 적과는 달리) 곧바로 눈에 띄는 그 지역의 적을 물리친다. 무기와 성조기는 외부의 사악한 세력에게 들키지 않도록 감춰야 한다. 심지어 로맨스도 단순하다. 공동의 적을 향해 쏜 석궁은 윙크하는 이모티콘보다 훨씬 더 분명하게 마음을 표현해 준다.

〈레볼루션〉은 아주 오래 방영되지는 않았지만, 이후 잔혹한 TV 판타지물에 대한 시청자들의 관심이 더욱 커질 조짐을 드러냈다. 2016년에는 〈왕좌의 게임〉이 세계적으로 인기를 휩쓸었고, 〈워킹 데드Walking Dead〉가 〈웨스트월드Westworld〉와 함께 그 뒤를 따랐다. '개인 간 파일 공유'나 '소셜 미디어에서 자주 언급되는 단어' 등을 조사하는 리서치 회사 패럿 애널리틱스의 조사 결과에 따르면, 2016년에 시청자들이 가장 보고 싶어 한 장면은 ①좀비가 환상의 나라를 침범했을 때 권력을 차지하기 위해 인정사정없이 싸우는 폭력배들, ②좀비가 미국을 침범했을 때 식량과 무기, 안전하게 숨을 곳을 찾아 싸우는 폭력배들, ③잔혹한 지배자가 창조한 야만적인 가상세계를 조종하는 로봇들이었다.

간단히 말해, 시청자들이 선호하는 내용의 4분의 3은 가장 무자비한 사람이 살아남는 디스토피아적 환상으로, 중앙집권화된 정부 체제와 대중문화로부터의 극단적인 고립이 특징이다. 그렇게 보자면 〈레볼루션〉은 오히려 시청자들이 진짜 원하는 바를 충족하기에는 암울함이나 섬뜩함이 부족하다. 시청자들은 생존자 무리가 어쩔 수 없이 힘을 합쳐 맹목적인 살인마들을 물리치는 험악한 장면을 갈망한다.

여기가 바로 우리가 로라 잉걸스 와일더의 목가적인 이야기에서 멀어져 강박적인 생존주의에 가닿은 지점이다. 오늘날 사람들이 갈망하는 디스토피아의 영웅들은 평화롭게 공존하는 것이 아니라 어쩔 수 없이 서로 힘겹게 공조한다. 누군가는 늘 당신을 해치거나 제압하려 하고, 누군가는 숨은 의도나 남이 모르는 병 또는 극악한 비밀 계획이 있다. 누군가는 실제로 좀비이거나 로봇이다. 누군가는 지하에 드래곤 두 마리를 갖고 있고 서슴없이 그들을 활용한다. 또 누군가는 가시 철사를 칭칭 감은 야구방망이를 예고 없이 휘두를 수 있다.

좀비를 칼로 저민다거나 '킹스 랜딩''의 광신자들을 하늘 저 멀리 날려버리는 일은 〈레볼루션〉의 진부한 애국심에 비해 훨씬 음울하다는 차이가 있기는 하지만, 현실 도피적인 환상이라는 점에서는 모두가 거의 같다고 할 수 있다. 〈워킹 데드〉에서 온통 지저분해진 모습의 생존자들이 오래된 멋진 농가를 발견하는 장면은 〈루퍼Looper〉와 〈싸인Signs〉을 비롯한 수많은 영화를 연상시킨다. 이 영화들의 공통점은 안전지대의 낭만적인 안락함에 대해 우리가 품고 있는 이상적인 관념을 펼쳐 보여준다는 데 있다. 이런 농가가 아니라면 우리의 영웅들이 힘을 비축하고 자신의 핵심 가치를 다시 주장하기에, 그

• 〈왕좌의 게임〉 속의 도시.

리고 빌어먹을 농부의 딸과 사랑에 빠지기에(도대체 이유를 모르겠다) 더 좋은 곳이 어디겠는가?

하지만 이런 판타지 드라마들이 생존을 위해 인간끼리 실시간으로 얼굴을 맞대고 협력하는 일이 얼마나 위험한지를 아무리 상기시켜도, 어찌 된 셈인지 우리는 거기에 푹 빠져들고 만다. 언뜻 보기에는 현대의 전형적인 참여 수단인 '개인 간 파일 공유'나 '소셜 미디어에서 많이 언급되는 단어'보다 훨씬 어려워 보이는데 말이다. 우리는, 서로 다른 도시에서 온 완전한 타인과 먼지투성이 캔에 담긴 수프를 먹고 옛이야기를 나누다가 다음 침입 때 살아남기 위해 얼굴에 좀비의 피를 칠하면서 지하실에 웅크리고 있는 장면을 감상한다.

우리가 특히 좋아하는 발상은 평범한 일상이었다면 말도 걸지 않았을 사람들(방어적인 보안관이나 예지력이 남다른 장애아, 일본도에 집착하는 여인, 실제로는 매우 사나우나 겉으로는 얌전해 보이는 농장주의 딸, 그리고 사실은 인간이 아니라 로봇인 농장주의 딸)과 힘을 합쳐 고난을 헤쳐나간다는 줄거리다. 우리는 드래곤을 다룰 줄 아는 여자와 동맹 관계를 맺는다는 발상을 즐긴다. 또, 거의 갈가리 찢긴 채 죽도록 도망쳐서 어둠 속에 숨어 있다가 진창을 기어가는 모습을 즐겨 상상한다. 그 옆에는 분노에 찬 중년의 가정폭력 생존자나 곰 가죽을 뒤집어쓴 무정한 아들, 또는 세상이 무너질 때 자신에게는 정작 아무 도움도 안 되는 충성심을 끝없이 발휘하는 위엄 있는 여기사가 있다.

✻ ✻ ✻

우리의 방송 시청 취향이 전례 없이 판타지 종류에 국한되어 있는 것은 아니다. 종말론적 소설을 쓴 작가들은, 늘 최악의 시나리오를 어떻게든 소망을 성취해 나가는 결말로 바꿔놓곤 했다. 콜슨 화이트헤드는 《제1구역Zone One》에서 사람들이 사라진 뉴욕시를 그린다. 우리의 주인공은 규제가 사라진 도시의 거리와 아파트, 사무실을 수색하고 다닌다(이 도시에 대해 열정적으로 저술한 저자 자신이 원했던 일인 것 같다). 피터 헬러는 《도그 스타The Dog Stars》에서 종말 이후 목가적이라 해도 좋을 만큼 잔잔한 풍경 속에 주인공을 배치했다(이런 배경은 헬러 같은 탐험가로서는 완벽한 시나리오일 것이다).

주인공에게는 자신만의 비행기와 자신만의 방대한 영토가 있다. 그리고 마치 남성지 《맥심》에서 바로 튀어나온 것처럼 아름답고 용맹한 여성 생존자와 우연히 마주친다. 코맥 매카시의 《더 로드The Roads》도 빼놓을 수 없다. 처음에는 희망적인 생각이 전혀 들지 않을지 모르지만, 매카시가 보기에 그 종말의 시간은 죽음에 대해 사색하기에 그 어떤 장소(초라한 서부나 애팔래치아 산맥의 거친 자연)보다 으스스하고 심란한 최고의 환경이다. 이제, 인육을 먹는 자들과 날리는 잿더미들 속에서 그의 냉혹한 묵시록적 서술은 멋지게 균형을 이룬다.

이 소설들은 위기의 형태나 방식에 초점을 두고 있지 않다. 묘사는 종종 모호하고, 모든 행위는 과거에 벌어진 것들이다. 세상의 종말은 대개 주인공이 순응해야 할 고독한 싸움과 대조를 이룬다. 현대 세계의 복잡한 문제와 분쟁을 모두 벗겨내고 나면 주인공에게 남는 것은 무엇일까? 그것은 물론, 항상 그들의 곁을 맴도는 우울감과 열망일 것이다. 하지만 지금은 절망이나 사랑, 고독, 질병 같은 것들을 이야기 속에 집어넣을 필요가 없다. 이런 요소들은 세계 종말을 다룬 소설의 DNA에 이미 암호화되어, 혼란의 여지를 최소화하고 감정적인 흥미를 고조한다. 도덕률에 대한 개념과 가치관은 완전히 해체되어 그 근본적인 본질만 남는다. 죽일 것인가, 죽을 것인가? 억압에 순응하고 견딜 것인가, 아니면 죽음을 무릅쓰고 도망칠 것인가?

심지어 더 오래된 작품인 밸러드의 《물에 잠긴 세계The Drowned World》에서는 이런 불편한 질문들을 마치 낯선 이의 주방을 뒤져 찾아낸 2년 묵은 팝 타르트 과자처럼 음미하고 즐긴다. 또한 완전히 변형된 지구의 장엄함 속에 즐거움이 자리하고 있다. 과학 소설 분야를 고찰한 《10억 년의 향연Billion Year Spree》에서, 브라이언 올디스는 종말을 "기분 좋은 파국"으로 그려내는 작가들의 이런 성향에 대해 언급한 바 있다. 주변 모든 것이 고통받고 죽어가는 와중에도 주인공은 제멋대로 행동하며 세계적인 대학살의 결과를 즐긴다는 것이다.

책이든 영화든 텔레비전 프로그램이든 이런 종말론적 이야기를 다룬 대부분의 작품 속에서 우리는 되풀이해 등장하는 욕망을 본다. 그 욕망의 대상은 소박함이나 고독일 때도 있고, 자신과 세상의 재연결일 때도 있으며, 생존을 위해 무엇을 남기고 무엇을 버릴지 결정하는 기회일 때도 있다. 등장인물들은 더 큰 공동체의 일원이 되는 일도, 공공의 선을 위해 그 안에서 규칙을 지키고 평화롭게 협력하는 일도 거의 없다. 어차피 다 가상인데 굳이 뭐 하러 현실에서처럼 타협과 제약을 감수하겠는가? 그럴 거면 굳이 상상력이 필요하지도 않을 것이다.

우리가 갈망하는 것은 낙천적인 팀원의 모험이 아니다. 미국 문화의 특징인 무작정 나가서 무찌르자는 식의 태도와 낙천주의에는 우리가 원하는 것이 없다. 우리는 투쟁과 타협과 뼈저린 고독 속으로 죄책감 없이 도피하기를 원한다. 살아남기 위해 최소한으로 필요한 것이 무엇인지 알 기회를 원한다. 거의 모든 이야기의 이면에 같은 생각이 자리하고 있다. 그것은 바로 가진 것이 지금보다 훨씬 적다면 우리는 더 행복하리라는 것, 아니 최소한 더 명확한 목적의식을 갖고서 더 강하고 멋진 삶을 살 수 있으리라는 것이다.

✳ ✳ ✳

2016년 11월 8일, 미국 대부분의 백인 유권자들이 스스로 가한

고의적인 할복 행위는 이런 욕망이 가닿을 수밖에 없는 종점이었을 것이다. 많은 미국인이 텅 빈 공허감과 불안정성을 감수하고 사느니 차라리 높은 절벽에서 떨어져 죽는 편이 낫겠다고 생각하는 듯했다. TV나 영화가 이끄는 대로 수동적으로 살다 보니 자기도 모르는 사이에 서서히 허무주의자가 되어버리기라도 한 것일까? 선거가 끝난 후 이루어진 여론조사에 의하면, 많은 유권자들은 어쨌든 2016년 당시의 상황보다는 뭐라도 나아질 것이라고 믿고 있었다. 일부 유권자들은 상상이 아닌 진짜 위기가 닥치기를 간절히 원하는 것 같았다. 사람들은 '변화'를 원했다. 그게 무엇이든 상관없었다. 심지어 변화를 약속한 사람이 어설프게 변화를 시도하다 우연히 세상을 다 태워 없애버릴 가능성이 있어 보여도 개의치 않는 듯했다.

도널드 트럼프는 '변화'가 반드시 구체적일 필요는 없음을 분명하게 알고 있었다. 변화란 리얼리티 프로그램의 마지막 장면처럼 모호하고 예측 불가능한 상황이 펼쳐지려는 상태를 의미할 뿐이었다. 이는 1985년으로 거슬러 올라가 닐 포스트먼이 자신의 인기 비평서 《죽도록 즐기기Amusing Ourselves to Death》에서 예견한 운명이기도 했다. 사람들의 관심은 이미 '책의 뉘앙스'와 '복잡한 현실 세계'에서 '쉬지 않고 지껄이는 TV 속의 모순된 말'로 옮겨갔다. 중요한 것은 우리의 지도자가 끊임없이 긴장감을 만들어내고 있다는 점이다. 매일같이 인지된 범죄가 저질러졌고, 누군가가 그 대가를 치를 예정이었다.

"미국인으로서 정말 흥분되는 시간이네요." 《뉴욕 포스트》에 따르면, 영화배우 기네스 펠트로는 선거가 끝나고 며칠 후 로스앤젤레스에서 열린 한 에어비앤비 행사에서 청중에게 이렇게 말했다. 이 발언을 통해 미래에 대한 포스트먼의 암울한 시각을 우연히 밝힌 기네스 펠트로는 지루해하고 있던 청중들의 환호를 받으며 무대의 대미를 장식했다. 마땅히 그런 환호를 받을 만했다. "우리는 지금 놀라운 변곡점에 와 있습니다." "사람들은 확실히 현재 상황에 지쳐 있고 …… 마치 누군가가 모든 것을 공중에 던지고, 우리는 그게 땅에 어떻게 떨어질지 지켜보려는 상황 같아요." 다시 말해, 잃을 것이 없는 사람들은 거대한 외계 곤충처럼 낯선 지배자의 등장을 환영했다.

"어떤 사람들은 도널드 트럼프가 곧바로 혁명을 이뤄낼 거라고 믿어요. 정말 트럼프가 당선된다면 세상이 뒤집힐 겁니다." 2016년 3월, 영화배우 수전 서랜던이 크리스 헤이즈의 질문에 유혈 사태와 대변동을 예고하며 마치 굉장히 긴장감 넘치는 〈왕좌의 게임〉 속 장면이라도 언급하듯 미소 띤 얼굴로 한 말이다. 그리고 몇 주 후에 그녀는 힐러리 클린턴이 도널드 트럼프보다 더 위험하다고 경고했다.

선거가 끝나고 몇 달이 지난 후, 혹시 자신의 발언을 후회하지 않느냐는 헤이즈의 질문에 서랜던은 사과를 거부하며 말했다. "이제 우리에게 남은 것은 깨어 있는 대중입니다." 그녀가 말한 대중은 아마 유색인종이나 이슬람교도, 이민자, 유대인들은 아닐 것이다. 이들은 백인 우월주의자와 반유대주의자, 광적인 이민 반대주의자 등 폭력적인 지지 세력을 등에 업은 대통령으로부터 자신과 가족들을 어떻게 보호해야 할지 걱정하며 뜬눈으로 밤을 새우고 있었다. "진지하게 말해서, 저는 멕시코 국경에 벽을 세우고 멕시코에 비용을 청구하는 것에 대해 걱정하지 않습니다." 서랜던은 이어서 말했다. "트럼프는 미국에 거주하는 모든 이슬람교도를 내쫓겠다는 게 아니에요."

다른 미국인들은 서랜던보다는 조금 더 걱정 하는 것 같았다. 미국의 흑인들은 트럼프가 선거 운동 내내 나치와 백인 우월주의자들을 비난하지 않겠다고 한 것이 대통령으로서의 그의 사고방식과 정책 결정에 어떻게 반영될지 예상한 듯했다. 마찬가지로, 증오와 편견을 직접 경험해 본 이민자들과 성소수자들은 무지와 증오, 편협성을 이용할 줄 아는 인기 영합주의적 선동가가 대통령이 되면 얼마나 엄청난 결과가 초래될지 이미 알고 있는 듯 보였다.

하지만 높은 비율을 차지하는 미국의 백인들은 현실보다 환상을 더 꿈꾸는 듯했다. 그들은 이렇게 말하고 싶은 것 같았다. '적어도 이런 식이라면 뭔가 신나는 일이 일어나지 않을까.' 결국 드래곤은 언제나 선을 구하지 않던가. 버려진 벽장에는 늘 먹을 만한 캔 식량이 가득 차 있고, 곰 가죽을 뒤집어쓴 사생아는 늘 아슬아슬하게 때맞춰 도착하는 식으로 말이다.

✖ ✖ ✖

강렬한 분홍색 민소매 셔츠를 입은 금발 여인이 큰 망치를 어깨 위로 들어 올렸다가 앞에 있는 커다란 타이어를 '쿵' 하고 둔탁한 소리를 내며 내려친다. 그 옆에는 또 다른 여인이 심지어 망치를 더 높이 들어 올리며 찡그린 얼굴로 '끙' 하는 소리를 낸다. 선홍색이 된 그들의 얼굴에서는 땀방울이 뚝뚝 떨어진다. 오전 9시 45분, 기온은 섭씨 30도에 육박한다. 이들이 망치를 내려치고 있는 번화가 주차장의 아스팔트 위로 햇빛이 반짝인다. "어깨 위로, 더 높이 휘둘러!" 망치를 들어 올리고 내리칠 때마다 숨을 헐떡이는 그들에게 한 여인이 고함친다.

그중 한 여인이 망치질을 잠시 멈추고 눈에서 땀을 닦으려다가 나와 눈이 마주친다. 나는 쳐다보지 않으려 애쓰지만, 여성 전용 피트니스 센터 바로 앞에서 벌어지고 있는 존 헨리*식 운동이 워낙 생경한 장면이라 어쩔 수 없다. 게다가 몇 집 건너에는 담배 가게와 미용실도 있는 곳이다. 매우 고단해 보이고, 대단히 위험해 보인다. (망치가 손에서 미끄러져 날아가 누군가의 머리라도 박살 내면 어쩔 것인가?)

---

* 기계로 인력을 대체하려는 철도회사에 맞서기 위해 기계를 상대로 터널 파기 시합을 벌여 승리한 인물.

게다가 별로 의미도 없어 보인다. 차라리 몇 시간이라도 지붕 공사에 합류하는 편이 의미 있지 않을까? 어딘가에서는 분명 터널을 파거나 뜨거운 타르라도 쏟아부을 인력이 필요할 텐데 말이다.

좀처럼 만족하지 못하는 막강한 권력자의 예리한 눈초리를 받으며 '등골 빠지게 일하는 척'하는 일을 돈까지 내가며 하는 것이 지금 이 자유의 땅에서 모두가 추구하는 욕망인 듯하다. 그날 뒤늦게 구글에 '대형 해머sledgehammer'를 검색해 보니, 제일 상단에 뜬 정보가 '대형 해머 내리치기 운동'이었다. 이 단어로 검색해 보니 사슬에 묶인 죄수들이 강철을 내리치며 강제 노역하는 열정적인 재현 영상이 여섯 편이나 쏟아져 나왔다.

1960년대 이후, 운동 문화는 극적으로 바뀌었다. 운동 문화 초창기에 가까웠던 당시 내가 살고 있던 자그마한 남부 도시에서는 사람들이 조깅을 하는 우리 아빠를 발견하면 자동차 창문을 열고 소리를 지르곤 했다. "계속 뛰어, 히피!" 요즘 내가 사는 로스앤젤레스에서는 조깅하는 사람은 많이 볼 수 없지만, 건물마다 부트 캠프 수업이나 브라질 주짓수 프로그램을 제공하는 피트니스 센터가 자리하고 있고 그 안에서 주먹을 내지르거나 발차기를 하면서 훈련 교관처럼 서로 소리를 질러대는 사람들을 볼 수 있다. 짐 픽스˚의 달리기 운동을 추종하던 사람들은 돌덩이를 가득 채운 배낭을 어깨에 짊어지고 모래 언덕을 전력 질주하는 미래의 미 해군 특수부대 무리에게 자리를 내주었다.

한때 배우 제인 폰다와 리처드 시몬스는 운동을 가벼운 마음으로 나이트클럽에 가듯 자기 집 거실에서 땀나게 움직이면 되는, 뭔가 재미있고 약간 관능적인 행위처럼 보이게 만들었다. 하지만 오늘날 피트니스는 그렇게 가볍게 생각되지 않는다. 햄버거를 먹는 짧은 시간 안에 충분히 운동할 수 있음을 실제로 보여주는 운동기구 '앱도미나이저Abdomenizer'나 '8분 복근운동' 같은 영상들은 이제 진기해 보이는 옛 시절의 이야기에 불과하다. 관능적인 배우 우슬라 안드레스가 모델 신디 크로포드와 엘 맥퍼슨의 탄탄한 몸매에 자리를 내주었던 1990년대에는, 해변이나 침실에서 멋지게 보이기 위해 몸을 만들었다. 하지만 요즘에는 재미나 연애가 아니라 예측할 수 없는 자연재해나 건물 화재, 지구의 종말을 초래할 대전쟁을 대비하는 것이 운동의 목적처럼 보인다.

"우리는 아직 알려지지 않은 것뿐만 아니라 앞으로도 알 수 없는 모든 만일의 사태에 대처할 수 있도록 신체를 단련시키는 프로그램을 개발해 오고 있습니다." 이 모호한 말은 '크로스핏' 웹사이트의 환영사로 통한다. 극한 경쟁을 유발하는 고강도 훈련 프로그램

• 《달리기 전서(The Complete Book of Running)》라는 베스트셀러로도 유명한 조깅의 전도사였으나 이른 나이에 사망해 유산소 운동의 유해성 논란을 촉발했다.

이자 "엘리트 피트니스를 표방한다"는 크로스핏 운동은, 소수의 최상위 운동선수나 정예 부대원처럼 보이는 것에 사람들이 얼마나 매료되어 있는지를 보여준다. '크로스핏'은 과잉 노력과 거의 동의어임에도 불구하고 (또는 그렇기 때문에) 미국에 6천 개가 넘는 지부가 있다.

크로스핏의 인기에 놀라는 이들은 대부분 그 비싼 가격을 생각할 때 의외로 검소하고 엄격한 분위기에 놀란다. 체육관을 뜻하는 그들의 용어인 '박스'에는 보통 널찍한 공간에 운동용 메디신 볼medicine ball과 바벨, 벽을 따라 차곡차곡 쌓아놓은 나무 상자가 전부다. 매일 몇 가지 운동을 번갈아 가며 반복하는데, 주로 프리 웨이트와 스프린트, 스쿼트가 포함된다. 세상 종말이라도 대비하는 듯한 운동 목표에 따라 프로그램은 참가자들에게 강압적인 동지애와 경쟁을 독려한다. 크로스핏 수업 참가자들은 고통을 참아내며 서로를 지도하고, 이들의 이름과 점수는 게시판에 기재되거나 때로는 온라인에 게시되기도 한다.

수십만 명이나 되는 사람들이 지역 번화가에서 돈을 투자해 가며 취미로 역도 기술을 배우면서 많은 위험을 감수하는 것과 마찬가지로 크로스핏 애호가들 역시 그 극한 운동법에 완전히 빠져 있는 듯하다. 2005년, 크로스핏의 창시자 그렉 글래스먼은 몇몇 신규 크로스핏 회원들 가운데 (신장 질환을 일으킬 수도 있는 위험한 상태인) 횡문

근융해증*이 발생한 경우가 있음을 인정했다. 그는 부분적으로는 이 것이 크로스핏이 '전통적인 훈련 방식'보다 우월함을 나타내는 증거 라고 보았다. 결정적으로, 이런 방식의 훈련은 신체의 탄력뿐만 아니 라 재난 대응 측면에서도 중요하다는 것이었다.

글래스먼의 글에 따르면, "자연재해와 전투 상황, 비상사태가 발 생했을 때는 승리와 생존을 위해 엄청난 신체 활동이 빠르게 이뤄져 야 한다". "모두가 이런 현실에 대비하기 위해 크로스핏에 입문해 체 력을 기르는 그날까지, 운동성 횡문근융해증은 우리가 홀로 짊어져 야 할 문제다." 다시 말해, 이상적인 세계는 앞으로 벌어질지도 모를 모든 형태의 전투에 대비해 근육을 크게 키운 전투사들이 사는 곳이 다. 이 세계로 가는 길에는 응급실 방문객들이 줄줄이 서 있다.

크로스핏은 급변하는 피트니스라는 바다에 몰아치는 파도 중 하 나에 불과하다. 그 바다에서 부유한 미국인들은 쉽고 편한 운동보다 는 일종의 육체적 속죄라고 해도 좋을 정도로 녹초가 되는 운동을 선 호한다. 우리 중 가장 특권층에 있는 사람들에게는 자유가 압박처럼, 압박은 일종의 자유처럼 느껴지는 모양이다.

초창기 나이키 광고나 미 해군 특수부대 신화, 랜스 암스트롱**

---

* 갑작스러운 고강도 운동 때문에 골격근이 파괴되면서 나타나는 증후군.
** 한때 미국의 사이클 황제로 불렸으나 도핑 혐의로 선수 생활을 마감했다.

의 우상화 등 신체적 한계에 이를 때까지 자신을 밀어붙인다는 생각은 우리 사회에 구석구석 만연해 있을 뿐만 아니라 일종의 광적인 신앙이 되어버렸다. 지금은 무엇이든 그 '극한'까지 밀어붙이는 것이 정도를 벗어난 확장이라기보다는 일종의 진전으로 인식되는 경향이 있다. 그리고 스포츠 문화 대부분이 그렇듯이 중간이 없다. 이기든 지든 선택은 하나다. 전부 다 쏟아붓든지, 아니면 에너지가 남은 채로 수치스럽게 그 바닥을 떠나든지.

우리의 새 종교는 조상들이 처음 미국 땅에 들여온 그 종교와는 공통점이 거의 없다. 이 나라를 세운 이상주의자들과 극단주의자들처럼, 현대의 운동 광신자들은 우리 문화가 베푸는 은혜를 마다하고 자기희생과 고통에서 위안을 찾는다. "이것이 더 나은 삶을 위한 길이에요." 그들은 대형 망치와 케틀벨을 가리키며 우리에게 말한다. 그리고 군사 훈련과 고된 노동을 놀랍도록 똑같이 재연한다. 이쯤 되면 불확실한 시대를 살면서 앞으로 다가올지도 모를 재난을 대비한다는 것이 그리 나쁘게 들리지 않는다.

이 뒤틀린 논리는 몇 년 전 아이들에게 《큰 숲속의 작은 집》을 읽어주던 내 머릿속을 파고들었다. 체육관에서 러닝머신 위를 달리고 있는데 이런 궁금증이 들었다. '햄스터 쳇바퀴 같은 이런 데서 뛰느라 땀 흘리는 것보다는 곰을 해체하느라 땀을 흘리는 편이 낫지 않나? 비트를 절이거나 몸을 구부리고 빨래를 하면서 하루를 보내는 편이 더 평화롭지 않을까? 아이들도 퀼트 바느질을 하면서 나와 함께 있는 편이 낫지 않을까? 우리끼리 살면서 정말 중요한 것이 뭔지 배우고 중요하지 않은 것에 정신을 빼앗기지 않는 삶을 살면 모두 더 행복해지지 않을까?' 《큰 숲속의 작은 집》이 불러일으키는 상상은 자연 그리고 자신의 본능과의 교감, 또는 하루하루를 고된 노동으로 보내며 느끼는 근육의 뻐근함에서 얻는 만족감을 중심으로 한 목가적인 풍경에서 그치지 않는다. 깊게 들여다보면 이 이야기는 완전한 고립과 완벽한 통제를 그린 판타지라는 것을 알 수 있다.

그래서 이 책에서 가장 기억할 만한 장면들은 그 고립에서 잠시 벗어나 로라와 엄마, 아빠가 다른 마을 사람들과 교회에 모여 함께 노래 부르고 신의 축복에 감사하는 장면들이다. 그런 관점에서 보면, 크로스핏을 그저 개인의 생존에 부치는 진화론적 송시로만 볼 것이 아니라 일종의 교감, 즉 훈련 교관을 새로운 설교자로 삼아 함께 고통받고 땀 흘리는 하나의 예배 형태로도 생각할 수 있을 것 같다.

아마도 오늘날 특권층에게는 이 격렬한 운동이 신성을 얻을 가능성이 가장 높은 길로 여겨지는 모양이다. 일요일 아침 달리기를 할 때면 고급 피트니스 센터 일곱 곳을 지난다. 모두 사람들로 꽉 차서 북적거린다. 그리고 교회 다섯 곳도 지난다. 이곳들은 거의 텅 비어 있다.

✳ ✳ ✳

좀 더 단순한 시대로 향수 어린 여행을 떠나는 로라 잉걸스 와일더의 작품에 비견할 만한 것을 현대에서 찾아본다면 리 드럼몬드의 개인 블로그인 'The Pioneer Woman'을 들 수 있겠다. 그녀는 공허한 대도시에서의 삶을 버리고 오클라호마의 한 목장에서 살고 있다. 드럼몬드의 목가적인 아방궁을 찾아 들어가 가족을 위해 저녁 준비를 하는 그녀의 모습과 담황색 머리카락을 가진 네 자녀를 집에서 공부시키는 모습을 포착한 멋진 사진들을 관음증 환자처럼 들여다보고 있으면, 몇 분 지나지 않아 자신은 실패자라는 생각이 들기 시작한다.

미국의 화가이자 일러스트레이터인 맥스필드 패리시의 그림처럼 구름이 뭉게뭉게 뜬 하늘 아래에서 말을 타는 드럼몬드의 아이들 사진을 보면서, 당신은 레이디 가가의 최신 비디오 영상을 당신의 랩톱 컴퓨터로 보게 해달라고 애원하는 아이들에게 인스턴트 맥앤치즈를 먹인 일이 생각날 것이다. 드럼몬드는 오클라호마의 햇살 아래 부드럽고 탐스러운 붉은 머리카락을 휘날리며 닭고기를 직접 튀기고 아이들에게 대수학을 가르친다. 그녀의 선구적인 아이들은 토네이도와 대초원의 목초, 그리고 올가미로 소를 잡는 일을 꿈꾼다. 한편 당신의 아이들은 애니메이션 〈쿵푸팬더 2〉와 디즈니랜드 놀이기구 스페이스 마운틴, 그리고 곰 모양 젤리를 얹은 냉동 요구르트를 꿈꾼다.

하지만 이 블로그의 최고의 게시물은 드럼몬드의 남편에 대한 것이다. 그는 사실상 카우보이이다. 따라서 1970년대 인기 디스코 그룹 '빌리지 피플'처럼 카우보이 모자와 가죽 바지를 걸쳤다. 남편의 삶이 미 서부의 대중적 이미지에서 따온 정교한 포르노그래피에 가까운 행위 미술임을 인지하고 있는 듯한 드럼몬드는, 그를 '말보로 맨Marlboro Man'이라 부르며 카우보이 모자를 쓴 모습과 카우보이 부츠를 철문에 얹은 모습, 거친 얼굴로 한낮의 태양 아래 눈을 가늘게 뜬 모습을 촬영한다.

이런 사진들 밑에 그녀는 시인 '윌리엄 카를로스 윌리엄스'와 잡지 《플레이걸》 사이 그 어딘가에 속할 법한 문장력으로 짤막한 설명을 덧붙인다. "나의 남편. 그는 여전히 송아지 시중을 들고 있다. 조끼 차림으로 내 모닥불에 불을 붙이는 중이다." 또 다른 사진에는 이렇게 쓰고 있다. "그는 강인하고 남성미가 넘친다." 아무래도 그녀는 다음 국내 치펜데일 투어Chippendales tour*를 위한 자료라도 준비하는 모양이다.

하지만 말보로 맨의 가장 큰 매력은, 드럼몬드의 블로그나 그 이전 《큰 숲속의 작은 집》 속 엄마와 아빠의 매력과 마찬가지로, 늘 변

---

* 건장하고 섹시한 남성들이 벌이는 여성 전용 쇼.

하는 계절 때문에 불가피한 고된 노동을 암시하는 배경에 있다. 바람 부는 대초원과 어둠 속에서도 빛을 발하는 하늘, 그리고 스무 명의 사람을 위해 차려진 저녁 식사 뒤에는 읽기 수업과 송아지 예방접종, 매일 산더미같이 쌓이는 빨래가 암시되어 있다. (물론 독자들은 드럼 몬드의 블로그가 지금보다 단순하고 더 나은 삶으로 통하는 입구도, 상업 적인 후원을 받아 세심하게 연출된 판타지도 아니라는 것을 잘 인지하고 있겠지만) 어쨌든 우리의 불신을 유예할 수 있어 기쁘다. 우리는 드럼 몬드가 미니 케이크를 만들기 위해 재료를 채워 넣는 모습, 〈투데이〉 쇼를 촬영하고 푸드 네트워크 채널을 위해 요리 쇼에 몰두하는 모습 과 한 달에 2천만 건 이상의 조회 수를 기록하는 블로그에서 드러나 는 집에서 직접 아이들을 가르치는 일과 요리, 집안일 등 끝없이 이 어지는 고된 노동이 있는 삶을 지켜본다.

드럼몬드는 콘크리트 운동장과 무심한 교사들, 비합리적인 제도 로 점철된 도시 생활의 적막함과는 거리가 먼 고독한 노동을 향수 어 린 시선으로 보게 해준다. 그의 블로그 덕분에, 도시와 교외에서 우 리가 느끼는 굴욕은 집에서 만든 도넛과 예쁜 일몰, 그리고 아낌없이 사랑을 퍼부어 주는 할머니들과 삼촌, 사촌들로 가득한 집이 피워올 리는 아지랑이 속으로 사르르 녹아버린다.

✳ ✳ ✳

시골인 웨스트버지니아에서 홈스쿨링으로 공부를 마친 스물네 살의 제데디아 퍼디가 1999년에 농경 생활과 홈스쿨링에 대한 찬가인 《일반적인 것을 위하여For Common Things》를 썼을 때, 그는 거의 '아웃라이어outlier' 취급을 받았다(책은 베스트셀러로 등극했다). 하지만 지난 20년간 비극적인 사건들(엔론 파산 사태와 허리케인 카트리나, 9·11 폭발 테러 사건, 금융위기, 불황, 푸에르토리코의 모라토리엄 선언, 라스베이거스 총기 참사 등)이 일어나면서, 현대 시민의 삶은 산업혁명 시대 못지않게 형편없음이 드러났다. 그 결과 홈스쿨링과 도시 정주 장려urban homesteading, 가정 분만과 자기효능감을 위한 기타 고된 노력이 급증하면서 퍼디의 글은 선견지명이 되었다.

농산물 직판과 비료화 처리, 가정 잡배수gray water의 재이용, 태양열 발전 등 녹색 운동의 많은 측면이 공동체 속의 삶을 개선하려는 노력을 대변한다. 이런 노력은 칭찬받을 만하지만, 이런 것들과 따로 떼어 생각할 수 없는 분리주의* 역시 존재한다. 고된 노동과 자립의 매력은 현대 제도에 대한 불신과 결합할 때 사회에서 아예 벗어나려는 충동으로 굳어질 수 있다. 이런 충동이 재난에 대비하려는 이들의 불신으로 나타나든지 아니면 홈스쿨링을 선택한 이들의 순수함으로

---

* 지배 세력으로부터 문화적 정체성 혹은 정치적·사회적 권리를 지켜내려는 소수 집단의 이념 및 목표.

나타나든지 간에 독립적일수록 안전하다는 생각과 자신의 환경을 완전히 통제하는 것이 이상적이라는 생각, 우리를 보호하기 위해 설계된 제도가 실은 우리를 위험하게 할 수 있다는 생각이 존재한다.

하지만 '다른 이들'에 대한 두려움은 이보다 더 흔하다. 이는 타협이라는 모욕과 희생보다는 자립이라는 불편을 선택하게 한다. 무심한 교사나 환자의 말을 귀 기울여 듣지 않는 의사에게 아이를 맡기는 것보다는, 차라리 숲에서 굶주린 곰을 때려눕히거나 무명 몇 필을 사기 위해 힘겹게 눈을 헤치고 걷는 기술을 습득하는 편이 나을지도 모른다. 이 목가적인 판타지는, 게슴츠레한 눈으로 구부정하게 앉아 깜빡거리는 스크린을 응시하는 우리의 삶을 무색하게 만들어버린다. 하지만 또한 이 판타지는 그런 삶의 산물이기도 하다. 그리고 대면 접촉과 합의, 협력에 서툰 이들에게 직접적인 대면을 더욱 어색하고 두려운 일로 만들기도 한다.

무엇보다 이렇게 순수와 분리주의를 꿈꾸는 것은 고립이 가장 명예로운 선택이며, 시스템을 개혁하고 정말 도움이 필요한 사람들을 돕기 위해 느리게 노력해 나가는 것보다 중도 탈락이 더 용감한 선택일 수 있다는 착각을 일으킨다. 하지만 때로 희망은 오두막 문을 닫을 때 느껴지는 안도감 같은 것을 주지 못한다.

"시인은 자신의 환상을 지휘한다. 반면 시인이 환상에 홀린다면 그것은 바로 그가 신경증을 앓고 있다는 표시다." 미국의 영문학자이자 소설가인 라이어널 트릴링의 글이다. 침착하지 못하고 변덕스러운 현대의 정신세계는 신경증과 환상이 자라기에 비옥한 땅이 되어준다. 하지만 환상 절대주의는 자주성의 싹을 완전히 잘라버린다. 만일 당신의 삶이 섬세한 동화와 비교해 칙칙하다면, 굳이 왜 더 많은 것을 갈망하는가? 반대로, 만일 세상의 종말이 이상하게 매혹적으로 들린다면, 왜 그것을 막기 위해 분투하는가?

결국 공동체를 개선하기 위해 그 안에서 협력하고 타협하고 함께 일하는 것보다 홀로 나아가는 것이 조금이라도 더 고귀하다는 생각은 오만이다. 앞으로 닥쳐올 재앙에서 살아남으려면 우리는 서로가 필요하다. 더 중요한 것은 그 재앙을 막기 위해서라도 우리는 서로가 필요하다는 사실이다.

사치와 가치

▼

아이리스 오웬스의 1973년 책《클로드와 헤어진 후 After Claude》의 주인공 '해리엇 다임러'는 자기만족에 빠진 도시형 인간들을 무력하게 만드는 재주가 있는 여자다. 그녀는 누군가에게 마리화나를 건네며 마치 약에 취하는 것이 특별한 재능이라도 되는 양 "나 완전히 맛 갔어"라고 자랑스레 말하는 날씬한 여자를 훑어보고는 다음과 같이 공감 가는 기도를 중얼거린다. "주여, 아무 생각 없이 사는 게 자랑인 줄 아는 이 보조개 패인 귀염둥이들을 제 옆에서 치위주소서."

하지만 해리엇은 보조개 패인 그 귀염둥이들을 조금은 인정했는지도 모를 일이다. 생각이나 감정에 구애받지 않는 삶을 살아가는 것은 생각보다 쉽지 않기 때문이다. 수십 년 동안 타블로이드 신문들이 입증했듯이, 엄청난 현금자산을 보유하고 대중에게 무한한 사랑을 받는 이들조차 신경증이나 우울감을 어쩌지 못한다. 화려한 수영장 옆에서 반라의 요정들에게 둘러싸인 채 샴페인을 홀짝거리는 일이 일상인 이들조차 성가신 생각과 감정이 자신들의 멋진 삶을 방해할까 봐 안간힘을 쓴다.

지난 50~60년 동안 텔레비전 화면은 호화로운 이야기들로 채워졌지만, 그런 천국 같은 삶 속에서 겪는 신경과민 증상은 거의 다뤄지지 않았다. 어쨌든, 현실도피적인 공상은 화려하고 여유로운 삶의 이미지에 의지해 우리를 평범한 거실에서 벗어나 아름답고 반짝거리는 사람들이 사는 멋진 세상으로 끌고 가고자 한다. 그 결과, 〈사랑의 유람선〉에서 시작해 〈다이너스티〉, 〈디 오씨The O.C.〉, 〈볼러스Ballers〉에 이르는 판타지물들은 우리 문화에서 특별한 위상을 차지한다.

그렇지만 21세기 초 10년 동안의 희망 사항을 그린 HBO 채널의 8부작 드라마 〈앙투라지Entourage〉의 중심에 자리한, 태평스럽게 하이파이브를 주고받는 남자들에 견줄 만한 것은 없는 것 같다. 2004년

〈앙투라지〉가 처음 방영된 이후, 연예인을 향한 팬 문화의 분위기는 흠모(《베니티 페어Vanity Fair》표지, 오스카 시상식 방송 확대, 〈크립스 Cribs〉*)에서 경멸(호의적이지 않은 파파라치 근접 촬영 사진, 고우커 스토커Gawker Stalker 맵을 통한 시민 제보)을 거쳐 무관심으로 갔다가 다시 일종의 집착(킴 카다시안, 비욘세, 인스타그램 숭배)으로 바뀌었다.

이 모든 과정에서 〈앙투라지〉의 주인공 빈스와 그의 패거리는 언제나 한결같았다. 그들은 SUV를 타고 이곳저곳을 다니며 라떼를 홀짝거렸고, 번지르르한 에이전시 사무실과 음악이 쿵쿵 울리는 나이트클럽을 맥주 파티장에 간 고등학생들처럼 느긋하고 태평하게 휘젓고 다녔다.

계속해서 변하는 문화적 풍토를 무심하게 대하는 그들의 모습은 탄탄한 재력을 갖추고 안락하게 사는 이들의 특징으로 보일 수도 있다. 말 그대로 무심하다고 생각하는 편이 더 쉽기는 하지만 말이다. 에이드리언 그레니에이가 연기한 '빈스'와 케빈 딜런이 연기한 '드라마', 케빈 코널리가 연기한 '에릭', 제리 페라라가 연기한 '터틀'은 그 어느 것도 별로 즐기지 않는 것처럼 보이는데도 즐거움을 추구하는 데 대부분의 시간을 쏟아붓는다. 하기는 그들이 달리 무엇을 할 수 있었을까.

• 인기 스타들의 집을 소개하는 MTV의 리얼리티 프로그램.

〈앙투라지〉가 남성판 〈섹스 앤 더 시티〉라고 말하는 사람들도 있지만, 두 작품의 유사점보다는 차이점에서 우리는 더 많은 것을 알 수 있다. 모든 애정 행각을 마치 별 다섯 개짜리 레스토랑에서의 식사 경험을 중계하듯 떠벌렸던 〈섹스 앤 더 시티〉의 난잡한 쾌락주의와는 달리, 빈스와 그의 친구들은 처음 만난 매력적인 여자들과의 섹스를 마치 즉석 음식 포장하듯 가볍게 대했다. 〈사랑의 유람선〉 전 시즌에 걸쳐 승무원 '고퍼'와 바텐더 '이삭'이 한 것보다 더 많은 추파를 여자들의 굴곡진 허리선에 던졌을 남자들의 눈에 이 네 사람은 자신들의 주된 취미에 놀랍도록 냉정하게 보였을 것이다.

〈섹스 앤 더 시티〉의 캐리와 사만다, 미란다, 샬롯처럼 "이 남자 아직도 엄마랑 산대! 등에 털도 너무 많고!"라며 별것도 아닌 내용으로 고민하기는커녕, 〈앙투라지〉 일당은 어디에서 어떻게 생겨난 걱정이든 모두 가볍게 날려버리고 아무 생각 없이 물 담뱃대로 마리화나를 피우거나 엑스박스 비디오 게임을 계속한다. 해마다 그들이 서로에게 반복하는 철없는 조언도 변함없다. 잠까지 설쳐가며 걱정할 만한 일은 세상에 하나도 없다는 것이다. 그게 직장이든, 여자든, 심지어 능력을 낭비하고 있다는 느낌이든 말이다.

✳ ✳ ✳

방탕함으로 악명 높기는 하지만 할리우드는 건강한 방식으로 자신을 조롱한 전적이 있다. 하지만 한물간 스타들에 대한 묘사에 대해서라면, 영화 〈선셋 대로Sunset Boulevard〉에서 글로리아 스완슨이 연기한 ― 한때 전설적인 무성영화 배우였지만 비참한 처지가 된 ― '노마 데스몬드'나 〈제인의 말로What Ever Happened to Baby Jane?〉에서 베티 데이비스가 연기한 ― 아역 스타 출신이지만 지금은 망상에 빠진 한물간 배우인 ― '제인 허드슨'이 최고일 것이다.

노마와 제인은 모두 난데없이 상상의 세계에 빠져들기를 매우 좋아한다. 하지만 이는 관중의 환호가 멈추고 그들의 시선이 다른 곳을 향하고 나면 별로 부럽지 않은 재능으로 전락해 버린다. 틴셀타운tinseltown*에서의 이런 자기풍자 속에서, 생각과 감정은 골칫거리일 뿐이고 명성은 정신에 끔찍한 상처를 입히는 치명적인 환각제이며 아무리 빛나는 별도 결국에는 그 빛이 쇠한다.

할리우드에서 지성과 감성의 위험성을 가장 인상적으로 구현한 캐릭터는 뜻밖에도 할리우드에 서식하지 않는 인물이다. 이번에도 베티 데이비스가 연기한 캐릭터로, 뉴욕 연극계를 배경으로 한 영화 〈이브의 모든 것All About Eve〉에 등장하는 '마고 채닝'이다. 마고는 자신의 전성기를 반기지 않는다. 현명한 그녀는 전성기가 그리 오래 지

• 할리우드의 별칭으로, '번쩍거리는 도시'라는 뜻이다.

속되지 않는다는 것을 잘 안다. 자신을 스스로 검열하지도 못하고 주변의 잔인하고 천박한 존재들을 무시하지도 못하는 그녀는 영화가 진행되는 두 시간에 걸쳐 유명한 신진 여배우에서 어둠을 자초해 자멸하는 블랙홀로 변신한다. 어느 낯선 구경꾼들이 모인 파티에서 마고가 내뱉은 말("안전벨트 단단히 매, 험난한 밤이 될 테니까")에 담긴 당장이라도 폭발할 듯한 격분은 이 세상 파파라치들이 불러일으키는 감정을 다 합친다고 해도 못 당할 정도다.

이 모든 영화 속에서, 할리우드가 선사하는 굴욕감은 한때 기고만장했던 디바를 피해망상에 빠진 괴물로 만들어버린다. 이제 이들에게 남은 것은 예전의 영광을 되찾고자 하는 열망 아니면 막 우월한 위치에 올라 영광을 누리기 시작한 누군가를 수단 방법 가리지 않고 파괴하려는 충동뿐이다. 〈앙투라지〉의 빈센트 체이스에게 그런 열정이 있다고 상상해 보라! 결국 마약을 끊지 못해 내리막을 걷게 되었을 때조차, 빈스는 1980년대에 청소년 선도의 목적으로 방과 후 시간대에 맞춰 방송했던 TV 프로그램 주인공 스콧 바이오*처럼 무기력한 모습을 보일 뿐이다.

하지만 〈앙투라지〉의 시즌별 특징이 매번 별다르지 않아 보였

---

* 미국의 영화배우로 왕년에는 하이틴 스타였다. 1980년 ABC 방송사의 방과후 특집 드라마 〈스톤드(Stoned)〉의 주인공 역할을 맡았다.

던 이유에는 사람을 타락시키는 힘을 가진 스타덤이 빈스나 관객인 우리에게 어떤 점증적 효과도 미치지 못했다는 점도 있다. 이상하게도, 영원히 타락하지 않는 순진한 소녀처럼 빈스는 자아도취를 부추기는 할리우드에서의 삶에 계속 저항한다. 그리고 흠모하는 팬들이나 아첨하는 스튜디오 사장의 허울뿐인 찬사도 즐기지 않는다. 그 대신 유명세 덕에 얻은 비키니 차림의 노획물들을 무심하게 취할 뿐이다. 빈스가 딱 한 번 표출한 욕설과 분노 역시 실존적 공포나 상처받은 자아 같은 심각한 이유로 인한 행위는 아니었다. 그날 밤 그저 약간 짜증이 나 있었고 수면 부족에다 코카인에도 덜 취해서 낯선 이와 한가롭게 대화를 나누기 힘든 상태였을 뿐이다.

물론 〈앙투라지〉의 최우선 과제는 유명인으로서 짜릿한 삶을 살아가는 그에게서 시청자들이 대리만족을 느낄 수 있도록 그를 늘 호감 가는 인물로 그려내는 것이었다. 궁핍하거나 자기 자신만 알거나 때때로 허풍을 떠는 인물, 또는 이른바 친구라는 인간들이 지긋지긋한 곰팡이처럼 사회적·경제적으로 집요하게 들러붙는 것에 대해 분개하는 인물로 감히 빈스를 묘사했다면, '아무래도 좋다'는 메시지를 전하는 이 유쾌한 드라마의 분위기에 맞지 않았을 것이다.

쿵쿵 울리는 비트와 끝없이 몰려드는 귀여운 아가씨들을 배경으로 심판의 날이 왔다면 정말 앞뒤가 완벽하게 맞았을 것이다. 물론 나중으로 갈수록 이런 배경도 영 별로로 느껴지긴 하지만 말이다. 마지막 시즌에서, 우리는 말끔하고 술에 취하지 않은 모습으로 약물중독자 모임에 즐겁게 참여하는 빈스를 다시 보게 된다. 그의 친구들역시 버드와이저 맥주병을 홀짝거리는 모습으로 다시 돌아온다. 〈앙투라지〉는 〈이브의 모든 것〉처럼 교훈적인 이야기나 〈섹스 앤 더 시티〉처럼 도시 상류사회의 동화가 아니라 그저 섹스와 약물에 특별한재주가 있는 남자들의 이야기다. 게다가 그들이 반복해서 농담을 주고받는 장면에서 백인 남자들이 센 척하며 서로 놀려대는 잡다한 소리에 뒤섞인 로큰롤 음악은 놀랍도록 밋밋하다.

조연들은 각자 한 가지씩 감정적 문제를 겪고 있다. '드라마'는불안하고, '에릭'은 여자친구인 '슬론'과의 결혼 문제에 미온적이며,'터틀'은 경력을 쌓아나가고 싶은 마음이 별로 크지 않은 것 같다(오히려 개인적인 문제를 해결하는 데 더 많이 연루되는 인물이다). 게다가이들은 죽고 사는 문제가 아니라면 조금도 개의치 않는다.

당연한 일이겠지만, 오직 제레미 피번이 연기한 에이전트 '아리골드'만이 시청자의 마음을 진짜로 사로잡는 유일한 인물이다. 그는명석한 두뇌로 모든 일을 계획하고 이끌지만 익살맞은 면도 있고, 공격적으로 독설을 날리지만 빈스 4인방에게 끊임없이 무시당한다. 간단히 말해, 할리우드의 부패상을 그린 대표적인 영화 〈미녀와 건달The Bad and the Beautiful〉 같은 이야기에 완벽하게 어울리는 모순된 성격의 인물이라고 할 수 있다. 빈스와 그 멍청이 일당들과는 달리 아리 골드는 크게 생각하고, 크게 느끼며, 실수도 연달아 크게 한다. 반면 다른 인물들(빈스, 드라마, 터틀, 에릭)은 현실 세계와 너무 단절된 나머지 일반적인 초밥 맛이 어떤지도 모르는 남자들이나 가질 법한 얄팍한 자신감에 취해 윤이 나는 바닥을 어슬렁거릴 뿐이다.

✳ ✳ ✳

바비큐용 쇠꼬챙이에 꽂힌 두툼한 소고기처럼 끝없이 빙글빙글 도는 스트리퍼들을 멍한 표정으로 응시하며 우정 어린 재담을 끝도 없이 주고 받는 〈앙투라지〉의 에피소드들을 연달아 보고 있으면 '자니 마코'가 된 것 같은 느낌이 들기 시작한다. 그는 유명인의 삶을 다룬 소피아 코폴라 감독의 매우 색다른 영화 〈썸웨어Somewhere〉의 주인공으로, 만족을 모르는 인물이다. 스티븐 도프가 연기한 자니 마코는 할리우드 스타들의 공간으로 유명한 고급 호텔 샤토 마몽에 살며 행사장에서 행사장으로 이동할 때는 경호원들의 호위를 받는 유명인사다.

하지만 그는 갈수록 기쁨이나 설렘 같은 감정이 멀게만 느껴진다. 자니(그리고 자니와 비슷하지만 쾌활한 성격인 빈스)는 스타덤의 파괴적인 영향을 다룬 할리우드 고전을 현대적으로 재현한 인물이다. 그는 옛 스타들과 달리 부와 명예에 집착하지 않는다. 오히려 그것을 위해 자신의 인간성을 포기한다.

영화에서 가장 인상적인 장면은 자니가 역할 때문에 얼굴에 하얀 석고를 둘러쓰는 장면이다. 조용한 방에 앉아 힘들게 호흡을 조절하는, 존재하지만 존재하지 않는 이 얼굴 없는 남자의 숨소리에 귀를 기울이며 우리는 불편한 몇 분을 보낸다. 석고 때문에 진짜 자기 얼굴은 지워진 상태이지만 그의 생각과 느낌은 힘겨운 호흡과 함께 흉곽 안에서 펄떡이며 존재를 알린다. 물론 우리도 그의 생각과 느낌을 똑같이 느낀다. 반면 〈앙투라지〉의 청년들은 자신들이 생각하고 느끼는 것을 단 한 번도 우리에게 이해시켜 주지 않는다.

이는 〈앙투라지〉가 애초에 지극히 남성적인 판타지이기 때문이다. 그 안에서 그려지고 있는 아무 걱정없는 행복감은 현실에서는 마약의 도움 없이는 다다르기 힘들다. 네 청년은 여러 가지 이유로(터틀은 빈스가 남긴 음식 때문에, 드라마는 사업 때문에, 빈스는 늘 자신보다 똑똑한 여자들 때문에, 그리고 에릭은 거의 모든 주변인들 때문에) 위신이 손상되지만, 늘 차가운 맥주 한두 잔에 대수롭지 않게 떨쳐버린다.

아이리스 오웬스가 묘사한 그 쾡한 인간들처럼, 이들은 무리의 일원이 자신들의 진정한 소명, 즉 아무 생각 없이 즐겁게 어울리는 생활로 돌아올 때마다 서로의 손바닥과 등을 마주치며 스스로 그리고 서로 자랑스러워한다. 이렇게 생각과 감정이 없는 상태를 유지하는 그들의 재능은 사실 꽤 이례적이다. 이런 이유로 시청자들은 〈섹스 앤 더 시티〉를 볼 때와는 달리 〈앙투라지〉의 등장인물 가운데 누가 자신과 가장 비슷한지를 꼽는 행동을 하지 않는다. 왜냐하면 답은 늘 '빈스'이기 때문이다. 누구도 그 나머지 일당이 되고 싶어 하지 않는다.

✳ ✳ ✳

현실도피적 판타지는 〈앙투라지〉에서 절정을 이룬 다음 무대가 바뀐다. 텔레비전 쇼와 고급 잡지를 통해 중계되던 사치스러운 생활 모습은 이제 인스타그램으로 자리를 옮겼다. 상상할 수도 없었던 엄청난 부자들의 생활을 이제 우리는 주머니 속 휴대전화의 작은 화면으로도 얼마든지 들여다볼 수 있게 되었다. 사치는 그 어느 때보다 가깝고 손에 넣기 쉬운 것처럼 느껴지기 시작했다. 그리고 이 때문에 사람들은 오히려 전보다 더 불안하고 무기력해졌다.

극히 일부만이 누릴 수 있는 세상을 이렇게 훤히 들여다보는 것이 현실도피적인 사치를 부추긴다는 사실을 사람들은 잘 알지 못한다. 인스타그램을 통해 드러나는 사치는, 죄책감을 동반한 쾌락을 전파해 사람들의 정신을 혼란스럽게 만든다는 기존의 틀을 벗어나 우리 삶 속에 완전히 파고들었다. 이제는 그 불평등을 느끼지 않고 일상을 살아가기가 힘든 지경이다. 인스타그램은 마치 불만을 조장하기 위해 만들어진 장치 같다. 그게 전부가 아니다. 사람들은 이제 '모두' 사치를 누릴 자격이 있다고 느낀다.

　사실 타인의 경험이 담긴 이미지는 우리 삶의 많은 부분을 지배하고 있다. 그렇다 보니 가끔은 그 이미지처럼 산다는 게 실제로 어떤 느낌일지 생각해 보기를 잊고 그들의 좋아 보이는 모습에만 관심을 가진다. 하지만 그 반짝반짝 빛나는 사진들에 담긴 메시지는 모두 똑같다. '이 여자가 너보다 나아 보여. 그리고 이 여자는 #아침에이렇게일어나'라든지, '이 남자의 세상은 네가 사는 세상보다 비싸고 멋져' 같은 것들이다. 빈스와 그의 친구들이 그렇듯이, 그런 이미지들은 다른 사람들의 생각이나 감정을 똑같이 추구하라고 우리에게 요구하지 않는다. 그 대신 생각이나 감정이 더 이상 존재하지 않는, 아름답고 더없이 행복한 곳을 상상하라고 말한다.

　이 무념무상의 상태가 바로 최고의 사치다. 생각과 육체적 욕망의 덫에서 해방된 후에야 우리는 물결이 반짝이는 수영장과 몰려드는 여자들의 영광을 누릴 수 있다. 그때야 비로소 우리는 노력하지 않고도 쉽고 편하게 사는 빈스의 이상향에 이를 수 있는 것이다. 그렇지만 이런 욕망은 이미지 속에서만 가능할 뿐이다. 실제로 그 파티장 한가운데에 서서 최신 유행가에 맞춰 느릿느릿 춤추는 아가씨들에게 둘러싸여 있을 수는 없기 때문이다. 현실에서는 늘 음악 소리보다 크게 소리를 질러대서 감흥을 다 깨버리는 누군가가 있고, 음악은 점점 기대감이 커질 때 꼭 한 곡 건너뛰며, 누군가는 식사 때 먹은 고수 이파리가 이에 낀 줄도 모른 채 웃고 떠든다.

당연한 말이겠지만, 현실은 실망스럽다. 알다시피 생각과 감정은 늘 순수한 쾌락을 방해한다. 왜냐하면 쾌락은 — 미국의 배우이자 모델인 크리시 티건의 인스타그램 피드에 의하면 — 아주 친밀한 감정이지만 그와 동시에 현실에서는 거의 느끼기 힘든 감정이기 때문이다. 우리는 그 이미지 속에서 살 수 없다는 사실을 잘 안다. 하지만 왠지 스토커처럼 계속 그 창을 들여다보기를 멈출 수 없다.

최근 나도 모르게 모델이자 영화배우인 킴 카다시안과 래퍼 카네이 웨스트가 함께 찍힌 사진을 넋 놓고 들여다본 적이 있다. 일요일 아침에 촬영된 사진이었는데, 두 사람은 그들 특유의 나들이옷 차림으로 하얀 벽과 깨끗한 베이지색 바닥을 배경으로 서 있었다. 나는 두 사람이 이토록 완벽하고 평화로운 모습이 되기까지 스타일리스트와 가정부와 유모와 바람잡이들이 도대체 얼마나 요란하게 이들을 화장하고 매만지고 치장해 주었을지 궁금해졌다.

혹시 사진 촬영이 이루어지는 바로 그 앞에서는 아이들이 가정부와 스타일리스트와 유모들이 너무 바삐 돌아다녀 신경에 거슬린다며 큰 소리로 불평하지 않았을까? 킴 카다시안의 머리를 아이들이 엉망으로 만들지는 않았을까? 카네이는 1분이 멀다 하고 계속 사진을 찍어야 하는 그 상황에 대해 불평하고 있지는 않았을까? "부활절에도 꼭 이렇게 일해야 해?" 카네이는 킴에게 이렇게 물었을지도 모른다. 그러면 킴은 이렇게 대답했을 것이다. "이게 내 일인 걸. 이건 내 브랜드고. 꼭 이걸 몇 분마다 말해줘야 해? 덕분에 집에 불도 켜고, 밖에 저 넓은 잔디밭에 물도 줄 수 있는 거라고."

카네이는 한숨을 쉴 것이다. '잔디밭 이야기는 대체 왜 하는 걸까? 저 아름다운 풀밭은 왠지 나를 외롭게 만든다. 마치 다른 이들은 모두 죽어 없어진 세상에서 혼자만 센트럴 파크에 사는 느낌이다. 목이 아파온다. 또 감기가 오려나 보다. 여행을 너무 많이 다녀서 그런가.' "잠시만이라도 평범하게 살고 싶어." 그가 말한다. "그러니까 내 말은, 그냥 그렇게 살 순 없을까……?"

킴이 묻는다. "평범한 게 뭔데?"

* * *

2017년 봄, 대중에게 꿈의 축제를 약속했던 파이어 페스티벌Fyre Festival은, 점점 더 심각해져 가고 있는 이미지와 현실 사이의 괴리만을 선명하게 드러내면서 최악의 참사로 남고 말았다. 축제를 홍보하기 위해 온라인을 떠돌던 예고편 영상에서는 멋지게 그을린 모델들이 그 탄탄한 몸에 차라리 끈이라고 해야 맞을 것 같은 손바닥만 한 비키니를 입고서 카리브해의 수정처럼 맑고 푸른 물에서 수영과 제트 스키를 즐기는 모습이 연출되었다. 아름다운 그녀들의 모습은 수많은 군중이 모인 콘서트 장면에 어스름하게 뒤섞이고, 그곳에서는 모두가 사랑을 느끼고, 음악의 비트를 즐기며, 독주를 들이키면서 그저 분위기에 푹 젖어 있는 것 같다. 그들이 느끼는 감정을 똑같이 느낀다고 상상해 보라. 생각이라는 것을 할 여지가 없다. 그저 음악과 사람들에 완벽히 동화되어 버린다.

하지만 이는 그 '장면' 속에 존재하는 감정일 뿐 실제로 느끼는 것과는 다르다. 그리고 파이어 페스티벌 입장권을 손에 든 이들은 바하마섬에 도착하자마자 홍보업체에서 약속한 멋진 음악과 호화로운 숙박 시설, 최고의 요리사 등 홍보 영상 속의 환상적인 모습은 실제와 완전히 동떨어진 것이었음을 깨달았다. 그들이 발견한 것은 낙원에서 질리도록 즐겁게 뛰노는 슈퍼모델들이 아니라 볼품없는 해변에 자리한 다 쓰러져 가는 재난구조용 텐트와 쇠파리 떼, 차갑게 식은 치즈 샌드위치가 전부였다.

'진짜' 파이어 페스티벌 장면이 찍힌 새로운 영상들을 볼 때의 느낌은 인스타그램에 게시된 홍보 영상의 호화스러운 모습을 볼 때와는 완전히 달랐다. 사람들은 실제 그곳에 가 있는 사람들의 처절한 기분을 아주 분명하게 느낄 수 있었다. 흐린 날 모래사장에 접이식 의자를 펴고 앉아 윙윙거리는 파리 떼에 둘러싸인 채 축축해진 슬라이스 가공 치즈나 멍하니 바라보고 있는 기분은 너무나 분명하고 뻔했다. "나는 1만 달러나 주고 VIP 입장권을 샀다고요." 무더운 공항에서 대책 없이 기다리고 있던 한 남자가 영상 속에서 눈물을 글썽거리며 말했다. 떨리는 그의 목소리에서 그가 자신이 처한 운명에 얼마나 당혹스러워하고 있는지 짐작할 수 있었다. "도대체 어떻게 이런 일이 있을 수 있습니까?" 그의 슬픈 눈이 애원하듯 우리를 향했다.

하지만 이것이 바로 현실의 사치가 종종 선사하는 감정이다. 바로 실망감이다. '비싼 수건인데 왜 이렇게 뻣뻣하지?' '비싼 돈 주고 힘들게 왔는데 하늘이 왜 이리 칙칙해?' '이 칵테일은 비싸던데 왜 이리 달고 도수가 낮아?' '비싼 식당에 힘들게 왔건만 웨이터는 대체 어디 있는 거야?' '스테이크는 또 왜 이렇게 많이 익었어?' '별로 고급스러워 보이지도 않고 시끄럽게 떠들기만 하는 저 인간들은 왜 이 낙원에 나랑 같이 있는 거지?' '하는 행동은 꼭 나만큼 이 낙원에 비용을 지불한 사람들 같군.'

사실 자신이 낙원에 속해 있다고 믿는 것, 그리고 그 낙원이 사진에서 본 것만큼 좋을 것이라고 믿는 것은 낙원이 주는 기쁨을 꽤 빠르게 사라지게 만드는 방법이다. 그것이 바로 〈앙투라지〉가 그토록 비인간적인 범죄처럼 느껴지는 이유다. 심지어 그 짜릿함을 대리 만족할 수 있는 매우 드문 기회인데도 말이다. 반복해서 등장하는, 하나같이 맨살을 훤히 드러낸 사람들이 어울려 노는 수영장 파티 장면이 가뜩이나 지루하고 밉살스럽게 느껴지는 이유는 분명 빈스와 그 친구들의 허세와 오만 때문이다. 가식과 무의미함에 부글부글 속을 끓이며 침을 뱉는 마고 채닝을 우리는 그리워하지 않을 수 없다.

티 없이 아름다운 인스타그램 이미지나 비현실적으로 화려한 콘서트의 흐릿한 홍보 영상에 어떻게든 필적할 만한 삶을 꿈꾸는 대신, 일상에서 맞닥트리는 작은 일들을 마치 뜻밖의 행운처럼 받아들이도록 노력하자. 그런 일상이 진정한 사치가 아닐까? 결국 사치란 순간을 즐기며 편히 쉬는 것, 그보다 더 좋은 것은 없음을 아는 것이다.

여기에는 돈도 필요하지 않다. 완벽한 풍광도 필요 없다. 오직 필요한 것은 흐트러지고 비뚤어진 풍경과 별로 매력적이지도 않고 보기에 심란한 풍경을 바라보면서도 '그래, 바로 이거야'라고 생각할 수 있는 능력이다. 이럴 수 있으려면 큰 관점의 변화가 필요하다. 생각이나 감정에서 단번에 벗어날 수는 없는 노릇이니 결함이 있어도 받아들이고 좋아할 수 있도록, 더 나아가 아주 훌륭하다고 느낄 수 있도록 생각과 감정을 단련해야 한다.

하늘이 우중충하다. 파리 한 마리가 손에 날아와 앉는다. 칵테일은 미지근하다. 그런데 마음을 느긋하게 먹고 현실을 받아들이니 기분이 좋아지기 시작한다. 아니, 좋은 것 이상이다. 현실을 상상 속의 완벽한 대안과 비교하지 않고 있는 그대로의 현실을 기꺼이 받아들이는 것이다.

절주 중이라 칵테일을 마시지 못하는 상황이라면 어떨까? 목이 아프다면? 지각했거나, 가슴이 조마조마한 상황이라면? 사소한 문제 하나하나와 그로 인한 절망감, 그리고 이미 벌어진 일을 '바로잡기 위해' 성급하게 뭔가를 시도하려는 정신과 육체에 집중해 보자. 그런 다음에는 그냥 항복해 버리는 것이다. 이미 돌이킬 수 없는 일들이다. 이런 과정은 모든 순간을 가치 있게 만들어준다. 일상에서 벌어지는 이런 예측 불가능한 순간에 흠뻑 젖어 들 수만 있다면, 그것이야말로 진짜 사치가 아닐까.

나와의 화해

What If This Were Enough

집착과 해방

▼

오늘은 운전면허증을 갱신하러 차량국에 가야 한다.
지금 면허증에 있는 사진은 10년 전에 찍은 것인데, 너무 오래되다
보니 사진 속의 마냥 태평스러운 내 모습에 자꾸 깜짝 놀란다. 머리
에는 부자연스러운 윤기가 흐르고, 미소는 마치 "나 별다른 약속 없
으니 칵테일이나 마시러 가요!"라고 말하는 듯하다. 오늘 나는 이 속
편한 여인에게 작별을 고하고, 그 대신 나이 먹고 근심 많은 새 여인
을 맞이해야 한다. 그리고 무엇을 할 수 있고 무엇을 할 수 없는지,

무엇을 기대할 수 있고 무엇을 기대하면 안 되는지 자세히 적어놓은 표지판을 읽으며 참을성 없는 낯선 이들과 함께 대충 표시된 줄에 서 있어야 한다.

지난번 면허증을 갱신하러 갔을 때는 처음 찍은 사진이 너무나 형편없어서 차량국 직원이 큰 소리로 웃음을 터트렸던 기억이 난다. 그때 나는 어렸고 별걱정 없던 터라 그런 웃음이 전혀 신경 쓰이지 않았다. "어떻길래 그래요? 이리 줘봐요." 나는 명령하듯 말했다. 그가 화면을 내 쪽으로 돌렸다. 눈은 반쯤 감겼고 입은 기묘하게 일그러져 있었다. 영화 〈일렉션Election〉에서 리즈 위더스푼이 연기한 완벽한 총학생회장 '트레이시 플릭'이 술에 절어 제정신이 아닌 얼굴로 포착되었던 정지 화면을 기억하는가? 내 표정이 바로 그랬다. 하지만 다음에 찍은 사진은 아주 훌륭했다. 왜냐하면 첫 사진 때문에 도저히 웃음을 그칠 수 없었기 때문이었다.

하지만 오늘 내 기분은 그때 같지 않다. 오늘 만일 똑같은 상황이 벌어진다면 나는 투덜거릴 것이다. 그들은 형편없는 사진을 또 한 장 찍을 것이고, 우리는 아무도 웃지 않을 것이다. 그들에게 나는 그저 꼬리표를 달아 다시 로스앤젤레스의 거친 고속도로 위로 되돌려 보내면 그만인 화난 여자일 뿐이다. 여러분은 차량국을 방문하면 마치 대단한 인물처럼 그 좁은 세상을 쥐락펴락할 수 있다는 사실을 깨달을 것이다. 물론 약 서른아홉 살까지 한시적으로만 가능한 이야기지만 말이다. 그 이후에는 더 이상 특별한 대접을 받지 못한다. 그저 무명인들 사이에 섞여 분간하기 힘든 또 하나의 얼굴로 치부된다.

나는 아버지의 오래된 운전면허증을 모두 간직하고 있다. 운전면허증은 누군가 세상을 떠났을 때 사람들이 유품으로 간직하는 물건이다. 사람들이 유품으로 간직하는 것은 망자의 물건 가운데 출판되지 않은 종이더미도 아니고 책이 가득 꽂힌 선반도 아니며 바로 면허증이다. 차량국에 방문했었다는 증거를 간직하는 셈이다. 노스캐롤라이나 차량국에서 한때 사진 촬영에 사용했던 어두운 적색 배경 앞에서 4년마다 조금씩 나이 들어가는 모습으로 찍힌 아버지의 작은 사진들을 보고 있으면, 어쩐지 나는 맥박이 조금씩 느려지면서 의자를 찾게 된다. 아버지는 이런 사진을 찍을 때 미소 짓는 사람이 아니었다. 하지만 세월이 흐르는 동안 눈을 조금씩 더 크게 뜬 모습이었다. 아마 조금이라도 덜 나이 들어 보이고 덜 퉁명스러워 보이려고 그랬을 것이다.

1973년 3월 5일, 아버지는 붉은색 깅엄체크 셔츠에 빨간 넥타이를 맸다. 막 서른네 살이 되었을 때였다. 1981년 3월 10일, 아버지는 적갈색 셔츠에 브이넥 스웨터를 입었다. 막 마흔두 살로 접어들었을 때였는데, 서른네 살 때보다 건강해 보였다. 1985년 3월 14일, 아버지는 영화배우 조지 해밀턴처럼 그을린 모습이다. 1989년 3월 13일,

아버지는 막 오십 살이 되었고, 사진을 찍기 직전에 안경을 벗었다. 아마 젊어 보이려고 그런 것 같다. 아버지의 얼굴은 이전 사진들에서 보다 평온하고 솔직해 보인다. 1993년 3월 15일에 찍은 마지막 사진에서는 백발인데, 여유 있고 행복해 보인다. 그리고 그로부터 2년 반이 지난 어느 날, 아버지는 약간의 통증을 느끼며 잠자리에 들었다가 생애 첫 심장마비로 사망했다.

누군가 평균보다 이른 나이에 사망했다는 사실 때문에 생전에 그가 행한 모든 것을 비극적으로 느낄 필요는 없지만, 때로는 그게 마음대로 안 된다. 코팅된 면허증들을 하나씩 들여다볼 때마다 뭔가 조금이라도 희망이 되는 이야기가 준비되어 있다면 좋겠다. 깔끔하게 4년 단위로 젊은 얼굴에서 나이 든 얼굴로, 그리고 늙어버린 얼굴로 변해가는 아버지의 인생이 별로 우울하게 느껴지지 않았으면 좋겠다. 카메라 플래시가 얼굴을 비추던 순간마다 아버지는 어떤 기분이었을까. 그 차량국 사무실의 음산한 불빛 아래에서 어떤 수치심이나 슬픔이 스며 나오고 어떤 열망이 표출되었을까.

아버지는 늙고 싶지 않다는 말을 많이 했었다. 정기적으로 자신의 부모를 방문했지만 그러고 나면 종종 우울해했다. 아버지는 그들처럼 살고 싶어 하지 않았다. 그렇게 구부정한 자세와 주름진 얼굴로 담배를 태우고 서로 끊임없이 말다툼하며 종말에 이르고 싶어 하지 않았다. 어쩌면 아버지는 노화와 죽음을 대단히 두려워했는지도 모르겠다. 언제나 아주 건강했고 대부분 서른다섯 살 이하인 여러 명의 여자친구를 동시에 돌아가며 만났음에도 불구하고 노화는 아버지를 불안하게 만들었다.

20여 년이 흐른 지금, 나는 사람들 '대부분'이 늙어가는 것에 대해 불안해하며 그 불안이 너무 큰 나머지 터놓고 말하기를 주저한다는 사실을 깨달았다. 우리는 자신이 언젠가는 죽을 수밖에 없는 존재이며 남들과 마찬가지로 늙어갈 것이라는 사실을 믿지 못한다. 특정한 나이가 되면, 운이 좋다고 할 때 앞으로 얼마나 더 살 수 있을지 세어보기 시작한다. 더 실용적으로 변하고 가질 수 있는 것은 가지려고 한다. 무엇을 기대할 수 있고 무엇을 기대하면 안 되는지 알려주는 커다란 표지판 같은 것은 필요치 않다.

❊ ❊ ❊

10년 전 면허증용 사진을 찍었을 때, 나는 서른세 살에 체중은 56킬로그램이었다. 당시 아침마다 했던 등산 덕에 사진 속 내 얼굴은 탄탄하고 그을려 있다. 그때 나는 집에서 프리랜서 작가로 일하면서 많은 돈을 벌었고, 책도 많이 읽었으며, 실내용 화초도 많이 사들였다. 기타를 치며 작곡도 했다. 정말 젊었었는데, 그때 나는 내가 얼마나 젊은지 정말 몰랐다.

활짝 웃고 있던 서른세 살에서 멍한 표정의 염세적인 마흔세 살로 획 넘어가기 전에 그 시간 동안 있었던 일들을 꼽아보면, 나는 남자친구를 차버렸고, 직장을 구했으며, 집을 샀다. 또 결혼해서 의붓아들과 함께 살게 되었으며 딸을 낳았고, 책을 썼고, 딸을 또 한 명 낳았으며, 직장을 그만두었다. 그리고 친한 친구가 암으로 세상을 떠났다.

처음 받았던 면허증에서 다음 면허증으로 흘낏 눈길을 돌려본다. 눈에 보이지는 않지만 그 안에는 남자친구를 차버릴 용기를 끄집어내느라 긴 밤을 뒤척이며 보내던 나와 불확실한 미래를 받아들이려 애쓰며 혼자 벽에 페인트를 칠하고 있던 나, 미래에 남편이 될 사람과 차를 몰고 스페인 남부를 돌아다니던 나, 그리고 그로부터 일년 후 임신한 나, 호르몬 변화 때문에 한바탕 성질을 부리며 앞마당 잡초를 몽땅 뽑던 내가 있다. 처음으로 보육시설에 아기를 맡기고 돌아오는 차 안에서 울던 나도 있고, 해변에서 자외선차단제를 얼굴에 듬뿍 바른 채 아이들이 모래를 입에 넣을까 봐 노심초사하던 나, 친구가 평온하게 죽을 수 있게 도와주려고 덜덜 떨리는 손으로 알약을 으깨며 대체 평온한 죽음이라는 것이 있기는 한지 궁금해하던 나도 있다.

10년이면 정말 많은 일이 일어날 수 있는 시간이다. 걱정은 영원히 우리를 따라다닌다. 서른세 살의 나는 내 악취미도 같이 늙어가 결국 그 때문에 우울해질 것이라고는 생각하지 못했다. 그리고 적어도 그때의 나보다는 나은 사람이 되어 있을 것이라고 생각했다. 젊음이란 뭘까? 이치에 맞지 않는 우월감을 다스리고, 불신감을 무기한 유예하며, 유한한 존재인 인간이라면 누구에게나 닥칠 수 있는 전염병이나 위험이 자신만은 비켜갈 것이라고 믿는 능력일까? 그러다 어느 날 정신이 번쩍 들면서 깨닫는다. 자신만 예외일 수는 없다는 것을 말이다.

일주일이 지나자 사진이 도착했다. 마치 말년이 멀지 않았음을 알리는 전조처럼 느껴졌다. 머리카락은 힘이 없고 머리숱도 듬성듬성 비어 있다. 눈 밑은 거무스름하다. 필로폰 중독의 폐해를 다루는 사진 에세이에 실어도 괜찮을 정도다. 무표정한 얼굴에 죄책감이 살짝 드러난 성범죄자 같기도 하다. 지금까지 찍은 사진 중 최악인 것 같다. 그런데 이제 이 사진이 박힌 면허증을 어디든 가지고 다녀야 한다.

좋게 보자면, 남편과 나는 면허증을 서로 돌려보며 그 흉측한 사진 때문에 족히 30분을 웃을 수 있었다. 하지만 개인적으로는, 뭔가 놓쳐버린 것 같은 이 얼굴이 진짜 내 얼굴이라는 사실을 믿을 수 없었다. 이것이 중년의 위기에 처한 내 모습이었다. 너무 늙어버리기 전에 뭔가를 하려면 시간이 얼마나 남았을지를 걱정하고, 지금쯤 어떤 인생을 살고 있어야 맞는지 끊임없이 확인하는 모습 말이다. 나는 나 자신에게 화가 났다. 얼굴이 더 보기 좋아야 할 것 같아서, 몸매도 더 열심히 가꿔야 할 것 같아서, 글도 더 많이 쓰고 요리도 더 잘해야 할 것 같아서, 그리고 엄마로서 아이들과 더 많이 같이 있어 주고 더 열심히 살아야 할 것 같아서였다.

✳ ✳ ✳

때로는 영감을 얻으려고 인터넷을 뒤진다. 하지만 세상 사람 모두가 나보다 활기 넘치게 살고 있다는 증거만 눈에 띌 뿐이다. 블로그와 트위터, 페이스북 덕분에 다른 사람들은 위축되어 살지 않는다는 증거를 샅샅이 살펴볼 수 있다. 그들은 아름다운 도시의 저택에서 아주 멋지게 살면서 아이들을 위해 맛있는 유기농 식사를 준비하고, 친척들이 '니나'의 세 번째 생일에 딱 맞춰 보내준 기분 좋은 선물에 매번 딱 맞춰 감사 인사를 남긴다.

페이스북을 뒤지고 있다 보면 차량국에서 만난 낯설고 지친 모습의 사람들은 잊게 된다. 갑자기 온 세상이 매우 유능하고 유행에 밝은 전문직 여성들 천지인 것 같다. 그들은 요가 교실과 글쓰기 워크숍을 바삐 오가며, 단단한 복근 위로 유행하는 옷을 팽팽하게 당겨 입고 곧 있을 두 번째 시집의 출간에 관해 서로 즐겁게 재잘거린다. 그것 때문에 새로 단장한 아파트로 이사 가는 일정이 정말 빠듯할 것

같다며 말이다. '하지만 이 봐, 누구나 아름답고 똑똑하고 대책 없이 생산적일 때는 다 그렇게 산다고!'

너무 많아 셀 수도 없는 그들의 취미와 행사와 특히 좋아하는 사업과 북클럽에 대해 다 알게 되어도 거기서 끝나지 않는다. 전문가가 찍은 것이 분명한 멋진 가족사진과 잘생기고 성공한 남편 사진과 사랑스러운 아이들이 담긴 사진도 봐야 한다. 아이들은 하나같이 고양이를 끌어안고 있거나 깨끗한 바닷가에서 환히 웃고 있거나 밤낮 없이 호기심이 가득하다.

예를 들자면, 그들의 아이들은 절대 팅커벨이 그려진 속옷에 실수로 쉬를 하거나 속옷을 입지 않겠다고 징징거리는 행동 따위는 하지 않는다. 하지만 그것은 아마도 그 아이들의 부모는 화를 내거나 냉동 생선까스를 데워주거나 세탁기 돌리는 일을 깜빡 잊지 않기 때문일지도 모른다. 이 아이들의 부모는 야외에서 별을 보며 자는 것을 허락해 주고, 잠자리를 깨끗하게 유지해 주며, 옥수수 시럽이 든 음료를 너무 많이 먹여 불쾌한 기분이 들게 하지 않을 것이다.

'자비로운 신이시여, 행복해서 어쩔 줄 모르는 이 부모들에게서 부디 저를 구하소서. 낙원에서 즐겁게 뛰놀고, 책을 출간하고, 철인 3종 경기에 참가하고, 보석을 세공하며, 위기에 처한 청소년들을 상담하고, 새집에 페인트를 칠하고, 농구처럼 힘들다는 새로운 유산소 발레 학원에 대해 떠들어대는 이 부모들로부터 저를 지켜주소서. 이 평화롭고 긍정적이며 유행에 민감한 엄마들, 그리고 그들이 소유한 염병할 수제 재활용 공예품과 1950년대의 현대적인 가구, 빛나는 피부와 낙천적인 성격, 발리에 있는 쾌적한 부티크 호텔로의 태평스러운 가족 여행 계획으로부터 저를 안전하게 하소서.'

실제로 나는 저렇게 유능하거나 열정적인 모습과는 거리가 먼 사람이다. 뜨개질도 할 줄 모르고, 요가도 못 하며, 낯선 이들을 향해 미소를 지을 줄도 모르고, 매일 아침 마스카라를 칠하지도 못한다. 이 사람들은 내가 결코 마술처럼 정시에 나타나고 기막히게 멋져 보이며 수백만 달러짜리 사업을 개시하고 전 세계를 여행하는 그런 사람이 될 수 없다는 사실을 상기시킨다.

젊은 시절에는 어느 날 갑자기 아침에 일어나 완전히 다른 사람이 될 수도 있다고 생각했다. 더 세련되고, 더 야심 차며, 더 계획적인 사람 말이다. 되돌아보면, 나는 나의 오락가락하는 감정과 짝짝이 신발, 이상한 머리 모양을 일종의 자기표현 방법으로 생각했던 것 같다. 젊을 때는, 어딘가 엉성해 보이고 회의적인 태도를 보이며 마약에 취한 듯 멍한 표정을 짓고 있어도 좋아 보인다. 하지만 더 이상 내 결점들이 용납되지 않는다. "다 고쳐야겠어." 내면의 목소리가 끊임없이 말한다. 이제 전문직에 종사하는 유능한 인간, 그리고 마침내 훌륭한 엄마이자 사랑스러운 아내가 되어야 할 때인 것 같다. 그리고 그렇게 하는 김에 규칙적으로 샤워를 해야 한다.

하지만 생산적인 어른의 현실에 적응하려 열심히 노력하든 말든, 내 운전면허증 사진 속의 나는 여전히 마흔세 살의 끝내주게 멋진 여자다. 언젠가 내가 죽고 오랜 시간이 흐르면 두 딸 중 누군가가 이 면허증을 손에 들고 슬퍼할지도 모른다. "엄마는 이때 겨우 마흔세 살이었네. 그런데 세상에, 머리가 저게 뭐야. 표정은 왜 저렇고. 왜 그렇게 화가 나 보이지? 사진 찍기가 겁이 났었나? 대체 뭐가 겁났던 거야?" 그때나 지금이나 나는 내 딸들이 이 사진을 보지 않았으면 좋겠다. 그리고 내가 나 자신에게 실망하는 모습도 보이고 싶지 않다. 그러니 적어도 이 사진만은 다시 찍어야겠다.

✳ ✳ ✳

어느 이른 일요일 아침, 식료품점으로 서둘러 가던 길에 어느 여자가 인도에 서서 '야드 세일yard sale' 표지판을 흔드는 모습을 보았다. 그녀는 미소를 지으며 그 커다란 골판지 조각을 흔들고 있었다. 그 위에는 뭔가 휘갈겨져 있었지만 거의 알아볼 수 없었다. 볼펜으로 쓴 글씨였는데, 마지막 부분의 글씨가 판지 아래쪽에 몰려 있는 것으로 보아 쓸 자리가 부족했던 것 같았다. 어쨌든 그녀는 자신이 쓴 표지판이 꽤 만족스러운 듯했다. 나는 혼란스러웠다. 왜냐하면 내가 쓴 표지판이 저렇다면 나는 갈기갈기 찢어버렸을 게 분명하기 때문이었다. 아마 그러고 나서는 어떻게 새로 쓸 여분의 골판지가 없느냐고 불평했을 것이고, 슈퍼에 가서 포스터용 종이를 여유 있게 사 오지 않은 남편을 비난했을 것이다. "내가 포스터용 종이 좀 사다달라고 할 때 그 '좀'은 '한 장 이상'을 뜻하는 거라고요!"

나는 어쩔 줄 몰라 갈팡질팡하며 '야드 세일' 표지판 같은 별것도 아닌 것을 놓고 남편과 싸우기 시작했을 것이다. 남들의 이목을 끌면서 그 엉터리 표지판을 들고 연석에 서 있는 것은 나에게 절대 용납할 수 없는 일이었다. 내가 그녀라면 남편을 대신 세워두었을 것이다. 그리고 만약 행사 당일에 마당이 너무 붐비고 바쁘다면 또 남편을 비난했을 것이다. "어디 갔었어요? 나 혼자 어떻게 다 감당하라고요! 애초에 당신이 먼저 하자고 했잖아요!"

그날 아침, 나는 교차로에 차를 세웠다. 그리고 그 여자가 이리저리 뛰어다니는 모습을 지켜보았다. 그녀는 자신에게 즉흥적으로 주어진, 거리에서 큰 소리로 손님을 끄는 새로운 역할에 아주 신이 난 것 같았다. 나는 그날 아침 기분이 별로 좋지 않았지만 그런 그녀의 모습에 웃음이 났다. 그녀에게는 호기가 있었다. 자신의 형편없는 표지판 상태에 대해 전혀 개의치 않았다. 내 뒤차 운전자의 얼굴에도 미소가 번지고 있었다. 그녀가 뿜어내는 원초적인 즐거움은 전염성이 있었다. 덕분에 좋은 아침이 되었다는 의미로 우리는 감사의 마음을 담아 그녀에게 손을 흔들어주었다. 우리는 그녀의 모습이 좋아 보였다.

대개는 나도 다른 사람들에게 어떻게 보일지 신경 쓰느라 자제력을 잃는 대신 그녀처럼 어떤 일이 닥쳐도 즐기는 편이었다. 어떻게 하면 다시 그럴 수 있을지 방법을 생각해 봐야겠다. 나는 충분히 멋지게 살아왔다. 그런데 왜 완벽한 차림의 정력적인 전문가를 부러워하며 머릿속으로 나 자신과 비교하고 있을까? 마치 바보 같은 표지판을 찢어버리고 새로 쓰기를 반복하고 있는 기분이다. 나는 계속 되된다. "다 엉망이잖아. 어떻게 제대로 하는 게 하나도 없니." 스스로에게 하는 잔소리는 여기서 끝나지 않는다. "지금쯤이면 실수 같은 것은 하지 말아야지, 어떻게 아직도 이 모양이야?"

연석 위에 서 있던 그녀처럼 되고 싶다. 아니, 이른 아침 어스름한 햇살 아래 잿빛 인도 위를 폴짝폴짝 뛰어다니던 그 찰나의 그녀 모습을 갖고 싶다. 그녀는 자신이 모자란 사람 같아 보일까 봐 걱정하지 않는다. 아무도 그녀에게 뭘 할 수 있고 뭘 할 수 없는지, 뭘 기대해야 하고 뭘 기대하면 안 되는지 말할 수 없다.

그녀는 자신이 갖지 못한 중세 가구나 아직 방문하지 못한 위스콘신의 유기농 농장 때문에 잠을 설치는 일은 없을 것이다. 그녀의 집은 청소 상태가 불량할 수도 있고, 흠잡을 데 없이 깨끗할 수도 있다. 어쩌면 아침마다 완벽하게 화장하고 멋지게 차려입을 수도 있고, 늘 부스스한 상태일 수도 있다. 어느 쪽이든 상관없다. 왜냐하면 이런 것이 자신의 인격을 판단하는 기준이 될 수 없다고 생각하기 때문이다. 그녀는 자신이 가진 것을 누릴 줄 알며 자신에게 부족한 것이 무엇인지 자문하지 않는다. 그것보다 중요한 일이 많다는 사실을 누구보다 잘 알기 때문이다.

어른의 세계

▼

어른이라고 항상 재미있는 것은 아니다. 때때로 나이
에 걸맞은 지식과 행동양식을 갖춘 성숙한 사람들로 가득한 파티에
갈 때마다 여지없이 곧 절망에 빠지곤 한다. 문을 열고 들어가 파티
주최자와 인사를 나누고 파티장 주위를 서성거리지만, 마음속 깊은
곳에서는 집을 나선 것 자체가 엄청난 실수였음을 이미 깨달은 상태
다. 놀랄 일도, 기쁠 일도, 새로 배울 일도 없다. 심지어 내 목소리도
듣기 싫다. 결국 심한 마비 증세와 더불어 자기혐오와 타인 혐오 상

태에 빠져버린다.

솔직히 말하자면, 분별 있고 진보적이며 도시에 거주하는 중년의 전문직 종사자들이 세상에서 가장 따분한 사람들처럼 느껴질 때가 있다. 나와 나이도 비슷하고 직업군도 비슷한 이들에게 감사하게 생각해야 할 점이 많다는 것은 잘 알고 있다. 이들은 개념 있고, 미국 공영 라디오 방송인 NPR을 들으며, 《애틀랜틱The Atlantic》을 구독하고, 북클럽에 가입한다. 또 자녀들은 혁신 유치원이나 이탈리아어를 집중적으로 가르치는 마그넷 스쿨magnet school*에 다닌다. 국가보조금을 받아 여러 사안에 대해 정부 정책을 개선하는 일을 하거나 문제 청소년들을 대상으로 일하는 이들과 알고 지낸다는 것은 환호할 만한 일이다. 지적이며 정보에도 정통한 이 사람들은 내가 간절히 알고 지내고 싶어 해야 마땅한 이들인 것이다.

하지만 배은망덕도 유분수지, 나는 이들에게 감사한 마음이 잘 들지 않는다. 그 이유는 아마도 하와이의 서핑 장면이 그려진 내 미지근한 수제 맥주와도 끝내주게 어울리는 '절망감'인 것 같다. 이 파티에 참석한 거의 모두가 오늘 아침 《뉴욕 타임스》를 훑어봤다는 사실은 감사할 일이다. 이들이 소설가 도나 타트의 최신작을 읽었고 그

---

* 뛰어난 설비와 교육과정을 갖추고 특정 분야의 전문 프로그램을 제공해 각 부문에 재능 있는 학생들에게 심화 교육의 기회를 제공하는 일종의 공립학교.

렇게까지 좋지는 않았다는 서평을 가능한 한 애매한 말로 내게 전해 줄 수 있다는 것도 기뻐해야 할 일이다. 나에게도 이 파티는, 도나 타트의 최신작에 대해 큰 목소리로 떠들고 좋은 글이란 어떠해야 하며 무엇이 책을 가치 있게 만드는지에 대해 구체적으로 논쟁을 벌이는 나 자신의 목소리를 들을 기회다. 물론, 조금 지루하고 장황하게 말할 수는 있어도 그 과정에서 누굴 모욕하거나 괜히 욕을 하거나 입 밖으로 침이 튀면 안 된다. 이곳에는 말을 너무 많이 하지 말라는 무언의 압박이 존재한다. 한마디 할 때마다 눈에 보이지 않는 모래시계가 따라다닌다. 모래가 다 떨어지고 나면 듣고 있던 사람들의 눈에서는 곧바로 흥미가 사라져 버린다.

그저 이곳에 와 있다는 사실, 집 밖으로 초대되어 내가 직접 준비하지 않은 음식들로 가득한 테이블 옆에 서 있을 수 있다는 사실에 나는 감사해야 한다. 물론 테이블 위에는 퀴노아와 물컹한 아보카도, 너무 오래 익힌 파스타와 싱거운 맛이 나는 큼지막한 페타 치즈 덩어리, 그리고 맛을 구분할 수 없는 초록 잎사귀가 드문드문 섞인 끔찍한 샐러드가 전부이지만 말이다.

또한 이 다채로우면서 아는 것도 많은 집단과 함께 쇠하고 있음에도 감사함을 느껴야 할 것 같다. 데님 셔츠와 리넨 차림에 편안한 신발과 끔찍한 뉴스보이 캡newsboy cap을 쓰고서 아무리 덥고 땀이 나도 맥주를 손에 들고만 있고, 피노 그리지오 와인을 홀짝거리기는 하지만 절대 두 잔은 마시지 않으며, 아주 작은 파란색 종이컵에 담겨 제공될 뿐만 아니라 레모네이드와 맛과 모양이 완전히 똑같은 탓에 한쪽에 '성인용'임을 알리는 문구가 없으면 그냥 레모네이드라고 해도 좋을 만큼 심하게 도수가 낮은 마르가리타를 즐겨 마시는, 국제 무대에서 활동하는 이 온화한 사람들에게 둘러싸여 우아하게 늙어 가는 것도 감사히 생각해야 할 것 같다.

이 '성인용' 레모네이드를 한 잔 마셔보니 취기가 오르려면 통째로 마셔도 부족할 것 같다는 생각이 들었다. 그리고 잠깐 실행에 옮겨볼까 하는 생각도 들었다. 이런 모임에서 취기가 오를 때까지 마시는 문제는 별로 중요하지 않다. 취하지 '않는' 것이 중요하다. 물론 이 전문직 종사자들도 과음해서 실언을 한 적이 있을 것이다. 훨씬 젊었을 때의 일이겠지만 말이다. 그들은 다년간 충분한 경험을 쌓은 결과, 그들은 그런 충동을 자제해 볼썽사나운 모습을 보이지 않으면서 자연스럽게 사람들과 섞이는 것이 좀 더 적절한 처신임을 깨달았을 것이다. 그들이 이제는 인기 없는 견해를 내놓지 않는다거나 부적절한 충동에 시달리지 않는다는 뜻이 아니다. 그들은 그저 그런 것들이 사람들을 불편하게 만들고 우정을 금 가게 하며 직장 생활을 끝장내 버릴 수도 있다는 사실을 알 정도로 충분히 성숙한 것뿐이다. 파티에 왔어도 파티에 온 것처럼 행동해서는 안 된다. 그러기에는 나이를 너무 많이 먹었다. 속내를 털어놓거나 앞뒤 안 맞는 말을 하거나 누군가를 불쾌하게 만들 수도 있지만, 이는 성인으로서 할 행동이 아니다.

어른의 세계에서는 모든 것이 명확하게 정해진 경계와 허용치 안에 있어야 한다. 굽은 불편할 정도로 높으면 안 되고 — 어쨌든 다들 현관에 신발을 벗어놓는다 — 음악 소리는 너무 커서는 안 되며, 너무 어두운 색의 립스틱은 바르면 안 되고, 음식은 양념 맛이 너무 강해서는 안 된다. 술은 도수가 너무 높아서는 안 되고, 대화는 너무 길어서는 안 된다. 누구도 다른 사람에게 그저 장난삼아 소리를 지르거나 삿대질하거나 조롱하지 않는다. 누구도 눈에 띄는 성격 장애를 갖고 있지 않다. 누구도 혼자 말없이 조용히 있거나 외로움을 티 내지 않는다. 누구도 절실해 보이거나 땀에 젖은 상태로 있지 않다. 누구도 경우에 안 맞게 굴거나 치아에 립스틱을 묻히지 않으며, 과하게 큰 스테이트먼트 주얼리statement jewelry*를 착용하지 않는다. 누구도 이유 없이 자신에게 이목을 집중시키지 않는다. 누구도 파문을 일으키고 싶어 안달하지 않는다. 누구도 갇혀 있다고 느끼지 않는다.

적어도 겉보기에는 그렇다. 이들에게 갈망, 분노, 질투 등 모든 감정은 수십 년 전에 없어졌어야 하고, 증발해 버렸어야 하며, 리넨 혼방 섬유와 디카페인 커피 음료, 프로바이오틱스로 싹 털어내 버렸

---

* 자신의 가치관이나 성향을 표현하기 위한 목적으로 착용하는 장신구.

어야 한다. 누구나 침착해 보여야 하고, 물도 자주 적당히 마셔야 한다. 형편없는 반바지를 입고 유럽인들처럼 다리를 꼬고 앉은 상태에서도 전혀 불편하지 않다고 주장해야 하고, 관자놀이가 시시각각 잿빛으로 변해가도 "무슨 말을 하려는지 알아요. 그렇죠, 당신 말이 맞아요"라고 말하는 듯한 기분 좋은 표정으로 상대를 대해야 한다. 눈웃음에 성의 있는 손짓도 물론이다. 이런 그들은 더 많은 파스타를 원하지만 파스타가 없어도 살아갈 수 있을 것이다.

하지만 나는 다르다. 조용히 자제력 발휘하기, 강렬한 욕구나 욕망 참아내기, 정체 모를 공허감 견뎌내기, 조금씩 홀짝거리며 마시기, 어설프게라도 미소 짓기, 예의상 잠시 멈추기, 자동 기계처럼 고개 끄덕이기 등은 내가 할 수 있는 일이 아니다. 내가 보기에는 우리 모두 자진해서 자기 자신을 지워버리고 있는 느낌이다. 마치 할 수 있는 적절한 일이 그것뿐인 것처럼 말이다. 그래서 나는 그 어른들에게서 벗어나 뒷마당으로 가서 홀로 잔디밭에 앉는다. 그리고 생각한다. '자기 자신이 없어질 지경이 되도록 사람들 속에 뒤섞이는 것이 무슨 의미인가. 그리고 왜 그것이 중요한 일인가.'

개 한 마리가 투명한 멜론색 플라스틱으로 만들어진 길쭉한 장난감 하나를 물고 나에게 다가온다. 개는 놀아달라는 듯 내 앞에 앉아 나를 올려다본다. 이 개는 하고 싶은 것도, 하고자 하는 욕구도 강하다. 개성 있고 요구도 많고 특별하다. 나는 개가 물고 있는 침에 젖은 막대기를 움켜잡는다. 하지만 개는 막대기를 꽉 물고 놔주지 않는다. 나는 그 미끄러운 것의 한쪽 끝을 꽉 움켜쥔다. 막대는 마치 골이 진 콘돔을 씌워놓은 반투명한 남근처럼 보인다. 개는 놓지 않는다. 갈등 중인 것이다. 내가 그 막대를 던져주기를 원하면서도 영원히 입에 물고 있고 싶기도 한 것이다. 신나게 놀고 싶으면서도 소유의 짜릿함을 음미하고 싶기도 한 것이다. 개는 이런 심적 갈등에 개의치 않는다. 예의를 모르기 때문이다. 개의 눈에 핏발이 선다. 그는 동시에 모든 것을 원하고 있다.

개가 막대를 떨어트린다. 내가 그 길쭉한 것을 주우려고 하자 개가 다시 막대를 향해 돌진하다 거의 내 손을 물 뻔한다. 그 잠깐의 순간에도 자기 장난감이 내 손에 들어오는 것이 못마땅한 것이다. "내려놔." 나는 딱딱하게 말한다. "내려놔, 내려놓으라고." 개는 내 눈을 쳐다보면서도 꽉 물고 놓지 않는다. "내려놓으라니까!" 나는 낮은 목소리로 으르렁거리듯 말한다. 드디어 개가 막대를 떨군다.

나는 오랫동안 잔디밭 저쪽으로 그 축축한 남근을 던지며 놀아준다. 잔디는 인조 잔디다. 개는 아무리 놀아줘도 결코 만족을 모른다. 어쨌든 나는 기분이 좋다. 여기서 개랑 노는 편이 훨씬 나으니까.

잃어버린 보물

▼

나는 열 살쯤에 가끔 '인다이'라는 노부인의 집을 방문했다. 남편을 먼저 떠나보내고 혼자였던 그녀는 우리 집에서 모퉁이만 돌면 나오는 작은 집에 살았는데, 내가 찾아갈 때면 퀴퀴한 냄새가 나는 바닐라 맛 하이드록스 쿠키와 작은 종이컵에 담은 포도 주스를 내어주곤 했다. 그러고는 주로 자연물을 모아 붙여 만든 자신의 공예 '작품'을 보여주었다. 그 작품은 자그마한 꽃들과 동그랗게 말린 모양으로 건조된 칡덩굴을 붙인 부드러운 유목 가지일 때도 있었고,

이끼 한 뭉치가 붙어 있는 길쭉한 돌멩이 위로 작은 아치형 나뭇가지를 배치한 것일 때도 있었다.

그녀에게는 언제든 내게 보여줄 수 있는 이런 창작품이 수십 개나 있었다. 그리고 내게 보여줄 때마다 꼬박 2~3분씩을 설명에 할애했는데, 옆집에 사는 여동생과 해변으로 여행을 갔다가 어떻게 그 유목을 발견했는지, 최근 산책길에서 어떻게 그 동그랗게 말린 칡덩굴을 찾았는지, 틈새로 이끼가 자라고 있던 정말 아름다운 이 나무껍질 조각을 어떻게 발견했는지 같은 이야기들이었다. 설명이 끝나면 그녀는 한 손을 내 팔에 얹은 채 다른 한 손으로는 손짓을 하면서 버지니아 특유의 우아한 말투로 묻곤 했다. "자 그럼 이제 헤더야, 이 '작품'에 대해서 너는 어떻게 생각하니?"

나는 예의 바른 아이였기 때문에, 그녀의 이야기를 들으며 고개를 끄덕이고 질문을 하고 '오오!'나 '아하!' 같은 감탄사로 열렬한 반응을 보이려고 노력했다. 하지만 이렇게 행동하는 것은 꽤 진을 빼는 일이었다. 이 과정은 아주 '느리게' 진행되었고, 그 오랜 시간 동안 티없이 깨끗한 카펫을 딛고 선 채 진열장에 깔끔하게 줄 맞춰 전시된 나뭇가지와 꽃과 이끼의 복합체를 가리키는 늙은 손의 움직임을 지켜보는 일은 정말 괴로웠다.

"자, 헤더야, 이제……." 몇 마디 하려던 그녀는 말을 멈추고 주머니에서 휴지를 꺼내서는 끝없이 찔끔찔끔 흘러나오는 눈물과 콧물을 찍어 누르곤 했다. 그러고는 말했다. "흠, 지금 또 알레르기 증상이 시작되려나 보다. 정말 끔찍하지 뭐니?" 나는 고개를 끄덕여 보였지만 속으로는 그냥 나이가 들어 나타나는 증상이라고 생각했다.

어쨌든 그렇게 많은 잡풀과 잔가지들을 집으로 가져와 24시간 내내 주변에 두는 것이 그녀의 알레르기 증상을 악화하면 악화했지 도움이 되지는 않았을 것이다. 그리고 에어컨을 과하게 틀어놓은 이 서늘한 집에 오지 않았다면 하고 있을, 이보다는 재미있을 일들을 생각했다. 덧문을 꼭 닫아 햇빛이 들어오지 않는 집 안에 서서 잡다한 것들을 풀로 붙여놓은 쓰레기를 감상하는 것 말고 내가 할 수 있는 일들에 대해서 말이다.

"누군가에게는 쓰레기라도 다른 누군가에게는 보물처럼 소중한 물건이 되기도 하지!" 인다이는 마치 내 속마음을 읽기라도 한 것처럼 말했다. 당시에 그녀는 손자도 손녀도 없었고 남편은 10년 전에 세상을 떠났다. 하루는 자신이 여든세 살이라고 말했다. '엄청난 비밀'을 알려주겠다며 호들갑스럽게 팡파르를 울려대고는 속삭인 말이 그거였다. 나에게 아무한테도 말하면 안 된다는 약속까지 받아냈다.

그런데 나중에 내 동생과 엄마에게도 똑같은 이야기를 했다는 사실을 알게 되었다. "누군가에게는 쓰레기라도 다른 누군가에게는 보물처럼 소중한 물건이 되기도 하지!" 엄마는 가끔 난데없이 이 말을 내뱉고는 웃음을 터뜨렸다. 하지만 엄마는 인다이가 똑똑하고 흥미로운 사람이라고 생각하고 있었다. 인다이의 여동생과 그 남편은 좋은 사람들이었다. 인다이는 좀 별났다. 엄마는 좋은 사람을 좋아했는데 별난 사람은 더 좋아했다.

그녀의 집을 방문하고 돌아올 때마다 나는 매번 우쭐한 기분이 들었다. 해야 할 일을 잘 마쳤고 외로운 이웃에게 말동무가 되어주었다고 생각했기 때문이었다. "그럼, 헤더야. 내 작품 중 어떤 것이 제일 마음에 드니?" 그녀는 묻곤 했다. 나는 무엇을 선택하든 그것이 내게 주어지리라는 사실을 알았다. 하지만 그녀가 갖고 있다가 공예품 전시회 같은 곳에 팔 예정인 그 어떤 것도 정말 갖고 싶지 않았다. 그렇다고 해서 거절함으로써 그녀에게 모욕감을 주고 싶지도 않았다.

아마도 가장 아끼는 작품을 어린아이에게 주지는 않았을 것이다. 그녀가 내게 준 작품은 우리 집 선반에 올라 있다가 이리저리 자리를 옮겼고, 결국 부서진 상태로 어딘가에 있던 쓰레기통에 버려졌을 것으로 짐작한다(누군가에게는 보물처럼 소중한 물건일지 몰라도 다른 누군가에게는 쓰레기가 되기도 한다). 엄마는 인다이에게 받은 작품을 유리장 속의 화집 옆에 두었다.

✳ ✳ ✳

돌아보면 이 모든 것이 낭만적으로 느껴진다. 긴 산책길에 나서는 일, 그리고 혹시 조금이라도 흥미로운 나무껍질이나 가느다란 갈대, 동그랗게 말린 덩굴이 눈에 띌까 주의를 기울이는 일 말이다. 쓸만한 것을 찾기 위해 느리게 집중해 숲이나 바닷가를 샅샅이 뒤지는 기분을 상상해 보라.

요즘은 산책길에 팟캐스트를 듣거나 문자에 답을 하거나 전화 통화를 한다. 켄드릭 라마의 노래도 듣는데, 황송할 정도로 좋다가도 가끔 짜증스러울 때도 있다. 감사와 분노 또는 분노와 감사, 이게 바로 내 영역이다. 이 영역에서 살려면 성격이 급해야 한다. 나는 흥미로운 잔가지나 낙엽, 병뚜껑 등을 찾느라 말없이 보도를 훑어보지 않는다. 그저 반려견의 변을 처리하고 혹시 놓치고 있는 나쁜 소식은 없는지 궁금해한다. 알레르기 때문에 기침을 하고 코를 킁킁거린다 (알레르기는 노인의 눈에 눈곱을 많이 끼게 하는 것만이 아님을 알게 되었다).

나는 "당신은 정말 놀라운 엄마예요. 어머니의 날 행복하게 보내세요!" 같은 문자를 받으면 '나라면 아이 키우는 일에 놀랍다는 말을 붙이지는 않을 텐데'라고 생각한다. 하지만 적어도 한 블록을 다 지나고도 남을 만큼의 시간을 들여 "좋은 하루 보내세요!"라는 대답에 하트 이모티콘까지 여러 개 붙여 보낸다. 기분이 별로 좋지 않고 머릿속은 뉴스와 알레르기, 반려견의 변을 생각하느라 사랑이라든지 모성애라든지 놀라운 존재가 되는 문제를 생각할 여유도 없는데 하트 이모티콘까지 붙여 문자를 보내다니, 이상하다는 생각이 든다.

오롯이 그 순간을 사는 것, 그 순간에 존재하고 그 순간에 맞게 생각하고 그 순간에 맞게 감정을 드러내는 것은 쉬운 일이 아니다. 주머니 안에서는 줄곧 휴대전화가 윙윙거리고, 사람들은 별것도 아닌 질문에 즉각 답해주기를 기대한다. 우리는 왜 이런 식으로 살고 있을까?

이런 삶 말고, 조용히 산책하며 보내는 하루는 어떨까? 자신과 아무 상관도 없는 사건과 소리와 메시지에 현혹되는 대신 주위에 관심을 기울이는 것이다. 나뭇잎에 살랑거리는 바람, 풀밭 위에 내려앉은 햇살, 공기 중을 떠다니는 작디작은 꼬투리, 개울가에서 휴식을 취하고 있는 특이한 모양의 돌멩이를 찬찬히 느끼는 자신의 모습을 상상해 보라. 인다이의 취미는 그저 아무 쓰레기나 주워다 붙이는 것이 아니었다. 그녀의 취미는 탐색 그 자체였다. 매일매일의 산책은 새로운 것을 약속해 주었다.

대학에 가기 위해 집을 떠나온 후로 인다이를 만나지 못했다. 나는 항상 그녀가 그로부터 몇 년 후 사망했을 것이라고 생각했다. 하지만 언젠가 온라인에서 그녀의 사망 기사를 찾아보다가 그녀가 105년하고도 8개월 15일을 살았다는 사실을 알게 되었다. 내가 떠난 다음에도 그녀는 계속 새로운 보물을 찾아다녔을지, 20년이라는 시간 동안 새로 만난 사람들에게도 자신의 비밀을 계속해서 속삭였을지 궁금하다.

미래는 어릴 때 상상했던 것처럼 멋지게 변해간다. 하지만 요즘 나는 그냥 느긋해지고 싶다. 덧문을 꼭 닫고 세상을 차단하고 싶다. 잡다한 것들을 모아 붙이면서 몇 시간이고 보내고 싶다. 여기저기서 주워 모은 작은 쓰레기들로 집 안을 채우고 싶다. 더 많이 가질수록 깨닫는다. 진짜 중요한 것은 아주 작은 발견과 사소한 대화 그리고 즉흥적이고 엉망진창인 순간들이라는 것을, 그런 순간들이 우리 행복의 중심을 이룬다는 것을, 그리고 그 나머지는 전부 마음을 산란하게 할 뿐이라는 것을 말이다.

엄마의 집

▼

엄마가 사는 집은 배관에서 시끄러운 소리가 나고 방에서는 케케묵은 냄새가 난다. 방충망도 제대로 닫히지 않아 벌레들이 기어들어 오고도 남을 만큼 틈이 벌어져 있고, 여름에는 밤마다 커다란 날벌레들이 현관에서 기다리고 있다가 귀가하는 이를 반긴다. 앞마당은 온통 클로버 천지라 잔디는 눈을 씻고 찾아야 겨우 보일까 말까 한다. 큼직한 창문은 틀이 다 녹슬어서 잘 열리지도 않는다.

그 집에는 냉난방 시설도 없다. 질퍽질퍽한 노스캐롤라이나에서 윙윙거리는 선풍기의 약한 바람만으로 살아가는 사람은 엄마 말고는 몇 명 없을 것이다. 구석구석 작은 거미들이 살고 있지만 죽이는 사람도 없고 거미집도 아무도 신경 쓰지 않는다. 창문 유리는 너무 낡아서 약간 휘어 보이기까지 한다. 지붕 홈통에는 솔잎들이 쌓여 있고, 덧문은 페인트칠을 안 한 지 오래다. 욕실에는 아직도 휴지통이 있으며, 수납장에는 붕대와 엡솜 솔트Epsom salt,* 1987년도 날짜가 적힌 '바디 온 탭Body On Tap'이라는 이상한 브랜드의 샴푸가 들어 있다. 몇 달 전 방문했을 때는 빅스 바포럽Vicks VapoRub**이라고 적힌 작은 병을 하나 발견했는데, 1975년 즈음 누군가의 정원에서 발굴이라도 된 것 같은 모양새였다.

나는 그 집에서 자랐다. 내가 쓰던 방은 이제 엄마의 침실이 되었다. 작은 블라인드는 내가 방을 꾸밀 때 골랐던 복숭아색 그대로 남아 있지만 벽은 어두운 갈색으로 바뀌었다. 계단은 아주 가파르고 천장도 높다. 굽은 모양의 금속으로 된 주방 식탁 의자의 등받이는 어깨뼈를 파고들고 식탁은 건드리기만 해도 흔들린다. 뒤뜰에는 솔잎이 켜켜이 쌓여 카펫을 이루고, 담쟁이덩굴과 소나무가 보기 좋게

- 황산마그네슘이 주성분으로, 입욕제나 민간 치유요법으로 많이 쓰인다.
- ●● 바르는 감기약.

자리하고 있다. 오래된 차고는 문이 삐걱거리고 지붕은 낙엽으로 뒤덮였다. 일흔다섯 살인 엄마는 20년째 같은 차를 몰고 있다.

여름에 엄마 집을 찾으면 집 주변은 온갖 작은 생명체들이 내는 불협화음으로 가득하다. 새들은 지저귀고, 매미는 맴맴거리며, 청개구리도 목청을 높인다. 냉방장치가 없어 밤에도 창문을 다 열어 놓아야 하는데, 이는 숲이 연주하는 이런 교향악을 온전히 받아들인다는 의미다. 가끔은 방 안에 귀뚜라미가 들어와 있기도 하고, 휴대전화기를 끄지 않은 채 방 안의 불을 끄고 한참 있으면 정체를 알 수 없는 아주 작은 벌레들이 전화기 화면으로 계속 와서 부딪치기도 한다. 절대 혼자 있을 수가 없다.

집 위로는 키 큰 소나무들이 높이 솟아 있는데, 여름이면 적어도 일주일에 두어 번씩 큰 뇌우가 발생하기 때문에 그때마다 위협적으로 느껴진다. 천둥이 칠 때마다 한 번도 들어본 적 없는 큰 소리가 나는데, 창문이 열려 있어서 그런 것 같다. 천둥소리가 들릴 때면 엄마의 집이 키 큰 나무들로 둘러싸인 채 언덕 위에 자리 잡고 있다는 사실을 새삼 떠올리게 된다. 언젠가 주방 큰 창 바로 앞에 있던 큰 소나무가 벼락 맞았던 일이 기억난다. 온 세상에 오렌지색과 붉은색의 섬광이 번쩍거렸다. 그 소나무는 결국 산산조각이 났다. 몇 주가 지나자 벌레들이 그 나무로 몰려들었다. 엄마는 식구들 누구도 다치지 않은 것에 안도했다. 그리고 세상에는 감사할 일이 정말 많다고 말했다.

엄마 집을 방문했을 때 큰 태풍이 밀려오면 매번 감사한 마음이
든다. 그 은신처 바닥에 형편없는 담요를 깔고 누워 요란한 천둥소리
와 지붕과 창문을 두드리는 빗소리에 귀를 기울이면서 나뭇가지들
이 바람에 휘청거리는 모습을 지켜보고 있으면 이보다 좋을 수가 없
다. 집 안에 누워 있는데도 마치 집 밖에 나가 서서 태풍이 지나가기
를, 그리고 비가 그치고 시원한 산들바람이 불어오기를 기다리는 기
분이다.

아침이 되면 새들이 지저귀는 소리가 들려온다. 나뭇잎들은 어
른거리는 햇빛 아래 살랑거린다. 저 밖에는 나무들이 하늘을 향해 끝
도 없이 곧게 뻗어나간다. 바닥에 누워 높이가 2미터 정도 되는 창문
밖으로 그 나무들을 바라보고 있노라면, 담요가 아무리 불편해도 떨
치고 자리에서 일어나기가 쉽지 않다.

엄마와 아빠는 처음에 이 집을 그냥 빌리려고만 했었다. 집의 소
유주는 부인이 독일인인 어느 교수였는데, 그 독일인 부인이 이 자그
마한 남부 도시를 너무 싫어하는 바람에 다시 워싱턴 D.C.로 이사 가
기로 했고, 엄마는 아빠에게 "우리 이 집 사요. 정말 멋져요"라고 말
했다. 이후 아빠는 집값이 2만 4천 달러라는 사실을 알게 되었지만,
엄마는 아빠에게 다시 말했다. "공짜나 다름없네요. 우리 이 집 사야
해요."

그때가 1971년이었다. 부모님은 그 집을 샀다. 엄마 평생 제일 잘한 결정이었다. 엄마의 결혼 생활은 그로부터 10년 후에 끝이 났고, 아빠는 그로부터 15년 후에 사망했다. 그러는 동안 실망스러운 일도, 가슴 아픈 일도 많았지만 집 때문에 그런 적은 한 번도 없었다. 매미와 새, 작은 날벌레와 귀뚜라미, 다람쥐와 얼룩다람쥐, 작은 거미, 곰팡이와 부패, 삐걱거리는 계단, 그리고 여름밤의 뇌우까지 전부 엄마 편이었다. 이 집은 우리 가족 중 누구도 절대 실망시키지 않는다.

하지만 방문객들은 조금 달랐다. 그들은 늘 실망스러워했다. 냉난방장치의 부재와 어디에서나 보이는 벌레들, 요란하게 짖어대는 개들의 진가를 그들은 알지 못했다. 이들의 매력을 어떻게 모를 수가 있을까? 그들의 집은 아마도 이중창으로 되어 있어서 새나 태풍을 완전히 막아주었을 것이고, 따라서 청결하고 조용하긴 해도 지루한 곳이었을 것이다. 밤이면 블라인드를 내리고 윙윙거리는 에어컨의 전원도 켰을 것이다.

솔직히 엄마 집을 나설 때면 다시 안락한 현대적 생활로 돌아간다는 생각에 약간 안도감이 들기도 한다. 하지만 집에 도착해 언제나처럼 꼭 닫혀 있는 창문과 현관을 마주하면 왠지 실망감이 밀려온다. 끝이 안 보일 정도로 하늘 높이 뻗은 키 큰 나무들에 비하면 건조한 캘리포니아의 공기와 마당의 수영장은 아무것도 아닌 것 같다. 나는 엄마 집이 소도시에 처박힌 채 거의 쓰러져 가는 곤혹스러운 집이라고 생각했었다. 그 어디에도 없는 형편없는 집이라고 말이다. 하지만 이제는 안다. 그 집이 우주의 중심임을. 그리고 세상에 그런 곳은 다시없음을.

연극적 관계

▼

　　연상인 남자친구의 집으로 이사를 들어가기 며칠 전의 일이었다. 그와 통화를 하다가 순간 말다툼을 하게 되었고, 미처 깨닫기도 전에 내 수화기는 바닥에 내동댕이쳐져 박살이 났다. 이 남자는 순식간에 나를 극도로 화나게 만드는 사람이었지만, 정확히 내가 원하는 삶을 함께할 수 있을 것 같다는 강한 확신을 주는 사람이기도 했다. 그는 어른스럽고 안정적이었으며, 카리스마가 있는 어른이었고, 재치가 있었다. 하지만 그의 말들은 하나도 이해가 가지 않았다. 그는 어떻게 말하면 어른스럽게 들릴지, 세상을 많이 알고 전지전능한 것처럼 들릴지 알고 있었지만 곧 나는 그의 말에 허점이 있음을 눈치챘다. 하지만 대부분 모른 척 넘어갔다.

그는 전망이 좋은, 크진 않지만 꽤 멋진 방갈로를 임대해 살고 있었다. 가구들은 전부 패서디나 벼룩시장에서 세심하게 고른 것들이었다. 스테레오에는 훌륭한 스피커가 장착되어 있었고, 거기에서는 늘 고음과 저음이 완벽하게 균형을 이룬 소리가 흘러나왔다. 벽에는 으스스한 성모마리아 초상과 오래된 옛 그림들이 걸려 있었는데, 그처럼 노련하고 사려 깊은 어른들이 집에 걸 만한 종류의 작품들이었다.

그는 종종 벼룩시장에서 근사한 구식 재떨이를 사왔는데, 그의 말에 의하면 담배나 대마를 피우는 손님들을 위해서라고 했다. 하지만 그의 집에는 뭔가 석연치 않은 점이 있었다. 모든 것이 최소한으로 갖춰져 있었고 완벽하게 배치되어 있었지만, 얇게 내려앉은 먼지가 그 위를 덮고 있었다. 그는 한때 배우였고 댄서였지만 지금은 변호사가 되기 위해 공부 중이었다. 하지만 본성은 예술가였고(그렇다고 믿고 싶었다), 철학자적인 면모도 있었다.

그의 삶은 관중을 기대하며 마련한 세트장이었다. 나는 미리 예상하고 거기에 맞춰 앞질러 준비하는 그의 에너지에 완벽히 보조를 맞추었다. 죽어가는 화초를 살아 있는 새것으로 교체했고, 더욱더 많은 화초를 사 날랐으며, 그것들을 현관 베란다에 새롭게 배치했다. 하지만 베란다에는 해가 너무 잘 들어서 끊임없이 화분에 물을 줘야 했기 때문에, 다음에 산 식물들은 뒤뜰에 두었다. 나는 테이블을 닦았고, 으스스한 분위기의 오래된 그림 액자를 닦았으며, 무릎을 꿇고서 목재 바닥을 닦았고, 욕실을 북북 문질러 청소했다. 하지만 아무리 해도 왠지 깨끗해진 느낌이 들지 않았다. 집 안으로는 해도 충분히 들지 않았다. 커다란 전면 창을 사진으로 찍어봤지만, 사진 속에서조차 햇살은 약하고 어정쩡했다.

매주 그의 전 부인이 자신의 개 '빙고'를 데리러 이 집을 방문했다. 그는 마치 개라는 동물이 다른 곳에 사는 두 사람이 똑같이 나눠 가질 수 있는 존재라도 되는 양 빙고를 '자기들' 개라고 불렀다. 그는 그녀가 현관을 노크한 후 열쇠로 문을 열고 들어올 때면 집 뒤로 숨곤 했다. 정말 어처구니없는 일이었다. 그녀가 우리 집 열쇠를 갖고 있다니! 게다가 아무 때나 열고 들어올 수 있다니! 몇 번쯤 그녀를 맞으러 나가기도 했지만 그건 더 최악이었다. 그녀가 올 때를 대비해 샤워를 하고 화장을 한 것이다. 심지어 그녀를 맞이할 때 혹시나 목소리 톤이 너무 친근하거나 가식적이지는 않을지 걱정되어 미리 점검하기도 했다.

그녀도 편치 않아 보였다. 이 쇼를 위해 예행연습이라도 해야 할 것 같았다. 하지만 나는 관중을 원하지 않았다. 나는 증명하고 싶은 것이 있었지만 증명할 수 없었다. 그건 바로 그녀는 나쁜 여자이고 나는 좋은 여자라는 것, 그녀는 흘러간 존재이고 나는 새로운 존재라는 것, 그녀는 큰 실수를 저질렀다는 것, 그리고 그녀가 버린 것의 가치를 알아볼 만큼 건강한 누군가가 그 잔재를 소중하게 보존하고 있다는 것을 말이다.

그 역할은 내게 맞지 않았다. 나는 내가 맡은 캐릭터의 동기를 이해할 수 없었다. 이야기의 흐름도 놓쳐버렸다. 그녀의 도착 시간이 다가오면 한 시간쯤 전부터 나는 현관 베란다에 있는 화분들을 이리저리 옮기며 시든 부분을 잘라내고 새로 물을 주곤 했다. 식물들이 나보다 역할을 더 잘 소화하는 것 같았다. 그것들은 마치 내가 직접 말하는 것보다 더 설득력 있게 이렇게 말하는 듯했다. "지금 이 집은 행복해요." 하지만 일단 단정한 금발에 귀여운 트레이닝 바지를 입은 마른 체격의 그녀가 (우리보다 그녀를 더 사랑하는 게 분명한) 빙고를 다시 데려다 놓고 자신의 결혼 생활이 결딴나고 있을 때 찾아낸 견실하고 평범하며 사랑스러운 연하의 남자가 있는 집으로 돌아가고 나면, 이 집의 행복감은 그 빛을 잃어버렸다.

일단 그녀가 떠나고 나면 나는 내 남자친구가 그저 그녀의 거만한 전남편에 지나지 않으며 우리의 아늑한 방갈로 역시 그들이 살던 옛집에 불과하다는 사실을 반복해서 깨달았다. 나는 그녀의 가구가 치워진 자리들을 볼 수 있었다. 그 비워진 공간에서 나는 절대 사라지지 않을 어둠을 열심히 단장하며 살고 있었다. 나는 늘 그들의 실패와 함께하고 있었고, 마치 검증 불가능한 증거를 어떻게든 다시 검증하려는 듯 그들의 잘못된 결혼과 잘못된 삶에 대해 더 자세히 알려달라고 요구하는 구경꾼이었다.

그녀가 떠나고 나면 그녀의 거만한 전남편은 곧 주방에 나타나 우리 둘을 위해 마르가리타 칵테일을 만들곤 했다. 순수 테킬라와 라임즙에 트리플 섹triple sec을 섞어 만들었는데, 한 번도 제 비율에 맞은 적이 없었다. 그가 만든 칵테일은 라임과 소독용 알코올 맛이 났고, 마르티니 잔이 넘칠 듯 가득 채워져 있었으며, 늘 옆으로 흘러내렸다. 우리는 그것을 들고 편안하기보다는 보기에 좋은 의자에 앉아 베란다에서 시간을 보냈다. 우리는 독하디독한 그 음료를 홀짝거렸고 나는 적당히 무거운, 그저 주의를 환기할 수 있을 정도로만 진지한 이야깃거리로 의욕적인 대화를 시도했다.

하지만 내 옆에 앉은 이 남자는 그저 누군가의 거만한 전남편에 지나지 않았고, 따라서 좀처럼 내가 던지는 미끼를 물지 않았다. 그는 스테레오의 음량을 맞추기 위해 자리에서 일어났는데, 너무 커서 문제였던 소리는 이제 너무 작아서 탈이었다. 그러고는 의자를 옮겨야 해서 일어났다. 햇빛에 너무 눈이 부시기 때문이었다. 또 허리 쿠션을 찾으러 자리에서 일어났다. 허리가 아프기 때문이었다. 또 한 잔 더 가지러 일어났다. 이미 첫 잔을 다 비웠기 때문이었다. 그는 욕실에 가려고 일어났고, 메시지를 확인하러 일어났다.

또 나와 이야기 나누고 싶은 책을 집어 들기 위해서도 일어났다. 그 책은 그의 엉덩이 밑에 깔려 있기도 했고, 내 밑에 깔려 있기도 했으며, 뉴에이지에 관한 것일 때도 있고, 신God이 제목에 들어간 것일 때도 있었고, 자립에 대한 것일 때도 있었다. 나는 그의 입에서 나오는 모든 말이 그가 읽은 책에서 나오는 것임을 눈치채기 시작했다. 그가 임기응변에 약하다는 사실도 알았다. 그에게는 대본이 필요했다. 그는 항상 화가 난 상태였고, 전 부인에게 분노했으며, 그녀가 고작 그런 별 볼 일 없는 녀석 때문에 자신을 떠났다는 사실을 믿을 수 없어 했다. 이 연극에서 나는 구경꾼에 불과했다. 이 연극의 대본은 우리 두 사람 모두의 위신에 상처를 입혔다.

나는 스스로 이 사실을 인정할 수 없었다. 그래서 이것저것 손보고 쓸고 닦는 데 집중했다. 나는 더욱 인내심이 깊어졌고, 더 많은 식물을 사 날랐다. 그리고 다음부터는 현관으로 그녀를 맞으러 가는 대신 보이지 않는 곳에 몸을 숨겼다. 나는 이 남자를 향한 탁월한 사랑으로 모든 상처를 치유할 생각이었다. 하지만 그는 자신이 얼마나 사랑받기 힘든 사람인지를 서서히 드러내고 있었고, 식물들은 햇빛을 너무 많이 받아 말라 죽어갔다.

"나한테 이걸 더 자주 하라고 말해줘." 그는 마리화나를 피운 후에는 이렇게 말하며 부자연스러운 웃음을 보이곤 했다. 그러고는 고개를 뒤로 젖혔다. 그의 행동 하나하나가 연극 같았다. 여전히 부자연스러웠고, 여전히 화가 나 있었다. 그는 편안하게 쉬는 일에 집착했다. 하지만 한 번도 편안해 보이지 않았다. 나는 외면했다. 그가 늘 불만에 가득 차 있다는 것도, 늘 심란한 상태라는 것도, 그리고 우리가 처음 만난 그날 밤의 그 눈빛으로 나를 바라보지 않는다는 것도 인정하고 싶지 않았다. 나는 병적이라 해도 좋을 정도로 아주 잘 기억하고 있었다. 그날 그가 얼마나 내 눈을 뚫어지게 응시했었는지를 말이다. 하지만 그는 내 눈을 바라보는 능력을 이미 상실해 버렸다. 오직 정신이 나갔을 때만 그 능력이 살아났다. 나는 눈길을 돌렸다. 그리고 다시 바닥을 닦았다.

당시에 나는 추진력이 있었다. 상황을 개선하기 위해 열심히 노력했다. 정말 힘이 많이 들었다. 모든 것이 다 힘들었다. 잠시 일을 쉬고 있던 나는 이 끔찍하고 저주받은 프로젝트에 쏟아부을 시간과 에너지가 있었다. 하지만 밤이 되면 애써 생각하지 않으려 했던 생각들이 머리를 비집고 들어왔다. 나는 침대 한쪽으로 기어올라가 그에게 등을 돌리고 누워 생각했다. '떠나야 해. 여기서 나가야 해. 이건 고문이야. 이 남자를 버려야 해.' 그는 몸을 일으켜 내 이불을 꼭꼭 여며주곤 했다. 마치 그물에 꼼짝 못 하게 걸린 듯한 느낌이었다. 나는 몸을 자유롭게 움직일 수 있도록 이불을 걷어찼다.

아침이 오면 되뇌었다. '진정한 헌신을 할 때는 원래 이런 기분이 드는 거야. 사랑에 빠지면 원래 이런 거라고. 나는 아무 데도 가지 않아. 사랑은 원래 힘든 거야.' 나는 이 상황을 바로잡을 수 있다고 믿었다. 그의 해묵은 후회를 날려버리고 그녀와 헤어진 것을 기쁘게 생각하게 만들 수 있다고 믿었다. 빙고도 나를 더 사랑하게 만들 수 있을 것 같았다. 갈색으로 시들어가는 식물들도, 심지어 난생처음 보는 무섭고 소름 끼치는 진딧물로 뒤덮인 식물들도 더 잘 자라게 만들 수 있다고 생각했다. 내 앞에는 정말 많은 도전 과제가 놓여 있었다. 기분이 좋았다. 나는 더 열심히 해볼 생각이었다.

✳ ✳ ✳

어느 날, 남자친구가 전 부인에게 전화를 걸어 그녀가 가져간 선반을 돌려달라고 말했다. 그것은 자신의 선반이고 그것이 필요하다는 이유였다. 그녀가 선반을 가지고 왔을 때, 그와 나는 주방 식탁에 앉아 있었다. 그는 이번에는 숨지 않기로 했다. 거의 눈에 띄지 않는 자리에 앉아 있었기 때문이다. 그녀가 선반을 거실로 가지고 들어오면서 현관문을 그대로 열어두었기 때문에 우리는 주방 창을 통해 그녀의 모습을 볼 수 있었다. 그녀는 목재 전용 세정제를 꺼내 그 자리에서 선반을 닦았다. 먼지투성이인 채로 우리에게 넘겨주지 않기 위해서였다.

그녀가 선반을 닦는 모습을 지켜보면서, 나는 그녀가 내가 절대 해낼 수 없는 방식으로 그를 돌봤으리라는 사실을 깨달았다. 그곳에서 우리는 각자 관중을 맞을 채비를 갖추고 앉아 있었지만, 진짜 주인공은 그녀였다. 지금도, 지나가 버린 지 오래인 과거에도 말이다. 그녀는 자신이 가진 것을 활용할 줄 아는 여자였다. 그녀로 인해 우리 집은 마법에 걸렸다. 그리고 그녀가 떠나자 마법도 그녀와 함께 사라져 버렸다.

그는 선반을 닦아주고 간 그녀를 비웃었다. 정말 짜증스럽다고, 이제 생각해 보니 그녀가 얼마나 만사에 짜증스럽게 굴었는지 알겠다고, 지독한 통제광이라고 말이다. 나는 같이 비웃어주려고 노력했지만 그럴 마음이 들지 않았다. 그녀가 자기 차를 몰고 떠나는 순간, 하늘이 조금 어두워지는 것 같은 느낌이 들었다. 나는 그녀를 따라 밸리Valley에 있다는 그녀의 새집으로 가서 그녀의 새 남자친구와 한자리에 앉아 그들의 진짜 삶을 직접 보고 싶었다. 그들은 뭔가를 더 기대하며 연기를 하는 우리와는 달랐다. 자신들이 필요로 하는 것을 모두 갖고 있었다. 그건 대체 어떤 기분일까?

언젠가는 나도 그런 삶을 살 것이라고 상상했던 것 같다. 아니, 어쩌면 나는 내가 절대 그런 삶을 살 수 있을 만큼 가치 있는 여자가 아니라고 생각했는지도 모르겠다. 어느 쪽이든, 고통 속에 사는 것이 너무나 분명한 그 남자에 대해 어쩌면 나는 더 많은 공감 능력을 갖췄어야 했다. 하지만 나는 수화기를 바닥에 내던져 산산조각 냈던 그 당시에 기분이 얼마나 좋았었는지 기억하고 있었다. 그의 집으로 이사를 하기도 전이었는데, 나는 이미 격하게 화가 나 있었다.

나는 사랑에 빠져 있었지만 이미 그 남자를 미워하고 있었다. 나는 내가 그와 함께 살 수 없으리라는 것을 이미 알고 있었다. 하지만 그를 미워하면서 사랑하는 것에 만족감을 느꼈다. 내 실망감은 뿌리가 깊었다. 나는 늘 모든 것을 완벽하게 해내고자 노력했지만 매번 실패했다. 나는 누군가와 그냥 사랑을 주고받지 못했다. 그건 너무 쉬운 일 같았고, 그렇게 쉽게 사랑을 하는 것은 옳지 않은 일 같았다. 나는 만족보다는 불만족이 더 익숙했고, 뭔가 갈망하는 것에 더 능숙했다. 그 칙칙하고, 작고, 고뇌 가득한 집에 내 짐과 함께 발을 들인 날, 나는 주위를 둘러보며 생각했다. '이대로는 안 되겠어.' 정확히 내가 원한 바였다.

진정한 로맨스

▼

상담 전문 칼럼니스트로서 나는 때때로 결혼 생활 중에 어떻게 '로맨스가 계속되게' 할 수 있느냐는 질문을 받는다. 이런 질문을 받으면 약간 당황스럽다. 왜냐하면 그들이 말하는 '로맨스'는 긴장감 넘치는 거대한 의문부호를 그 안에 품고 있는 전통적인 의미의 로맨스라는 것을 알기 때문이다. 이런 견해로 보는 로맨스는 누군가를 드디어 만난 것 같은 순간의 짜릿함에 초점을 맞추고 있다. 그 사람과 함께 있으면 세상 모든 것이 언제까지나 맛있고 놀라우며 편안할 것 같다.

이런 로맨스는 어려운 질문에서 시작된다. '이게 정말 내가 그토록 기다려온 그 느낌이 맞을까? 드디어 나도 누군가에게 사랑과 욕망, 숭배의 대상이 되는 걸까? 드디어 나도 누군가가 꿈꾸던 반짝이는 눈빛과 관능적인 미소의 여주인공이 될 수 있을까?' 이런 로맨스는 '세상에, (비교적 낯선) 이 사람한테 녹아들 것 같아! 정말 취하는 느낌이야, 완벽해! 이 사람도 나랑 똑같이 느끼나 봐!'라는 생각이 드는 순간 절정을 이룬다.

전통적인 의미의 로맨스는 자극적이고 흥미진진한데, 그 이유는 간단히 말해서 그 프레임의 가장자리에 좀 다른, 방심할 수 없는 의문이 꾸물거리고 있기 때문이다. 이를테면, '나 정도면 괜찮을까? 저 사람 정도면 괜찮은가? 우리 함께하기 괜찮은가?'.

하지만 오랫동안 결혼 생활을 하다 보면 완전히 새로운 느낌의 로맨스가 찾아온다. 로맨틱 코미디에서 볼 수 있는 '이 사람 정말 나를 사랑할까(절대 아닐 것 같다)? 아니, 사실은 나를 증오하는 걸까(그럴 가능성이 높다)?' 같은 질문으로 예측할 수 있는 그런 감정이 아니다. 스토커처럼 누군가의 일거수일투족을 지켜보거나 그 얼굴을 핥고 싶어도 꾹 참는 그런 것도 아니다.

"우와, 꽃을 사주다니, 당신 정말 나를 사랑하는군요!" "와우, 여기 우리 좀 봐. 일몰을 바라보며 입을 맞추고 있어. 우리 진짜 사랑하나 봐!" 이는 이제 막 사귀기 시작했을 때의 로맨스, 신혼 때의 로맨스다. 당신은 아직도 자신의 볼을 꼬집고 있다. 그리고 이 사랑이 실제로 일어나고 있는 일이 맞는지 확인하는 데 여전히 집착하고 있다. 마치 '증거'라도 찾고 있는 것 같다. 그리고 그렇게 입증된 순간들이 로맨스를 불러온다.

하지만 결혼하고 몇 년이 지나면 증거는 더 이상 '필요'하지 않다. 그 대신 남은 것은 — 그리고 내가 무엇보다 가장 로맨틱한 것이라고 주장하고 싶은 그것은 — 그저 한 인간으로서 살아도 괜찮겠다는 뚜렷한 안도감이다. 결국, 언제까지나 버림받지 않으리라는 절대적인 확신을 느끼기 전까지 한 사람의 보통 인간이 또 다른 보통 인간을 참아낼 수 있으리라는 보장이 없기 때문이다. (냄새, 소리는 물론이거니와 끝없이 반복되는 말도 안 되는 것에 대한 집착은 또 어쩔 것인가.) 5년 정도의 결혼 생활을 하면 상대에 대해 '아, 또 시작이군' 하며 일종의 체념 어린 표정으로 넘어가 줄 수 있게 된다. 하지만 보통 인간으로서의 자신의 모습에 대해서 슬그머니 불안감을 느끼기 시작한다.

아니면 이런 식일 수도 있다. 예를 들면, 나는 개한테 말을 건다. 그것도 아주 많이. 남편은 이런 내 버릇에 대해 아무 말도 하지 않는다. 나는 진정한 애견인이지만 남편도 있고 아이도 있다. 애견인인 내가 개들과 긴 대화를 나누기 시작하면 남편과 아이들은 가만히 서서 의아하다는 듯 고개를 갸웃하며 나의 행동을 이해해 보려고 노력한다. 종일 밖에 있다가 집으로 들어갈 때면 나는 가장 먼저 개들과 인사를 나눈다. "오, 엄마 보고 싶었니? 오, 엄마가 정말 많이 보고 싶었구나! 엄마가 있었으면 했는데, 없었구나! 에고, 불쌍한 것들." 대충 이런 말을 나눈다.

그다음에는 아이들에게 말을 건다. "안녕. 별일 없었지?" 어조도 달라진다. 덜 열정적이다. 그냥 몸이 편치 않아서 그런 것이다. 아이들은 별로 신경 쓰지 않는 것 같다. 내가 기운을 차리고 아이들과 껴안기까지는 시간이 좀 더 필요하다. 아이들이 징징거리거나, 뭔가에 대해 소리를 지르거나, 내가 좋아하지 않는 아이들과 놀아도 되느냐는 어려운 질문을 하기 때문이기도 하고, 내가 미스터 로저스 할아버지처럼 신발을 벗어 던지고 잠시 엎드려 있다가 맥주를 입에 들이붓기 전에는 무슨 질문을 해도 대답할 기운이 없기 때문이기도 하다.

그제야 나는 남편이 눈에 들어온다. 그 역시 나를 보고 싶어 했을 것이다. 하지만 남편은 대체 무슨 일이냐고 소리 지르지 않는다. 콧방귀를 뀌거나 눈을 흘기지도 않는다. 나는 분명 기분이 좋지 않다. 하지만 그는 아무 소리도 하지 않는다. 그 대신 미소 띤 얼굴로 나를 꼭 껴안으며 이렇게 말한다. "오늘 어땠어, 자기?" 그는 마치 내가 미국산 치즈만 제공되는 형편없고 찬 바람 드는 곳에 영원히 갇혀버린 기분이라는 것을 전혀 눈치채지 못한 것처럼 행동한다.

그리고 이제부터가 가장 로맨틱한 이야기다. 이질 비슷한 것에 걸려 갑자기 아팠던 적이 있었다. 밤새 통증이 계속되었다. 나는 화장실에 가려고 몸을 일으켰다가 도중에 정신을 잃었고, 넘어지면서 욕조 가장자리에 부딪히는 바람에 갈비뼈가 골절됐다. 욕실에 쓰러져 있던 나를 남편이 발견했다. 어떤 상황이었느냐면, 어두운 현실을 블랙 코미디로 풍자하기로 유명한 영화감독 토드 솔론즈가 〈왕좌의 게임〉을 연출했다면 어땠을지 상상해 보기를 바란다. 자세히 묘사하고 싶은 마음은 굴뚝같지만, 여러분의 섬세한 감수성을 고려해서 꾹 참아보겠다.

그 광경을 본 남편은 당연히 기분이 좋지 않았겠지만 불만 없이 일을 처리했다. 이것이 바로 진정한 '로맨스'다. 명백히 자신의 힘으로 어찌할 수 없는 일이 벌어졌을 때 형편없는 기분이 들지 않을 뿐만 아니라, 어쩔 수 없이 해야 하는 일을 별말 없이 해주는 누군가에게 조용히 보살핌받는 느낌이다. 이는 섹시함의 정의이기도 하다. 여자들은 자신이 카우보이를 원한다고 생각한다. 카우보이들은 다부지게 생겼고, 남자다우며, 징징거리지 않기 때문이다. 하지만 종마를 타고 아름다운 초원을 달리다 집으로 돌아와 거대한 가정식 스테이크를 먹는 일은 누구라도 군말 없이 할 수 있다. 하지만 이질 환자가 벌여놓은 끔찍한 현장에 씩씩하게 들어오는 일은 누구보다 충직하고 불굴의 정신이 있는 사람만이 가능하다.

어디 이제 좀 더 암울하고 불쾌한 이야기를 해볼까. 현대인들이 생각하는 로맨스와는 완전히 동떨어져 보이는 이야기다. 누군가 침대에 누워 있다. 침대 옆에는 그 누군가의 배우자가 앉아 그의 손을 꼭 잡고 있다. 그리고 엄청난 돈더미에 깔려 죽지 않는 이상 누구나 때로 혼자 처리해야 할 이루 말할 수 없는 온갖 것들을 처리하고 있다. 내가 생각할 때는 이게 로맨스다. 로맨스란 서로를 위해 살아내는 것, 그리고 살아내기를 그만두는 것이다. 그리고 그 과정에서 아무것도 부끄러워하지 않을 수 있는 것이다.

왜냐하면 산다는 것은 추악하기 때문이다. 때로는 안 좋은 냄새를 풍기고 불쾌한 소리를 낼 수밖에 없다. 누군가에게는 산다는 것이 꽃을 선물하고, 멋진 저녁 식사 자리를 마련하고, 당신과 단둘이 달콤한 대화와 접촉의 시간을 원한다는 것을 증명해 보이고, 또 이 과정을 처음부터 끝까지 언제까지나 반복하고 싶은 것일 수 있다. 생각만 해도 흥분이 된다. 당신은 어쩌면 근사한 레스토랑에서 식사하고 섹스하고, 외식하고 섹스하고, 또 외식하고 섹스하는 것을 상상할 수도 있겠다. 이런 시각으로 보면 로맨스는 영화 〈사랑의 블랙홀Groundhog Day〉에서 빌 머레이가 연기한 '필 코너스'의 모습 같다. 육체적으로 긴장감이 넘치는 순간을 끝없이 반복하는 것만 빼면 말이다.

하지만 진정한 로맨스는 토니 스콧 감독의 영화 〈트루 로맨스True Romance〉와 더 가깝다. 나태한 두 사람이 기만당해 함께 추잡하고 유혈이 낭자한 혼돈의 구렁텅이에 빠지지만, 정신을 차리고 어떻게든 헤쳐나가는 이야기다. 왜냐하면 풍미의 집합체인 값비싼 요리를 함께 음미하는 것과 영어는커녕 그 어떤 언어로도 말할 줄 모르는 개들에게 하루를 어떻게 보냈는지 묻는 당신의 말("엄마가 없어서 힘들었니? 오, 그랬구나! 엄마가 필요했는데, 엄마가 여기 없어서 힘들었구나!")에 귀를 기울이는 것은 한 인간에게 있어 완전히 다른 문제이기 때문이다. 하지만 그러다 당신의 뱃속에 외계인이 자라기 시작하고, 그 과정에서 당신의 입이 험해지고 위협적으로 변하며, 어느 날 마침내 그 외계인이 하얀 점액질에 뒤덮여 밖으로 나오는 것 또한 다른 문제다.

바로 여기서부터 다음 단계의 로맨스가 시작된다. 그리고 갑자기 당신이 하는 일이 바뀐다. 오로지 그 털 없는 외계인에게 말을 걸고, 신처럼 순식간에 먹을 것을 만들어내는 일을 자랑스러워하며, 당신 자신의 몸으로 그것을 먹이고(그야말로 기적이다!), 외계인이 잠들고 나면 "젠장 진이 다 빠져버렸네", "아, 가슴이 너무 아파"를 중얼거리면서 냄새나고 보기 흉한 모습으로 웅크린 채 기절하듯 쓰러져 버리는 일이 전부가 된다.

일단 아이를 갖게 되면, 당신이 아무리 부유한 제1세계에 살고 있다 하더라도 일종의 제3세계 시뮬레이션에 입장하게 된다. 당신이 자신의 몸을 내어 한 아이를 먹이는 동안, 남편은 쇼핑몰 탈의실 바닥에 웅크리고 앉아 다른 아이가 싸놓은 배설물을 닦는다. 당신과 당신의 배우자는 함께 삶의 진창을 묵묵히 헤쳐나가는 중이다.

그리고 정말 로맨틱한 것은 이거다. 잘 들어둬라. 둘만 있는 시간은 그리 많지 않다. 그리고 둘만 있게 되면 가끔 어른의 화법을 잊고 자신의 경험을 어떻게 말로 표현할지 몰라 당황한다. 마치 무리 속에서 이리저리 치이며 멍하니 수심에 잠긴 표정으로 되새김질하는 두 마리 짐승이 된 기분이다. 하지만 뭐가 됐든 두 사람 모두 머릿속에 아무 생각도 없다. 이 얼마나 로맨틱한가!

세월은 가고 힘도 점점 덜 든다. 아이가 밤새 열댓 번씩 깨어나는 일이 없으니 건강도 나아진다. 닦아내야 할 오물도 줄어들고, 언제고 무서운 회색곰처럼 분노를 쏟아내는 일도 줄어든다. 하지만 이제 노화가 시작되었고 "이런 젠장, 엉덩이 아파 죽겠네!" 같은 소리가 절로 입에서 나온다. 이 또한 로맨틱하다! 이 말을 하며 두 사람은 함께 키득거린다. 둘 다 언젠가는 죽게 마련이지만 함께 삶을 살아가고 있고, 둘은 마지막 순간까지 한 배를 탄 운명이다. 그야말로 둘 다 망한 거다. 바로 이렇게, 하나도 재미없게 계속 살다가 둘 중 하나가 죽어야 끝날 것이다. 어쨌든 이 모든 과정은 정말 위대한 일이다.

그러하니 아무도 당신에게 결혼이 편안하고 위로는 되지만 로맨틱하지는 않다고 말하게 하지 말라. 함께 살아가다 죽는 것이 서로를 지나치게 의지하며 모든 것을 체념하고 추는 슬픈 춤이라고 말하게 하지 말라. 바보 같은 우리 문화는 상대가 아직 나를 사랑하는지 아닌지도 모르는 상태의 긴장감을 로맨스라고 믿게 만들고, 섹스를 원하지만 아직은 할 수 없는 상태의 긴장감을 로맨스라고 믿게 만든다. 또 구체적으로 연관이 있는지도 모르는 누군가가 모든 문제와 퍼즐을 해결해 주기를 바라며 기다리는 상태를 로맨스라고 믿게 만든다. 결국 자신이 사랑받게 되리라는 단서를 차곡차곡 쌓아나가는 애매한 상태를 우리는 로맨스라고 생각하게 된다. 그 로맨스는 반드시 신중하게 연출되고 감독되어야 한다. 그래야 모두가 원래보다 나은 사람처럼 보이고, 실제보다 관능적으로 보이며, 서로 간의 긴장감도 온전하게 남아 있을 수 있기 때문이다.

하지만 당신은 본래의 자신을 능가할 수 없다. 상대방도 마찬가지다. 바로 이것이 로맨스다. 때로는 끊임없이 살아갈 방법을 탐색하며 완전히 녹초가 된 자신을 보고 비웃는 것, 바로 이것이 로맨스다. 자신의 성적 매력이 대단하지는 않지만 어쨌든 누군가 한 사람에게는 여전히 매력적임을 느끼는 것, 바로 이것이 섹시한 것이다. 아마도 서로에 대한 긴장감은 불신이라는 어중간한 상태에 자리를 내줄지도 모른다. 또한 사랑의 증거를 찾는 노력은 함께 난관을 헤쳐나가기 위한 새로운 방법을 찾는 노력으로 바뀔지도 모른다.

하지만 밤 열 시에 노인네들처럼 침대로 기어들어 가 그날 아이들한테 들은 신기한 이야기들을 나누고 멍청한 농담을 주고받으며 낄낄대다가 문득 애무하고 싶은 기분이 들 수도 있고, 캔디 크러쉬 같은 간단한 게임이나 좀 해볼까 싶어 게임에 정신을 팔다가도 "게임 엿 같네!"라든가 "당신 발이 왜 이렇게 차요?"라든가 "엉덩이가 아파"라는 등의 잡담을 지껄일 수도 있는 것 전부가 로맨틱하다. 왜냐하면 언젠가는 둘 다 세상을 떠나리라는 생각으로 어느 순간 다시 긴장감이 차오르기 때문이다.

  '이런 눈부시게 아름다운 순간이 얼마나 오래 지속될 수 있을까?' 때때로 서로를 바라보는 눈길에 이런 질문이 떠오른다. 당신은 이런 시간이 아주 오래오래 계속되기를 진심으로 바란다. 기분 좋게 반복되는 일상의 리듬을 음미하며 계속 살아가기를 원한다. 그리고 삶의 난관을 가능한 한 오래 함께 헤쳐나가기를 바란다. 여기가 절정이다. 즐겨라. 이것이야말로 진정한 로맨스니까.

내
안
의
믿
음

▼

가끔 남편은 한밤중에 코를 곤다. 휴대전화 진동 같을 때도 있고, 자갈이 깔린 해변에 파도가 와서 부딪치는 소리 같을 때도 있다. 떠듬떠듬 단조로 연주하는 교회 오르간 소리처럼 하나의 저음에 붕붕 울리는 두 개의 고음이 섞인 듯한 그런 소리를 낼 때도 있다. 간밤에는 타자기 소리였는데, 둔탁한 전기식 타자기에서 캐리지가 다음 줄을 입력하기 위해 돌아갈 때 나는 그런 소리였다. 심지어 캐리지가 왼쪽으로 휙 돌아올 때 들리는, 긁는 듯 달가닥거리는 소리까지 완벽하게 재현했다.

　어릴 때 나는 엄마가 일하는 사무실에서 나는 타자기 소리를 좋아했다. 엄마가 IBM 셀렉트릭 타자기로 분당 120자를 치는 소리는 마치 타악기를 두드리며 하는 기이한 명상처럼 느껴졌다. 나는 사무실 회전의자에 등을 완전히 기대고 앉아 효율과 능력을 간단명료하게 드러내 주는 그 소리에 경탄하곤 했다. 엄마는 교수였던 아빠와 결혼한 후 쭉 주부로 살았다. 하지만 별로 행복하지 않은 15년의 결혼 생활 끝에 결국 아빠와 이혼했다. 이혼 수당 없이 이혼한 엄마에게는 아주 약간의 자녀 양육비와 먹여 살려야 할 세 아이가 남았다. 고등학교 시절 타자 수업을 잘 받아둔 것이 다행이었다.

　종종 엄마는 고용주 때문에 일에 방해를 받았다. 그는 트위드로 만든 헌팅캡에 아가일 체크무늬 스웨터, 승마바지라고밖에 표현이 안 되는 바지를 입은 나이 많은 교수였다. 그는 멍한 표정으로 어슬렁거리다가 어딘가로 보낼 서류를 어디에 두었는지 엄마에게 묻곤 했다. 그러면 엄마는 타자 치는 일을 멈추고 억지 미소를 지어 보이며 이미 며칠 전에 처리했다고 대답했다. 그 교수의 연구실 책장에는 대충 묶어둔 학술지들이 꽉꽉 들어차 있었다. 몇 달에 한 번씩 엄마는 허술해 보이는 그 학술지들을 제본 기술자에게 보냈고, 그들은 가죽으로 겉을 싸고 한편에는 금박으로 글씨를 새겨서 보내주었다. "왜 이렇게 하는 거예요?" 나는 물었다. "나도 모르겠다." 엄마는 대답했다.

그 교수는 타자 치는 법을 몰랐다. 자신의 일정이 어떻게 되는지, 심지어 오늘이 무슨 요일인지도 모르는 것 같았다. 호출은 할 줄 알았지만 가끔은 기다리게 해야 할지 말아야 할지 헷갈려 그냥 돌려보내기도 했다. 종종 자신의 연구실과 엄마의 사무실 사이 문간에 서서 물기 어린 눈으로 허리를 구부정하게 굽히고서는 뭔가를 물어보려다 주저하곤 했다. 그는 석좌교수이자 세계적으로 유명한 신경생리학자에 걸맞은 오만함과 우월감을 갖추고 있었지만, 삶의 일상적인 도전 과제들을 처리할 능력은 별로 쓸 만해 보이지 않았다.

엄마는 정신을 사납게 만드는 그의 출현을 참다 참다 도저히 못참을 지경이 되면 거장의 솔로 연주라 해도 좋을 만큼 현란하게 타자기를 누르던 손놀림을 멈추었다. 엄마는 잠시 멈추고 4분음표 4개만큼의 침묵으로 그 자리를 채웠다. "무슨 용건이라도?" 화를 겨우 억누르며 2분음표로 묻는 엄마의 목소리에는 날이 서 있었다. 엄마는 대학에서 수학을 전공하며 모두 A학점을 받았고, 고등학교 밴드에서는 수석 클라리넷 연주자였다. 엄마 역시 세계적으로 유명한 신경생리학자가 되기에 충분한 오만함과 우월감을 전부 갖추고 있었다. 하지만 비서가 되었고, 그래서 쓸데없는 일을 많이 해야 했다.

✳ ✳ ✳

요즘은 능력만으로 찬양받거나 포용을 받거나 후하게 보상받지 못한다. 오히려 주목도 못 받는 경우가 많다. 우리는 앞으로 무슨 일이 닥칠지 자신 있게 말해주는, 단호하고 카리스마 넘치는 그런 지도자를 선호한다. 그가 당당하게 내놓는 공약을 실제로 누가 맡아서 처리할지는 신경 쓰지 않는다. 공약을 지키는 데 발목을 잡을 수 있는 현실적인 과제와 장애를 그가 얼마나 명확하게 이해하고 있는지 설명해 보라고 따지지도 않는다. 그는 그저 "무조건 되게 하겠습니다!"라고 대답하면 그만이다. 심지어 이런 태도는 대담하고 용감하게 여겨진다. 어쨌든 자기 일을 과감하게 다른 사람에게 떠넘기는 이런 말에 우리는 감탄하고 당연하다고 고개를 끄덕인다. 왜냐하면 그는 통찰력 있는 지도자 자리에 걸맞은 사람처럼 보이고, 우리는 그가 그럴 만한 사람이라고 믿고 싶기 때문이다.

사람들은 안하무인으로 행동하는 남자아이들에게는 상냥하게 대하고 알랑거리면서 여자아이들이 오만하게 굴면 골칫거리라고 생각할 때가 많다. 뭐, 그리 놀라운 일도 아니다. 게다가 여자아이가 고집스럽게 자기 정체성을 고수하려 들면 매일같이 쪼아댄다. "넌 네가 세상에서 제일 잘난 줄 아는구나. 대체 네가 뭔데?" 흑인 여자와 백인 여자, 흑인 남자와 동양인 여자, 남자 동성애자와 그 외에 이른바 타고난 지도자 자리에 걸맞지 않다고 여겨지는 많은 이들은 자기 회의감 때문에 점점 확신이나 자만과는 거리가 멀어지고 있다. 우리는 목소리를 높이거나 이목을 끄는 행위에 모순된 감정을 느낀다. 그래서 공격에 대비하듯 방어적인 자세로 말한다. "이 이야기는 듣고 싶지 않으시겠지만, 그래도 말씀드리자면……."

하지만 여기에는 직접적인 보상이나 처벌을 뛰어넘는 뭔가가 작용한다. 유능하다는 자부심도 여기에 해당한다. 대단한 존재가 못 될 것을 대비한 일종의 자기위안 같은 것인데, 이는 바로 엄마가 의도치 않게 내게 심어준 것이었다. 엄마에게는 그 교수의 것과는 다른 오만이 있었다. 엄마의 오만은 이랬다. '내가 바로 이곳의 모든 일을 처리하는 사람이야. 그리고 교수 당신은 장광설에 불과한 알맹이 없는 표제 기사지. 내가 학술지 안의 글이라면, 당신은 옆구리에 새겨진 금박 글자에 불과해. 내가 자동차 모터라면, 당신은 신뢰하기 힘든 핸들이라고. 바로 내가 이 기계를 움직이는 기어야. 당신은 기계가 움직일 때 튀는 예쁜 불똥에 지나지 않아.'

나는 엄마에게서 이런 독특한 자존감을 물려받았다. 아마도 열등감에서 비롯된 오만일 것이다. 나는 장광설이나 늘어놓는 그 무기력한 명목상의 최고 권위자가 학회와 행사, 연설 자리에서 읊어대는 말들을 계속 경멸해야 했다. 그래서 내 인생의 대부분을 허세 가득한 말을 경멸하며 보냈다.

만일 허세를 소리로 나타낼 수 있다면 그것은 아마도 누군가 대성당 오르간을 엄청난 힘으로 연주하는 장조 화음 같을 것이다. 남편이 중국인을 상대하거나 스카이프로 자신이 지도하는 대학원생에게 더 열심히 연구하라는 말을 할 때도 그런 소리가 난다고 생각한다. 남편은 허풍쟁이는 아니지만 그런 소리를 낼 줄은 안다. 그는 그런 소리에 별 거부감이 없다. 그 소리는 약간 오래 목을 가다듬는 소리와 비슷하다. 특정한 표정을 지을 때도 이런 소리가 나는데, 꼭 집어 말할 수는 없어도 학계 같은 조직에서 자신보다 낮은 계급의 누군가를 마주쳤을 때 나오는 그런 종류의 표정이다. 또는 "꼭 그렇지는 않지" 내지는 "설마"라고 말하는 듯한 표정으로 입 한쪽을 약간 내린 채 내는 "으음" 소리와도 같다. 승마바지도 소리를 낼 수 있다면 아마 이와 비슷할 것이다.

엄마처럼 나도 허세를 부려본 적이 있다. 하지만 공식적인 자리에서 허세를 부리는 것이 편치만은 않았다. 남자들이 그러는 것처럼 공적인 자리에서 잘난 척하자니 조금 쑥스러웠다. 어떤 여자가 자신의 재능을 그런 식으로 우쭐대며 과시하겠는가? 여자인 당신이 뽐내며 으스대려면, 진지하지 않은 장난스러운 상황이나 아주 개인적인 자리에서만 해야 한다. 그래서 나는 주로 대학 시절에 시시한 일에만 허세를 부렸고, 아무도 보고 있지 않을 때 잠깐씩 끔찍한 춤을 추곤 했다. 이런 내 허세에 매력을 느끼는 남자아이들도 있었지만, 그저 여자답지 않은 자신만만한 모습에 감탄하는 그런 종류의 남자들뿐이었다. 나는 술을 마실 때는 좀 더 편하게 허세를 부렸고, 직접 대면할 때보다는 글로 허세를 부리는 게 더 편했다.

직장에서는 허세를 부리기가 편치 않았다. 나는 구체적이고 중요한 일들을 충분히 해나갈 수 있었지만 대놓고 드러내고 싶지는 않았다. 그래서 내 능력을 확인받기 위해 늘 상사와 함께 업무를 맡았다. 나는 내가 해낸 구체적인 업무의 양을 그들이 평가해 주기를 원했고, 내가 남들보다 낫다는 것을 알아주기를 원했다. 내가 얼마나 노력하고 있는지 그들이 봐주기를 원했다.

일반적으로 상관들은 부하직원의 일 처리에 별로 주의를 기울이지 않는다. 혹시 그런 사람이 있다면 애초에 상관이 아닐 것이다. 상관들이 가장 신경 쓰는 것은 대부분 그들에게 가장 중요한 것, 즉 허세다. 하지만 나는 누군가의 앞에서 목을 가다듬거나 일이 미흡하다고 지적하고 싶은 적이 한 번도 없었다. 실제보다 더 많이 아는 척하기도 싫었고, 경솔하게 처리된 문제로 고심하는 척도 하기 싫었다. 전문가가 되려면 가식적인 행동도 필요한 듯했다. 그런데 나는 있는 그대로 소통하기를 원했다.

이런 사고방식 때문에 나는 행정 업무 쪽으로 진로를 틀었다. 하지만 행정 분야에서조차 내가 그날그날 처리한 그 많은 업무를 알아주는 사람이 극히 드물었다. 한편, 글을 쓰는 일은 실체가 분명했다. 뭔가를 써서 게시하고, 효율적이고 효과적으로 정리된 결과물을 만든다. 누군가 내가 쓴 글에 비용을 낸다. 내가 얼마나 생산적인지 모두 정확히 알고 있다.

처음 보조 작가로 진짜 일을 시작했을 때, 나는 구체적으로 가늠할 수 없는 모호한 일은 모두 거부했다. 회의는 너무 오래 진행되었고, 쓸 만한 의견을 못 낼까 봐 불안했다. 그저 사무실에 얼굴을 보여주고 근무시간 기록표를 찍는 것도 마음에 들지 않았다. 나는 뭔가 측정 가능한, 의심할 여지없는 결과물을 만들고 싶었다. 그래서 멀리 떨어진 다른 도시에서 일하고 싶다고 요청했다. 그런 식으로 나는 나만의 시간을 관리할 수 있었고, 나 자신이나 그 누구로부터도 무의미한 헛소리를 듣지 않을 수 있어서 그 어느 때보다 생산적으로 일할 수 있었다.

그리고 그때부터 20년이 넘도록 집에서 일하고 있다. 남편은 전 세계를 돌아다니며 강연도 하고 학회에 참석한다. 나 역시 세계적으로 유명한 전문가가 되는 데 필요한 오만과 겸양을 모두 갖췄다. 하지만 프리랜서 작가가 되었고, 그래서 쓸데없이 할 일이 많다.

✳ ✳ ✳

오늘날에는 유능하고 생산적인 사람이 되는 일이 그다지 중요하게 생각되지 않는 것 같다. 인기가 많아서 늘 신나게 지내며 성공과 승리를 거두는 사람이든, 인기가 없어서 무시당하고 눈에 잘 띄지도 않으며 그걸 만회할 만한 별다른 장점도 없는 사람이든 마찬가지다. 내가 한창 자라나던 1970년대에는 능력이 무척 중요한 가치였다. 당시 사람들은 평생 일할 직장을 가졌고, 노동자들은 꾸준히 훌륭하게 직무를 완료하면 그만한 보상을 받으리라는 약속을 믿었다. 설령 보상이 주어지지 않아도, 열심히 일하고 일하는 방법을 안다는 것 그 자체로 충분한 가치가 있다고 여겼다.

"그녀는 체리 파이를 구울 줄 아나요, 빌리 보이, 빌리 보이?" 엄마는 재빠르고 솜씨 좋은 손놀림으로 파이 반죽을 밀면서 이 노래를 부르곤 했다. 예전에는 이 메시지가 성적 도발이었다면, 현대적인 버전은 더 끔찍하다고 볼 수 있다. 체리 파이 옆에서 찍은 사진을 세심하게 연출하고 보정까지 마친 다음 인스타그램에 게시하면, 그 노력에 대한 보상으로 빨간 하트 2천 개를 받을 수 있다. 음식을 만들고 맛을 보고 나눠 먹으면서 자신도 뭔가를 할 수 있는 인간이라고 뿌듯해하는 일, 이 모든 것이 지금은 아무 가치 없는 일이 되어버렸다. 한두 명 정도나 그 가치를 알면 다행이다. 결국 먹어 없어질 실제 요리보다 가상의 사진 한 장으로 2천 명의 낯선 이들을 먹이는 것이 더 나은 일이 되어버렸다.

✳ ✳ ✳

언젠가 딸이 물었다. "누가 더 유명해요? 엄마예요, 아빠예요?" 나는 대답했다. "우리 둘 다 안 유명해." 나는 네 권의 회고록을 떠올렸다. 현재 아마존에서 6달러에 팔리고 있는 그 책들은 먼지를 뒤집어쓴 채 침실 책장에서 고이 잠자고 있다. 나는 최근 남편이 일주일 동안 집을 떠나 있었을 때의 일이 생각났다. 그 일주일 내내 아이들은 왜 나는 남편처럼 비행기를 타고 어딘가로 일하러 가지 않는지 물었다. 둘째 딸이 나를 프랜차이즈 카페 '커피 빈' 직원으로 착각했던 일이 떠올랐다. 딸이 그렇게 생각했던 이유는 내가 집을 나설 때마다 늘 '일하러' 커피 빈에 간다고 말했기 때문이다. 나는 내가 매일같이 얼마나 열심히 일하는지 (아니, 적어도 일하려고 노력하는지) 아이들이 알아주기를 바랐다. 나는 늘 목표를 높게 설정했다. 늘 더 많이 일해야 했다. 늘 더 할 것이 남아 있는 일은, 영원히 끊어지지 않을 듯 이어지는 높고 가느다란 바이올린 소리 같다.

이런 생각을 하고 있자니 으스대며 뻐기기 좋아하는 모든 영웅과 그들이 누리는 출장, 허세, 빌어먹을 승마바지에 조금 약이 올랐다. 아마도 나는 비행기를 타고 세계를 돌아다니며 장광설을 늘어놓는 데 적합한 사람은 남자들이고 여자들은 그저 무대 뒤에서 눈에 보이지 않게 일하는 존재라고 생각하면서 스스로 한계를 정했던 것 같다. 왜 나는 늘 글이나 얼음 달그락거리는 유리잔에서나 허세를 부렸을까? 만일 내 성공을 돕는 대가로 보수를 받는 아주 빠른 타이피

스트typist의 사무실이 내 연구실과 문간 하나를 사이에 두고 붙어 있다면, 나는 아마 지금보다 더 생산적이고 창의적일 것이며, 일에서나 인생에서나 안전하고 친숙한 영역을 넘어 더 높은 경지에 도달하고자 더욱 기꺼이 노력할 것이다. 이 세상이 다른 누구 못지않게 내 것이기도 하다는 확신을 좇아 목적과 방향을 가지고 나아갔을 것이다.

나는 마음을 고쳐먹었다. 음조가 반음정 정도 올라가 곡의 분위기가 극적으로 달라지는 상황을 상상해 보라. 타자기의 시프트shift 키가 눌릴 때 나는 기계음을 떠올려 보라. 그 소리와 함께 캐리지가 4분의 1인치 정도 올라가 있는 상태에서 내 말은 모두 대문자로 이렇게 입력되기 시작했다.

"물론, 아빠가 하시는 일은 아주 훌륭하단다." 나는 목소리로도 대문자를 표현하려 애쓰며 설명했다. "아빠는, 음…… 그 분야에서 아주 중요한 사람이야. 아빠 같은 일을 하는 교수는 미국에 300명 정도밖에 없거든." 나는 그들의 모습을 그려보았다. 각자 책을 읽고 연구하는 모습, 그리고 학회가 열리는 곳으로 날아가 자신들의 집단이 얼마나 중요한지를 서로에게 재확인하는 모습을. "하지만 엄마가 칼럼을 쓰면 최소한 5만 명이 읽지. 5만이라는 숫자는 300보다 훨씬 크단다."

"정말 많네요!" 딸이 말한다. "세상 사람들 거의 다인 것 같아요!"

"그렇진 않아. 전 세계 인구는 70억 명이 넘거든. 그건 엄마의 칼럼을 읽는 사람보다 십만 배나 많은 수야.”

“아, 그러면 엄마는 아주 조금 유명한 거네요.”

“딱히 ‘유명하다’고 하긴 그렇고.”

나는 대답했다. 침묵이 이어지면서 긴장감이 흘렀다.

“하지만 아빠보다 엄마가 더 유명한 건 맞아. 이건 아무도 반박하지 못할걸.”

무의미한 경쟁, 꼴사나운 명예 획득의 소리가 들린다. 잔뜩 화난 꼬마가 교회 오르간을 힘껏 눌러대는 것 같은, 엉성하기 짝이 없는 장조 화음이다.

✳ ✳ ✳

관심과 인기가 그 어느 때보다 중요한 것 같으면서도 또 어느 때보다 하찮고 공허하게 느껴지기도 하는 것을 보면, 아마도 많은 이들이 신비롭고 가려진 존재로 살아갈 호사를 더 누리고 싶어 하는 것 같다. 때로 중요해 보이는 일자리나 강연 제의를 받을 때면, 진정한 선물이란 기회 그 자체가 아니라 거절할 수 있는 자유가 아닌가 하는 생각을 한다. 허세 부리는 사람들이 천지에 널린 세상에서 나는 더 많은 이익을 위해 자신을 노출할 기회를 선뜻 붙잡지 못하겠다.

어쩌면 나의 완고한 자아는 오늘이 무슨 요일인지도 모르는 사

람보다는 유능한 사람이기를 원하는지도 모른다. 반면 섹시한 자아
는 집에서 편한 바지 차림으로 거들먹거리며 바쁘게 생활하는 사람
이기를 원하는 것 같다. 개들에게 말을 걸고, 스카이프 회의 중인 옆
방에서 거만하게 목소리를 가다듬는 소리가 우연히 들릴 때면 눈알
을 굴리기도 하면서, 남편의 코 고는 소리가 헬싱키나 상하이, 싱가
포르를 향해 이륙하는 제트 여객기 소리처럼 점점 커지기 시작하면
베개 밑에 머리를 묻기도 하면서 말이다.

　하지만 능력이 출중하면서도 혹시나 자신이 너무 큰 자리를 차
지할까 봐 조심하는 실용적인 비서가 될지, 아니면 남을 밟고 올라
서야 직성이 풀리는 오만하고 지리멸렬한 몽상가가 될지를 꼭 선택
할 필요는 없다. 회의나 학회, 업무 중 잠깐의 잡담, 포상이나 칭찬,
동년배 사이에 오랫동안 주고받는 축하 인사 등 일상에서 얼마든지
자아에 대한 보상을 얻는 이들도 있음을 이제는 안다. 이런 것들이
피상적으로 느껴지는 만큼 많은 일을 최대한 효율적으로 처리하고
자기만족의 순간을 부끄럽게 여기며 오랜 세월을 흘려보낸 지금, 이
제는 가죽 제본을 한 저널이 가득한 책장을 가만히 응시할 때인 것
같다.

　염치없지만 나는 일생에 한 번은 내가 한 일을 생색내고 싶다.
내 의견을 고집하고, 나도 이제는 뭔가 좀 아는 성인임을 알리고 싶
다. 너무 거만하게 군 것에 대해 양해를 구하거나 내 성취가 그리 대

단한 것은 아니라고 겸손하게 구는 대신, 내 회전의자에 깊숙이 기대 앉아 만족스러운 한숨을 쉬고 싶다. 내가 쉬는 한숨 소리는 아마도 "푸웁!"일 것이다. 홀로 숲을 걷다가 그냥 그 숲이 잠시나마 내 것 같은 기분에 야생 버섯을 푹 밟으면 들릴 법한 그런 소리 말이다.

나는 내 딸들도 그랬으면 좋겠다. 입도 떼기 전 장광설을 예고하듯 목을 가다듬는 그런 소리에 풀 죽어본 적이 있는 이들도 다 그랬으면 좋겠다. 유능하고 근면하며 깜짝 놀랄 만한 능률로 구체적인 과제와 씨름하는 이들이야말로 허세를 부릴 자격이 있는 사람들이다. 물론 우리는 다른 이들과 잘 어울리는 법도 알아야 한다. 하지만 어떤 놈은 목적 없이 한가하게 어슬렁거리면서도 세상에서 한 자리를 차지할 때 그 뒤에서 일의 체계를 잡고 일정을 짜고 사소한 것들을 기억해야 하는 입장이라면, 굳이 잘 어울릴 필요는 없다. 힘든 일에 익숙한 사람은 때로 너무 많은 일을 도맡아 한다. 눈앞에 할 일이 너무 많으면 탁월함을 발휘할 시간과 공간을 갖지 못한다.

탁월함에는 말이나 재주만 중요한 것이 아니다. (물론 때로는 그렇게 믿고 싶기는 하지만 말이다.) 탁월함을 갖추려면 자신의 잠재력과 생각과 마음을 믿어야 하며, 가끔은 아무 근거가 없어도 자신에게 재능이 있을 것이라고 믿어야 한다. 서슴없이 그런 엄청난 믿음의 도약을 이루는 것은 얼마나 큰 호사인가!

지금까지 20년이 넘는 세월 동안 매년 열심히 일하고 꾸준한 향상을 위해 자신을 채찍질하며 더 나아지고자 애써왔지만, 그렇게 습득한 그 모든 구체적인 기량들에는 자신의 아이디어와 발언의 가치를 진심으로 믿는 일을 대체할 만한 것이 없음을 이제야 깨달았다. 만약 이런 재능을 갖게 될 것이라고 예전에 믿었더라면 내가 어떤 것을 창조해 냈을지 누가 알까?

당신 안의 믿음은 빨간 하트 5천 개에 비할 바가 아니다. 나는 그 믿음을 맛보고 싶다. 그것을 굳은살 박이고 더러워진 내 손으로 느껴보고 싶다. 나는 내가 이 일을 할 운명이었음을 알고 싶다. 나는 뭔가 크고 멋진 일을 이뤄낼 것이다. 그리고 그 중심은 나다. 이걸 큰 소리로 말해도 쑥스럽지 않다. 나의 교향악은 지금 절정을 향해 달려가는 중이다. 그 절정은 무엇도 대체할 수 없을 정도로 어마어마하고 짜릿할 것이다.

감사의 글

우선 편집을 맡아준 야니브 소하Yaniv Soha에게 감사를 전하고 싶다. 온갖 터무니없는 생각들을 받아주고 참을성 있게 작업해 준 그녀 덕분에 내 글은 백만 배나 훌륭해질 수 있었다. 또한 친절과 열정과 지지를 아끼지 않은 빌 토마스Bill Thomas와 더블데이Doubleday 출판사의 모든 분에게 감사하다. 특히 마이클 골드스미스Michael Goldsmith는 세상에서 가장 훌륭한 홍보담당자로서, 압박감 속에서도 예리함과 기지, 침착함을 발휘해 주었다. 진심으로 그의 모습을 닮고 싶다.

사라 번스Sarah Burnes에게도 고마움을 전하고 싶다. 늘 온화한 그녀이지만 필요할 때는 격한 싸움도 마다하지 않았다. 그리고 브룩 에를리히Brooke Ehrlich에게도 감사를 전한다. 지혜로운 이들과 점심 식사를 즐기기에 할리우드도 괜찮은 장소가 될 수 있다는 것을 알게 해주었다. 《뉴욕》매거진의 훌륭한 나의 상사 스텔라 벅비Stella Bugbee와 멋지고 관대한 편집자 몰리 피셔Molly Fischer, 젠 갠Jen Gann에게도 큰 감사를 전한다.

켈리 엣킨스Kelly Atkins와 에이프릴 룬드스텐Apryl Lundsten, 메건 다움Meghan Daum, 페리 커시Perri Kersh, 카터 커시Carter Kersh, 안드레아 러셀Andrea Russell, 리사 글랏Lisa Glatt, 데이빗 에르난데스David Hernandez, 질리언 로렌Jillian Lauren, 샨텔 카피엘로Chantel Cappiello, 켄 바사트Ken Basart, 카리나 초카노Carina Chocano, 켄 레인Ken Layne, 제이슨 버린Jason Berlin에게도 감사를 전한다. 이들은 변함없는 열정과 충실함을 보여주었고, 심각하게 기이한 방식도 알려주었다. 이들 모두에게 사랑을 전한다.

언제 어떤 상황에서도 기쁘고 신나는 일을 만들어내는 우리 엄마 수전 하브릴레스키Susan Havrilesky에게도 감사를 전한다. 에릭 하브릴레스키Eric Havrilesky와 로라 하브릴레스키Laura Havrilesky, 멜리사 에르난데스Melissa Hernandez, 제프 웰치Jeff Welch에게도 고마움을 전한다. 내가 가장 사랑하는 조카 캘빈Calvin과 엘리Eli, 그리고 역시나 가장 사랑하는 조카들 알렉스Alex와 마스덴Marsden에게도 고맙다는 말을 하고 싶다. 그리고 무엇보다 가장 사랑하는 조카딸 니콜라Nicola에게 고마움을 전한다.

압박이 심한 상황에서도 차분하고 유쾌한 상태를 유지하는 법을 가르쳐준 로저Roger 삼촌, 그리고 매년 바닷가에서 지극히 행복한 휴가를 보내게 해주는 진Jean 이모와 일다Hilda 이모에게도 감사를 전한다. 하루하루를 더 나은 날로 만들어주는 나의 남편 빌 산도발Bill Sandoval에게도 고맙다. 그리고 너그러운 마음씨의 유별난 괴짜들 지크Zeke와 클레어Claire, 아이비Ivy에게도 무한한 감사를 보낸다. 그대들을 아는 나는 정말 행운아다.

•

옮긴이 **신혜연**

경희대학교를 졸업하고 성균관대학교에서 영문학 석사학위를
받았다. 바른번역 글밥 아카데미 수료 후 전문 번역가로 활동 중
이다. 옮긴 책으로는 《최면술사: 마크 트웨인 단편집》, 《악몽》,
《교외의 사탄》, 《208초를 위한 42년: 리더라는 인적요소가 완성
되기까지》, 《황금 살인자》, 《얼굴, 감출 수 없는 내면의 지도》 등
이 있다.

이만하면 충분한 삶

일상을 불충분하게 만드는 요구와 욕구를 넘어

1판 1쇄 인쇄 2021년 5월 17일
1판 1쇄 발행 2021년 5월 27일

지은이 헤더 하브릴레스키
옮긴이 신혜연
펴낸이 김성구

주간 이동은
책임편집 김초록
콘텐츠본부 고혁 현미나 송은하 이슬
디자인 이영민
제작 신태섭
마케팅본부 최윤호 송영우 엄성윤
관리 노신영

펴낸곳 (주)샘터사
등록 2001년 10월 15일 제1-2923호
주소 서울시 종로구 창경궁로35길 26 2층 (03076)
전화 02-763-8965(콘텐츠본부) 02-763-8966(마케팅본부)
팩스 02-3672-1873 | 이메일 book@isamtoh.com | 홈페이지 www.isamtoh.com

ISBN 978-89-464-2180-6 03840

• 값은 뒤표지에 있습니다.
• 잘못 만들어진 책은 구입처에서 교환해드립니다.

샘터 1% 나눔실천

샘터는 모든 책 인세의 1%를 '샘물통장' 기금으로 조성하여 매년 소외된 이웃에게 기부하고 있습니다.
2020년까지 약 9,000만 원을 기부하였으며, 앞으로도 샘터는 책을 통해 1% 나눔실천을 계속할 것입니다.